KB265483

潛行武士

잠행무사

김문형 新무협 판타지 소설
FANTASTIC ORIENTAL HEROES

김문형 新무협 판타지 소설
FANTASTIC ORIENTAL HEROES

잠행무사 1

김문형 新무협 판타지 소설

초판 1쇄 찍은 날 § 2008년 8월 20일
초판 1쇄 펴낸 날 § 2008년 8월 29일

지은이 § 김문형
펴낸이 § 서경석

편집장 § 문혜영
편집책임 § 문정흠
편집 § 이재권

펴낸곳 § 도서출판 청어람
등록번호 § 제1081-1-89호
등록일자 § 1999. 5. 31
어람번호 § 제2-1559호

주소 § 경기도 부천시 원미구 심곡1동 350-1 남성B/D 3F (우) 420-011
전화 § 032-656-4452 팩스 § 032-656-4453
http://www.chungeoram.com
E-mail § eoram99@chollian.net

ⓒ 김문형, 2008

ISBN 978-89-251-1441-5 04810
ISBN 978-89-251-1440-8 (세트)

潛行武士

잠행무사

1

김문형 新무협 판타지 소설
FANTASTIC ORIENTAL HEROES

도서출판 청어람

目次

序

세찬 칼바람이 살을 에일 듯이 불어왔다.

장각은 바람을 피하기 위해 어깨를 움츠리며 생각했다.

'빌어먹을! 중원에 공돈은 없는 법이라더니……'

그는 후회가 막심했다. 무림맹과 연줄이 생기면 득이 될 뿐 해가 되지는 않을 거라고 생각해서 막역지우인 심평을 불러 덥석 일을 맡은 것이 잘못이었다.

무림맹의 일이 흑랑성(黑狼城)을 감시하는 것인 줄 알았더라면 장각은 그 어떤 명문정파와 연줄이 생긴다 해도 거절하고 줄행랑을 쳤을 것이다.

애초에 무림맹이 그들을 첩자로 선택한 이유도 얼굴이 중

序 7

원무림에 알려지지 않아서였다. 심평은 나중에 그 사실을 알고는 삼류무사 주제에 무슨 놈의 연줄이냐며 끊임없이 장각에게 불평을 늘어놓았다.

그들은 표국의 쟁자수로 가장하여 흑랑성까지 온 다음, 기회를 보아 표국에서 떨어져 나왔다. 그리고 무림맹이 정식으로 사람을 보내기 전까지 흑랑성의 입구에서 상황을 파악하여 전서구로 연락하는 임무를 맡은 것이다.

장각이 그런 생각을 하고 있을 때 옆에서 심평이 물었다.

"그 소문, 어떻게 생각하나?"

"무슨 소문?"

"흑랑성에 대한 소문 말야."

"그걸 믿냐?"

"나도 처음엔 웃어넘겼지. 하지만 우리가 여기 온 지 오 일이나 지났는데 저기로 들어간 사람 중에 다시 나온 놈이 하나도 없잖아?"

"……."

심평의 말대로였다. 언제부터인가 중원의 무림인 사이에서 흑랑성에 얽힌 흉흉한 말이 입에서 입으로 전해졌다.

―흑랑성에 들어간 사람 중에 다시 강호에 나온 이는 없다.

흑랑성은 삼 년 전에 홀연히 중원무림에 출현한 방파였다.

당시 중원의 명문정파는 무림맹을 결성하여 서장 구륜사(九輪寺)와의 결전을 앞두고 있었다.

무림인은 구륜사와 맞서는 것이 무모하다고 생각했다. 그만큼 구륜사의 무위는 하늘을 찌르는 것이었다. 잘해봤자 서로 양패구상할 뿐이고, 잘못하면 중원무림은 다시는 일어서지 못할 타격을 입을 것이라고 예상했다.

그러나 결과는 뜻밖이었다.

구륜사가 결전에서 패퇴하여 향후 오십 년간 중원에 발을 들이지 않겠다는 약조를 한 뒤 서장으로 물러난 것이다.

무림맹의 승리에 결정적인 역할을 한 곳이 바로 흑랑성이었다.

흑랑성은 무림맹에게 수많은 기병(奇兵)을 제공했으며 살수(殺手)를 투입하여 구륜사의 고수들을 암살했다.

흑랑성의 위명은 자연 중원무림을 뒤흔들었다.

그러나 아무도 흑랑성의 정체를 알 수 없었다. 흑랑성에 대한 수많은 얘기가 회자됐지만 모두 뜬소문에 불과했다. 언제 생겼는지, 누가 만들었는지 아무도 몰랐다.

장각은 흑랑성에 얽힌 소문을 생각하다가 무심코 고개를 돌렸다. 바위산의 중턱에 흑랑성의 거대한 누각이 붙어 있는 모습이 주위의 황량한 풍경과 어우러져서 보는 사람의 마음을 불안하게 만들고 있었다.

그가 한숨을 쉬며 말했다.

“빨리 무림맹 놈들이 와야 이 지긋지긋한 일이 끝날 텐데.”

그때였다.

흑랑성의 정문에서 인영 하나가 걸어나오는 것이 보였다.

장각은 심평을 보며 말했다.

“거 봐라. 저기 들어가면 다시는 못 나온다는 말은 다 헛소문…….”

그러다가 그는 말을 멈추고 말았다.

인영이 전신에 피 칠갑을 하고 있었기 때문이다.

장각은 깜짝 놀라서 검을 뽑아 들며 소리쳤다.

“거, 거기 서라!”

심평도 다급히 검을 뽑아서 인영에게 겨눴다.

다행히 인영은 공격할 의사는 없는지 삼 장 떨어진 곳에서 멈춰 섰다.

인영은 청포를 걸치고 허리춤에 검을 찬 것으로 보아 중원의 무림인인 듯했다. 그는 맨살이나 의복이 전혀 겉으로 드러나지 않을 만큼 전신에 피를 뒤집어쓰고 있었다. 그러나 정신은 차리고 있는지 차갑게 가라앉은 시선으로 장각과 심평을 바라보는 것이었다.

장각은 침을 꿀꺽 삼키며 말했다.

“누구시오?”

피 칠갑을 한 남자가 반문했다.

“그러는 당신들은 누구시오?”

장각은 심평과 시선을 한 번 마주치고는 대답했다.

"우리는 상도표국의 쟁자수요. 이곳에서 곧 도착할 후발대를 기다리고 있소."

물론 거짓말이었다. 하지만 남자는 개의치 않는 듯이 말했다.

"그럼 그 후발대에게 연락을 보내시오."

"연락? 무슨 연락 말이오?"

"흑랑성으로 오지 말라고 하시오. 당신들도 빨리 이곳을 뜨는 것이 좋을 거요."

"뭐요?"

장각은 눈살을 찌푸렸다. 옆에서 심평이 속삭였다.

"저거 정신 나간 놈 같지 않아?"

"무슨 소리야?"

"그런 놈들 종종 있잖아. 칼 한 자루만 달랑 차고서 무림인이랍시고 설치다가 생전 처음으로 사람 죽어나가는 꼴을 보고는 홱 돌아버리는 놈들 말야."

장각은 고개를 끄덕였다. 아닌 게 아니라, 전신에 피 칠갑을 하고 있는 남자의 모습은 도산검림에서 운 좋게 도망치다가 그 중압감으로 미쳐 버렸다고 하면 아귀가 딱 들어맞아 보였다.

장각이 말했다.

"알았소. 하면, 흑랑성에서 당최 뭔 일이 있었기에 그렇게… 피를 뒤집어쓴 거요? 당신 피요, 아니면……?"

남자는 잠시 침음하다가 말했다.

"저 안에서 시체들이 되살아나고 있소."

"뭐요?"

장각과 심평은 동시에 생각했다.

'돌아도 한참 돌았군.'

심평이 코웃음을 치며 말했다.

"요즘 세상에 강시가 어딨단 말요? 세 살배기도 믿지 않을 소리를 하는군."

"강시가 아니오. 망자(亡者)요."

"망자?"

"그렇소. 강시는 이미 죽은 시체지만 망자는 그와 다르오. 망자는 일단 한 번 죽은 시체가 다시 되살아난 것이오."

그 말에 장각과 심평은 서로의 얼굴을 돌아봤다. 제정신이 아닌 자라고 하기에는 남자의 눈빛과 목소리가 얼음장같이 차갑고 냉정했기 때문이다.

그러나 잠깐 멍하니 있던 장각은 곧 고개를 좌우로 젓더니 광소를 터뜨렸다.

"으하하하! 미쳐도 단단히 미쳤군. 강시가 있다고 해도 못 믿을 판인데, 무슨 놈의 시체가 다시 살아난단 말이냐? 내 저 놈의 흑랑성에 꼭 들어가 봐야겠군. 망잔지 뭔지 하는 시체들 구경 좀 하게 말이다!"

심평도 따라 웃으며 남자에게 조소의 눈길을 보냈다.

그러자 남자가 싸늘하게 식은 시선으로 잠시 둘을 바라보더니 입을 열었다.

"그럴 필요 없소."

그가 말했다.

"나도 망자요."

십일월 십삼일(十一月 十三日).

흑랑성의 패망이 시작된 날이었다.

第一章
연기된 금분세수(金盆洗手)

潛行武士
잠행무사

하남의 고도(古都)이자 중원의 교통과 경제의 중심지인 개봉. 그 개봉의 북동쪽 외곽에 한 장원(壯園)이 있었다.

그런데 장원의 담벽에는 청소되지 않은 낙엽이 아무렇게나 쌓여 있어서 모르는 사람이 보면 폐가인 줄로 착각할 정도였다. 또한 개봉은 천하 거지들의 방파인 개방이 있기 때문에 어디를 가도 구걸 소리가 끊이지 않는 곳이나, 장원의 주위는 바늘 떨어지는 소리도 들릴 만큼 적막했다.

대문에 걸린 편액 역시 잔뜩 낡아서 금세라도 떨어질 듯 위태로워 보였다. 거지들마저 찾지 않으니 성세가 기울다 못해 땅에 떨어진 곳이라는 것을 누가 봐도 알 수 있었다.

단지 편액에 새겨진 글씨체가 절도있고 위풍당당한 것으로 보아 과거에는 제법 강호에서 명성을 떨치던 곳이라는 것을 짐작케 할 뿐이었다.

편액에 새겨진 명은 '청위표국(淸威鏢局)'이었다.

청위표국의 대문을 들어서면 나오는 앞마당.

그곳에 청포를 걸친 한 남자가 하객들을 맞이하고 있었다.

남자는 비교적 큰 키에 비하여 볼품이 없을 정도로 말라서 광대뼈가 도드라져 보였으며, 얼굴은 젊어 보였으나 눈빛이 싸늘하게 가라앉아 있어서 생각보다 나이가 많이 들어 보이는 느낌을 주었다.

강호의 풍상을 겪은 얼굴을 하고 있는 남자.

그가 바로 청위표국의 국주인 송현(宋玄)이었다.

송현은 담담한 얼굴로 앞에 있는 작은 탁자를 바라봤다.

탁자의 위에는 해가 뜨기 전 인시(寅時)에 우물을 열고 처음 길은 물이 담긴 대야와 막 연기가 피어오르기 시작한 세 자루의 향이 꽂힌 그릇이 놓여 있었다.

그는 고개를 들어 하객들을 보며 말했다.

"그럼 시작하겠소."

무림인이 이른 아침부터 일부러 하객들을 불러놓고 세수를 할 리는 없으니, 송현이 지금 하려는 것은 다름 아닌 금분세수였다.

금분세수(金盆洗手).

무림인이 과거의 은원을 씻고 강호에서 물러나겠다고 선언하는 은퇴식이다.

금분세수를 하는 데는 여러 가지 이유가 있으나 크게 두 가지로 나뉜다. 하나는 이미 많은 재산을 모았기 때문에 피바람이 부는 강호에서 물러나 목숨과 재산을 보전하려는 것이고, 다른 하나는 그동안의 좋고 나빴던 모든 일을 정리하여 후환을 없애자는 것이다.

때문에 금분세수를 한 자에게는 더 이상 은원시비(恩怨是非)를 묻지 않는 것이 강호의 도리였다.

그런데 지금 시작하려는 금분세수는 어딘가 모르게 괴이한 부분이 있었다.

먼저 송현의 나이였다.

일개 표국의 국주라면, 게다가 강호에서 은퇴를 하는 자라면 적어도 오십 내지 육십은 되어야 하는 것이 세간의 상식이다.

그러나 송현의 나이는 그에 훨씬 못 미쳐 보였다. 실제로 그의 나이는 스물여덟밖에 안 되었다. 한창때의 나이로 강호에서 은퇴를 한다는 것은 누가 들어도 고개를 갸웃할 일이었다.

두 번째로 괴이한 것은 송현의 앞에 놓인 대야였다.

금분세수에 쓰일 거라면 순금으로 된 것은 아니더라도 적어도 직경이 척 반은 넘고 금도금을 하여 화려함을 갖춘 대야를 쓰는 것이 보통이다.

하지만 송현의 앞에 있는 것은 수십 년도 넘게 썼는지 끝이 닳고 이가 빠진 평범한 쇠 대야였다. 맑은 물이 가득 담긴 모습이 그나마 청수한 느낌을 주었으나, 금분세수에 어울리는 대야라고는 말할 수 없을 정도로 초라한 것이었다.

세 번째로 괴이한 것은 하객들이었다.

금분세수에는 은퇴를 축하하는 하객들도 많았으나, 반대로 원한을 갚기 위한 마지막 기회를 놓치지 않으려고 찾아드는 불청객도 적지 않았다. 때문에 금분세수를 하는 자의 모든 식솔과 친우가 한자리에 모여서 혹 있을지 모르는 불상사에 대비하는 것이 당연한 일이었다.

그러나 표국의 국주인 송현의 뒤에는 아무도 서 있지 않은 반면, 그의 앞에는 십여 명의 하객이 냉랭한 얼굴을 하고서 늘어서 있는 것이다.

하객들의 면면에 흉흉한 표정이 서려 있는 것으로 보아 시비를 걸려고 온 불청객임은 누가 봐도 분명했다.

아니나 다를까, 하객들 중에서 얼굴에 구레나룻이 가득한 중년인이 툭 말을 뱉었다.

"빨리 해치울 것이지 손 한 번 씻는 걸 갖고 뭐 이렇게 뜸을 들인담?"

은퇴를 앞둔 자에게 마음의 정리를 할 시간을 주기는커녕 금분세수를 비아냥거리는 말투. 중년인의 말은 참을성이 없는 것을 넘어서 강호의 도리에 크게 어긋나는 것이었다.

그러나 하객들 중 어느 누구도 중년인을 막지 않았다. 오히려 그의 말에 고개를 끄덕이며 피식 웃음을 흘렸다.

송현은 아무 말 없이 조용히 그들을 응시하다가 뒤를 보며 말했다.

"사매, 가지고 와."

그러자 뒤에 있는 전각의 문이 열리며 한 인영이 걸어나왔다.

인영은 송현의 사매이자 정인인 정수연(鄭秀妍)이었다.

정수연은 올해로 스물둘. 한창 밝게 피어오를 나이였다. 하지만 그녀는 생기가 없는 창백한 얼굴을 하고 있으며 걸음걸이마저 불편한 것으로 보아 몸에 지병이 있음을 알 수 있었다.

정수연은 두 손에 은은히 푸른빛을 발하는 검 한 자루를 들고 송현의 앞으로 걸어왔다. 그리고 무언가를 간절히 바라는 눈빛으로 말했다.

"사형, 다시 생각하면 안 되겠어요?"

사매의 말에 송현은 잠시 침음하다가 고개를 저었다. 그러자 정수연은 체념한 얼굴로 고개를 숙이며 검을 건네는 것이었다.

송현은 몸을 돌려 다시 하객들에게 말했다.

"본인은 명년 오늘로 청위표국을 봉문하고 금분세수하여

강호에서 은퇴할 것임을 말씀드리오.”

먼저 예의없는 말을 내뱉었던 구레나룻중년인이 어깨를 으쓱하며 물었다.

“그 말을 어떻게 믿으란 소리요? 혹시라도 다시 돌아오지 않는다는 보장은 없지 않소?”

그 말에 송현은 지그시 중년인을 바라봤다. 싸늘하게 가라 앉아 깊이를 알 수 없는 눈빛을 대하자 중년인은 불편한 기색 이 되어 시선을 피했다.

송현이 답했다.

“청위표국의 국주가 대대로 물려받는 이 청연검(淸淵劍)을 부러뜨리는 것으로 맹세를 대신하겠소.”

“……!”

그 말에 하객들은 그제야 안심한다는 얼굴로 득의양양한 미소를 지었다.

중년인이 말했다.

“그런 결심을 했다니 국주의 말을 믿겠소. 하긴 표국의 신 물인 청연검을 부러뜨리기까지 하고서 다시 개봉에 돌아와 터를 잡을 리야 없겠지.”

그는 짐짓 예의를 갖추는 척했으나, 말속에 가시가 있음은 누가 들어도 알 수 있었다.

구레나룻중년인은 개봉에서 최근에 세를 넓히고 있는 대 명표국(大明鏢局)의 국주 모개삼이었다.

그는 대명표국이 전전대 국주, 즉 그의 할아버지 때부터 청위표국의 위세에 눌려서 큰일을 맡지 못하는 것을 보고 자랐다. 그러다가 일 년 전에 청위표국의 세가 크게 몰락한 것을 계기로 삼아 조금씩 하남을 장악했고, 오늘은 차후에 청위표국이 다시는 하남에서 일어설 수 없도록 쐐기를 박기 위해 표사들을 이끌고 금분세수에 온 것이었다.

모개삼의 옆에서 다른 남자 하나가 끼어들었다.

"대명표국 국주는 걱정이 너무도 심하신 듯하외다. 설마하니 신용 하나는 중원제일이라는 청위표국의 국주가 거짓 맹세라도 하겠습니까?"

남자는 고리대금업으로 개봉의 돈줄을 틀어쥐고 있는 유가전장(劉家錢莊)의 장주 유황이었다.

유황은 안 그래도 작은 체구에 양어깨를 잔뜩 움츠린 자세라 남자답지 못하고 옹졸해 보였다. 게다가 입꼬리와 턱에 기르고 있는 수염 세 가닥이 그런 인상을 더욱 부추기고 있었다.

그는 청위표국에게 돈을 빌려주고 이자놀이를 하여 톡톡히 재미를 봐왔다. 이번 금분세수가 끝나면 청위표국의 마지막 재산이라고 할 수 있는 장원도 그의 손에 떨어지게 되어 있었다.

유황은 좌우로 눈알을 굴리며 슬쩍 송현의 손에 들린 청연검을 훔쳐보곤 했는데, 명검이 자신의 수중에 들어오지 못하고 부러져야 한다는 게 못내 아쉬운 눈치였다. 하지만 탐욕스럽기로 유명한 유황도 송현에게 청위표국의 신물까지 내놓으란 말은 감히 하지 못했다.

청위표국을 영원히 하남에서 쫓아내어 표국 일을 독점하려는 모개삼과 그에게 돈줄을 대주며 큰 이자놀이를 하려는 유황. 이해타산이 맞아떨어진 둘은 청위표국의 자금줄에 끈질기게 압박을 가했다. 그리고 송현이 빚을 감당할 수 없는 지경에 이르자 남은 빚을 탕감해 주는 대신 청위표국을 봉문하라는 약조를 받아낸 것이었다.

스릉.

송현이 검을 빼어 들자 청수하면서도 영롱한 빛이 검면에 반사되어 발했다.

그때였다.

"고작 검 하나 부러뜨리는 것으로 손을 씻고 도망가려 하다니, 지나가던 개가 웃을 소리로군!"

대문 쪽에서 누군가의 목소리가 들려왔다.

하객들이 몸을 돌려 뒤를 보자 대문에는 세 인영이 서 있었다.

그들은 각자 적의(赤衣), 황의(黃衣), 흑의(黑衣)를 입고 있었는데, 세 명 모두가 보기 흉할 정도로 비쩍 말라서 마치 고목나무에 천을 씌워놓은 듯한 모습이었다. 또한 살집은 하나 없고 주름살만 가득한 얼굴은 사람이 아니라 꼭 강시를 보는 듯했다.

하객들 중에서 누군가가 그들의 정체를 알아차리고 소리쳤다.

"하남삼살(河南三殺)이다!"

그 말에 청위표국의 앞마당은 하객들의 술렁거림으로 대번에 시끄러워졌다.

하남삼살은 하남에서는 꽤 이름이 알려져 있는 흑도의 고수들이었다. 그들은 살인 청부를 주로 맡았는데 손속이 잔인한 것으로 악명이 높았다.

하남삼살이 하객들 사이를 뚫고서 다가오자 송현이 포권을 하며 물었다.

"하남삼살이 무슨 일로 개봉의 변두리까지 오셨소?"

하남삼살 중에 가운데에 있는 적의를 걸친 자가 말했다.

"몰라서 묻는 거냐? 청위표국에게 받아야 할 빚이 있어서 왔다."

적의인의 목소리는 거칠고 카랑카랑하여 듣는 이들의 귀를 따갑게 했다.

그러나 송현은 담담한 얼굴로 답했다.

"보면 알겠지만 오늘은 본인이 강호에서 은퇴를 하는 날이오. 동시에 청위표국도 봉문하기로 했소. 그러니 과거의 은원은 그만 잊어주시기 바라오."

송현의 말이 채 끝나기도 전에 이번에는 황의를 걸친 자가 앞으로 나오며 일갈했다.

"그게 무슨 개소리냐? 일살(一殺) 형이 청위표국의 더러운 칼에 명을 다하셨는데 금분세수를 한답시고 발을 빼겠다는 셈이냐?"

그제야 하객들은 하남삼살이 청위표국에 온 이유를 알 수 있었다.

하남삼살은 원래는 하남사살(河南四殺)이었는데, 십 년 전에 백의인(白衣人) 일살이 횡액을 당하여 하남삼살이 되었다는 것은 하남의 무림인이라면 누구나 아는 일이었다.

하객들은 고개를 끄덕이며 생각했다.

'하남사살의 우두머리인 백의인 일살이 십 년 전에 객사한 뒤로 나머지 하남삼살은 강호에서 자취를 감췄었는데, 알고 보니 백의인 일살은 청위표국에게 당해서 불귀의 객이 되었던 것이었군.'

그랬다.

십 년 전 하남사살은 녹림의 무리와 결탁하여 한 상단을 습격했다. 그런데 하필 상단을 호위하던 곳이 다름 아닌 청위표국이었던 것이다.

당시 하남사살의 우두머리였던 백의인 일살은 청위표국의 십오대 국주였던 정추산(鄭秋山)과 도검을 섞다가 검하고혼(劍下孤魂)이 되어버렸다. 그때만 하더라도 아직 청위표국의 세가 기울지 않았을 때였으니, 하남사살이 녹림의 말만 듣고서 상대를 잘못 고른 것이다.

그리고 십 년이 지나 청위표국의 세가 다하여 국주 송현이 금분세수를 하려는 오늘, 하남삼살이 복수를 위해 청위표국을 찾아온 것이다.

사실 청위표국에 앙심을 품은 흑도 무리를 따지자면 셀 수도 없었다. 그러나 청위표국은 이미 세가 떨어질 대로 떨어진 곳이라 송현이 금분세수한다는 소식도 개봉에서 크게 화제가 되지 않을뿐더러 모개삼과 유황을 제외하면 따로 시비를 걸러 오는 무리가 없었던 것이다.

그런 판국에 하남삼살은 십 년 만에 강호에 출현하여 일부러 청위표국을 찾아왔으니, 복수에 대한 그들의 각오가 어느 정도인지 짐작할 수 있었다.

송현은 잠시 침음하더니 포권을 하며 말했다.

"하남사살과 전대 국주님과의 일은 이미 십 년이나 지난 일이오. 그때 하남사살도 피해가 있겠지만 청위표국도 두 명의 표사가 중상을 입어 끝내는 다시 강호 일을 할 수 없는 몸이 되었소. 그러니 본인이 금분세수하는 것으로 그간의 은원은 깨끗이 씻어버리는 게 어떨까 하오."

그 말에 모개삼과 유황은 고개를 끄덕였다.

그들이 오늘 온 것은 청위표국이 개봉에서 물러나겠다는 확답을 받으려는 것이지 굳이 피를 보려는 생각은 없었기 때문이다.

더군다나 금분세수를 하는 자에게 은원 시비를 지나치게 따지다가는 후에 강호에서 명성이 떨어질 것은 자명한 일이 아닌가?

그러나 하남삼살의 생각은 다른 듯했다.

적의인이 예의 그 기분 나쁜 목소리로 말했다.

"네놈 뜻이 그렇다면 더는 은원을 따지지 않겠다. 하나……."

채앵!

적의인은 허리춤에서 둥글게 휘어진 기형도를 빼어 들었다.

"저세상에서 보고 있을 일살 형의 넋을 위로하기 위해 네놈의 팔 한 짝은 가져가야겠다!"

그와 동시에 황의인은 등에서 두 개의 쌍륜(雙輪)을 뽑아 들었고, 흑의인은 앙상하게 뼈가 드러난 주먹을 들어 올려 기수식을 취했다.

그 광경을 지켜보던 하객들은 얼굴색이 변했다.

'오늘 결국 피를 보고야 말겠구나.'

하지만 누구 하나 나서는 이는 없었다.

따지고 보면 하남삼살은 흑도의 무리인 반면 대명표국과 유가전장은 엄연히 정파에 속하는데, 청위표국의 불상사에 뒷짐을 지고 구경만 하고 있으니 강호의 정리란 좀처럼 지켜지지 않는 것임을 알 수 있는 장면이었다.

하남삼살은 어느새 송현을 세 방위로 포위하며 다가섰다.

뜻밖에도 송현은 쓴웃음을 짓더니 검을 들지 않은 오른팔을 앞으로 내미는 게 아닌가?

"할 수 있으면 가져가시오."

"뭐라? 좋다, 알아서 주겠다니 사양하지 않으마!"

정수연이 깜짝 놀란 얼굴로 송현의 소매를 붙잡으며 말했다.

"사형, 그만둬요!"

그러나 송현은 지금까지의 담담하던 모습과는 달리 정색을 하고서 고개를 저었다.

"저들에게 더는 말이 필요없을 것 같아. 걱정 말고 뒤로 물러나 있어."

적의인이 정수연을 힐끔 보더니 말했다.

"정인 년의 얼굴이 제법 반반하구나. 네놈이 팔 하나를 잃으면 내가 저년을 첩으로 얻어서 네 수고를 덜어주겠다. 후후후."

순간 송현의 눈빛이 날카롭게 바뀌었다.

탓!

하남삼살이 동시에 땅을 차며 몸을 날렸다. 그들은 각각 송현의 동남서 방향으로 압박해 들어왔다.

앙상하게 마른 몸으로서는 믿기지 않는 괴력을 갖고 있는 흑의인의 주특기인 권장술로 남쪽에서 적을 몰아세우면, 기형도와 쌍륜을 쓰는 적의인과 황의인이 동서 양쪽에서 적을 도륙한다. 하남삼살만의 독문무공인 사방즉살(四方卽殺)이란 합격진이었다.

그들이 하남사살이었을 때는 동서남북 사방위로 적을 몰아넣는 사방즉살 합격진으로 하남에서 맹위를 떨쳤었다. 지금은 백의인 일살이 죽고 없기에 합격진을 삼 방위밖에 펼치지 못했으나, 십 년간 하남삼살의 무위가 더욱 높아졌기 때문에 오히려 과거보다 더욱 위력이 강해졌다고 할 수 있었다.

"팔을 내놓아라!"

쉬익.

적의인이 기형도로 송현의 오른팔을 베어갔다. 동시에 황의인은 송현의 왼쪽에서 목을 향해 쌍륜을 날렸다. 말로는 팔 하나를 받겠다고 하면서 아예 송현을 죽이겠다는 흉계가 엿보이는 협공이었다.

송현의 팔이 기형도에 잘려 떨어지려는 찰나였다.

우두둑.

송현의 팔이 마치 관절이 빠지는 것처럼 이상한 소리를 내더니 기이하게 비틀어지며 늘어나는 게 아닌가?

그의 팔은 거기서 멈추지 않고 적의인의 도망(刀網) 틈새를 비집고 들어왔다.

적의인은 흠칫 놀라서 기형도를 돌리려 했으나 송현의 팔은 어느새 그의 멱살을 틀어쥐고 있었다. 이어서 송현이 멱살을 쥔 손을 뿌리치자 적의인은 그 기세를 감당하지 못하고 앞으로 세 걸음을 내디뎠다.

그러자 황의인의 쌍륜은 공교롭게도 위치가 뒤바뀐 적의인의 목을 향해 날아들었다.

“……!”

적의인은 얼굴이 하얗게 질리며 기형도를 들어 쌍륜을 내려쳤다. 기형도과 쌍륜이 부딪치자 불꽃이 튀었다.

좌좌앙!

적의인은 쌍륜을 팅겨내어 목이 떨어질 위기를 간신히 벗어났으나 기형도의 방향을 수습하지 못하고 그만 황의인의 왼팔을 두 치가량 베어버렸다. 동시에 황의인도 쌍륜이 적의인에게 향하자 황급히 손을 뺐으나 공교롭게도 쌍륜 하나가 적의인의 옆구리를 스치고 지나갔다.

“크윽!”

적의인과 황의인은 동시에 비명을 지르며 뒤로 물러섰다. 흑의인은 아직도 합격진이 깨진 영문을 몰라서 멍하니 제자리에 서 있었다.

그리고 이화접목(移花接木)의 수법으로 하남삼살의 합격진을 단 일 초식에 파해한 송현은 아무 일도 없었다는 듯이 담담한 얼굴로 먼저의 자리에 서 있는 것이었다.

하객들은 전광석화 같은 송현의 수법에 깜짝 놀라 입을 다물지 못했다.

하남삼살은 비록 중원무림의 절정고수라 하기에는 무리가 있을지 모르나 그래도 하남에서는 꽤 알아주는 고수들이었다. 그런데 그 하남삼살을 병장기도 들지 않은 손 하나로 단숨에 제압한 것이다.

모개삼은 생각했다.

'역시 청위표국은 확실하게 뿌리를 뽑지 않으면 안 된다. 괜히 사정을 봐주었다가는 언제 다시 과거의 세를 되찾을지 모르는 일이다.'

유황도 모개삼의 눈치를 보며 생각했다.

'모개삼이 끝내 청위표국의 봉문을 종용했던 것도 다 이유가 있었군.'

송현이 손짓 한 번으로 하남삼살을 제압하자 앞마당의 분위기는 대번에 바뀌었다. 각각 팔과 허리에 검상을 입은 하남삼살도 송현의 무위가 생각했던 것보다 뛰어남을 깨닫고 억지로 분을 참았다.

송현이 침묵을 깨며 말했다.

"어떡하시겠소? 아직도 본인의 팔이 필요하시오?"

적의인은 눈빛만으로 사람을 죽일 듯한 얼굴을 하고서 송현을 노려봤다.

"네놈……."

하남삼살의 기세가 아직도 흉흉하자 송현의 얼굴이 갑자기 싸늘하게 변했다.

송현은 왼손에 들고 있던 청연검을 오른손으로 옮겨 쥐면서 말했다.

"아직 금분세수가 끝나지 않았으니 청위표국은 기꺼이 과거의 은원에 대한 상대를 해주겠소. 다만 이번에는 맨손이 아니라 벽운검법(碧澐劍法)으로 대접을 할 것이오."

그 말에 하객들은 자기도 모르게 침을 꿀꺽 삼켰다.

청위표국이 하남 최고의 표국으로 성세를 누렸던 것은 다름 아닌 청위표국만의 독문무공인 벽운검법 때문이었다. 벽운검법은 검세가 광오하면서도 패도적이어서 정파의 검법이라고 하기에는 지나친 감이 있었다. 하지만 그만큼 실전에서 강력한 위력을 떨치던 검법이다. 전대 국주인 정추산의 벽운검법에 검하고혼이 된 녹림의 무리만도 일백이 넘는다는 얘기가 있을 정도였다.

그런데 하남삼살은 방금 송현의 금나수 일 초식도 피하지 못했으니, 벽운검법이 펼쳐지면 결과가 어떨지는 뻔한 것이 아닌가?

하남삼살도 그 사실을 깨달았는지 답을 못하고 한풀 기세가 꺾인 얼굴로 침음할 뿐이었다.

하남삼살이 더는 나서지 않자 송현은 검을 가로로 하여 두 손 위에 검날을 올렸다. 그리고 말했다.

"그럼 더는 은원 시비가 없는 것으로 알고 금분세수를 시작하겠소."

송현은 말을 마치고 검을 든 두 손에 진기를 끌어올렸다.

송현이 하남삼살을 제압할 때만 해도 안색이 좋지 않던 모개삼과 유황은 그제야 득의양양하게 미소를 지었다.

하남삼살은 마음으로는 시비를 걸고 싶었으나 선뜻 입이 떨어지지 않았다. 이미 십 년 전에 죽은 백의인 일살을 위한 답시고 괜히 자신들마저 불귀의 객이 될 필요는 없지 않은가? 대신에 표국이 봉문하는 것을 두 눈으로 지켜보게 되었으니 헛걸음한 것은 아니라고 속으로 자위하며 사이한 미소를 짓고 있었다.

하객들 모두가 득의에 찬 미소를 짓고 있을 때, 오직 정수연만이 슬픔이 가득한 눈으로 송현을 바라보았다.

"사형……."

어느새 그녀의 눈에서 두 줄기의 눈물이 흘러내렸다.

송현은 사매의 눈물을 보자 마음이 잠시 흔들렸다. 그러나 이내 다시 냉정을 되찾으며 생각했다.

'사매, 난 이미 과거의 부귀영화에는 미련을 버렸어.'

일 년 전, 청위표국은 전대 국주인 정추산과 표사들이 실종되는 기사(奇事)를 당하면서 갑작스럽게 세가 기울기 시작했다. 정추산은 정수연의 아버지이자 송현의 스승이기도 했다. 청위표국이 하남에서 위명을 확고히 한 것은 정추산의 힘이 컸는데, 그와 표사들이 사라지고 송현 혼자만 남게 되자 표국의 세는 급격히 기울기 시작했다.

　설상가상으로 정수연은 지병을 앓고 있었기 때문에 송현이 혼자 힘으로 버는 수입으로는 약값을 대기도 힘들 정도였다. 결국 빚이 감당할 수 없을 만큼 불어나자 몇 안 되는 쟁자수마저 하나둘 표국을 등져서 지금은 송현과 정수연만이 남아 있게 된 것이다.

　정수연은 한번 기침 발작을 시작하면 피를 토할 때까지 멈추지를 못했다. 하남의 차갑고 궂은 날씨와 때때로 눈을 뜨기도 힘들 만큼 불어오는 미세한 입자의 모래바람이 그녀의 병세를 더욱 악화시켰다.

　때문에 송현은 금분세수를 한 다음 자신의 고향인 운남(雲南)으로 그녀와 함께 낙향할 생각이었다.

　송현은 문득 고향을 떠나올 때 아버지가 했던 말이 생각났다.

　당시 아버지는 이렇게 말했었다.

　"강호의 정리(正理)란 차고 기우는 달[月]과 같다는 점을 명심해라."

　둥근 모습으로 밤하늘을 밝히다가도 날이 지나면 어둠 속으로 사라지기를 반복하는 달처럼, 강호의 의리와 도리 역시 문파의 위세가 높을 때는 지켜지다가도 문파가 쇠락하면 아무도 신경 쓰지 않으니 신뢰하지 말라는 말이었다.

당시 열여덟 살에 불과했던 송현은 아버지가 왜 그런 말을 하는지 알 수 없었다.

그러나 지금은 그 말을 이해할 수 있었다. 그동안 청위표국의 도움을 받았던 자들은 하나도 모습을 보이지 않은 반면, 빚쟁이와 흑도의 무리만이 찾아와 있지 않은가.

하지만 송현은 이제 강호의 정리나 명성에는 아무 미련이 없었다. 그가 지금 바라는 것은 오직 하나였다. 바로 정수연이 지병을 깨끗이 씻어버리고 다시 활짝 웃는 얼굴을 되찾는 것이었다.

그는 생각했다.

'사매, 사매가 다시 건강해질 수만 있다면 청위표국의 봉문쯤은 아무것도 아니야. 아니, 나는 그보다 더한 일이라도 하겠어.'

송현은 마음을 굳게 먹고 검을 든 손에 힘을 가했다. 검날이 조금씩 휘어지기 시작했다.

이제 표국의 신물인 청연검을 부러뜨리고 대야의 물에 손을 담그면 청위표국은 영원히 강호에서 사라지게 되는 것이다.

그때였다.

"기다리시오."

어디선가 무겁고 굵직한 목소리가 하객들의 귓속을 파고들었다.

하객들은 고개를 돌려서 또 어떤 불청객이 왔는지 대문 쪽을 바라봤다.

이상하게도 새로 등장한 불청객은 어디에도 보이지 않았다.

하객들은 잘못 들었나 싶어서 고개를 갸웃하며 다시 송현 쪽을 보려 했다. 그때 다시 목소리가 들렸다.

"이곳이 청위표국이 맞소?"

하객들은 자기도 모르게 다시 고개를 돌렸다.

그러자 대문 밖 멀리서 흐릿하게 한 인영의 모습이 보이는 게 아닌가?

하객들은 어안이 벙벙해서 서로를 쳐다봤다. 분명 처음에 들은 목소리와 뒤에 들은 목소리는 바로 옆에서 듣는 것처럼 생생했다. 그런데 목소리의 주인공은 아직 표국에 들어오지도 않았으니 대체 무슨 영문인지 알 수 없었던 것이다.

놀랄 일은 그것뿐이 아니었다.

인영은 큰 걸음으로 느릿느릿 걸어오는 듯싶은데 어느새 표국에 도착하여 대문 안으로 들어오고 있었다. 직접 눈으로 보고서도 믿기지 않는 광경이었다.

하객들은 이내 정신을 차리고서 인영을 살폈다.

뜻밖에도 인영은 머리를 삭발한 승려였다. 승려는 이마에 계인을 찍었으며 황금색 장삼에 핏빛처럼 붉은 가사를 걸쳤는데, 그 모습이 사뭇 위엄이 서린 자태였다.

　특이한 것은, 승려는 키가 남들보다 머리 하나는 더 큰데다가 어깨가 벌어지고 기골이 장대하여 장삼과 가사를 걸치지 않았다면 승려로 볼 수 없을 만큼 엄청난 체구의 장한이라는 것이었다.

　또한 태양혈이 불룩 솟아올라 있고 얼굴에 근엄한 표정이 가득한 것으로 보아 중원무림 명문정파의 인물인 듯한 분위기를 자아내고 있었다.

　마치 수호전에 나오는 백팔영웅 중 하나인 노지심이 현신한 것 같은 모습이었다.

　승려는 하객들을 주욱 훑어보더니 오른손만으로 반장(半掌)을 하며 말했다.

　"아미타불. 길을 비켜주시오."

　처음에는 불호를 읊으면서 다음 말은 명령조로 하는 것이, 승려라기에는 어딘가 어울리지 않는 말투였다.

　하객들은 승려의 위엄에 눌려서 자기도 모르게 양옆으로 물러섰다.

　그때 모개삼이 무언가 깨닫고는 소리쳤다.

　"가사로 왼쪽을 가린 차림에 반장이라고? 설마… 소림사?"

　"……!"

　모개삼의 말에 하객들은 화들짝 놀라서 승려를 바라봤다.

　모개삼이 소림승을 알아본 까닭은 이랬다.

　소림사에 역근경과 세수경을 전한 달마 대사에게 혜가라

는 승려가 제자 되기를 청했다. 달마 대사가 '산봉우리의 눈이 붉게 변하면 가르침을 주겠다'고 말하자, 혜가는 자신의 왼팔을 잘라 그 피로 눈을 붉게 만들었다. 달마 대사는 크게 감탄하여 혜가를 제자로 받아들였다. 그 이후로 소림승들은 혜가를 기리기 위해 가사 자락으로 왼쪽을 가리며 오른손만으로 반장을 하는 것이었다.

하객들은 갑작스레 등장한 승려의 괴이한 태도에 정신을 빼앗겼다가 모개삼이 소리치자 승려가 소림승인 것을 알아차리고는 서로의 얼굴을 쳐다봤다.

하남 숭산에 있는 소림사는 그리 멀지 않은 거리라 개봉에도 소림승들이 종종 출현하고는 했다. 하지만 서장 구륜사와의 세력 다툼이 시작되면서부터 중원의 명문정파가 구륜사 결전에 신경 쓰는 바람에 최근에는 타지에서 소림승의 모습은 좀처럼 보기 힘들었다.

그 소림승이 개봉의 외곽에 있는 성세가 기운 표국에, 그것도 공교롭게 국주의 금분세수가 있는 날에 일부러 걸음을 하였다니?

하객들은 서로 눈빛을 교환하며 소림승이 무슨 의도로 이곳에 왔는지 추측하기에 바빴다.

소림승은 하객들 사이를 성큼성큼 걸어오더니 송현의 앞에 와서 섰다. 그리고 송현의 위아래를 천천히 훑었다. 그러다가 송현의 앞에 놓인 대야를 보고는 양미간을 구기는 것이었다.

안 그래도 거구인 소림승이 우락부락한 얼굴을 잔뜩 찌푸리자 사찰에 있는 나한상(羅漢像)을 연상케 했다.

소림승이 반장을 하며 말했다.

"아미타불. 나는 소림의 일대제자인 진광(眞洸)이오. 당신이 청위표국의 송현 대인이오?"

소림승 진광의 말은 겉으로는 예의를 갖춘 것이었으나, 말하는 투가 거칠고 딱딱하여 그가 송현을 그리 마음에 들어하지 않는 것을 알 수 있었다.

송현이 말했다.

"본인이 현 국주인 송현이오."

그런데 송현은 한마디 대답을 하고서 다시 고개를 돌리는 것이었다.

진광의 눈썹이 한차례 꿈틀거렸다.

"이보시오, 내가 소림사에서 왔다고 하지 않았소?"

"소림에서 청위표국에 과거의 은원을 따지기 위해 온 것이오?"

"그건 아니오."

"그럼 됐소. 본인은 오늘 금분세수를 할 것이니 더는 무림의 일에 관여치 않을 것이오."

"……?"

진광은 어처구니가 없다는 얼굴로 송현을 바라봤다. 하객들 역시 눈앞에서 벌어지는 상황에 어안이 벙벙했다.

금분세수를 하고 나면 무림과 관계가 없다는 송현의 말은 일견 당연한 것이다. 하지만 상대는 무림의 태산북두인 소림사의 일대제자가 아닌가?

중원무림의 그 누구도 함부로 대하지 못할 소림승을 송현은 이제 아무 상관 없다는 투로 상대하니 하객들은 기가 막히면서도 송현의 굳은 심지에 감탄을 금하지 못했다.

진광이 말을 잇지 못하고 있을 때, 구레나룻이 가득한 외모답지 않게 잔꾀가 비상한 모개삼은 속으로 쾌재를 불렀다.

'송현 놈이 소림승도 길가의 개 보듯 하니 오늘 금분세수가 치러지지 않을 일은 없겠구나!'

그는 소림승 진광이 갑작스레 등장할 때부터 일이 틀어지는 게 아닌가 내심 마음을 졸였는데, 송현의 말을 듣고서는 걱정거리가 사라진 것이다.

진광은 잠시 송현을 멍하니 바라봤다. 그는 강호에서 숱한 풍상을 겪었지만, 오늘같이 면전에서 대놓고 무시를 당한 것은 처음이었기 때문이다.

그러다가 송현이 기어코 검을 부러뜨리려 하자 진광은 깜짝 놀라 정신을 차리며 말했다.

"잠깐 멈추시오! 여기 서찰이 있소!"

진광은 송현이 그대로 검을 부러뜨릴까 봐 다급히 품에 손을 넣어 서찰을 꺼냈다. 그러고도 안심이 되지 않는지 한마디 덧붙였다.

"본 사의 방장님께서 친히 보내신 서찰이오."

그 말에 하객들은 다시 한 번 놀랐다.

그제야 송현은 잠시 침음하더니 담담한 얼굴로 서찰을 받았다. 진광은 송현에게 서찰을 건넨 다음 자기도 모르게 작게 한숨을 쉬었다.

송현이 서찰을 펼치자 단아하면서도 힘있는 글씨가 모습을 드러냈다.

금번에 청위표국에 부탁할 일이 있으니 소림사로 왕림해 주시기를 바라오.

소림 방장 무혜.

간략하면서도 정중한 내용이었다.

송현은 아무 말 없이 조용히 서찰을 응시했다.

하객들은 서찰의 내용이 무엇인지 궁금했다. 하지만 송현은 침묵을 지킬 뿐이었다.

진광은 생각했다.

'중원에 셀 수 없이 많은 게 표국인데, 도대체 방장님은 왜 나를 이런 곳에 보내셨지?

그는 일개 표국의 국주가 소림의 일대제자인 자신을 업신여기는 것 같아 기분이 나쁜 상태였다. 그런데 송현이 서찰을

읽고서도 아무 대답 없이 조용히 침음하고 있자 성정이 불같
은 진광으로서는 답답해서 미칠 일이었다.

시간은 점점 흘러서 어느새 일다경(一茶頃) 가까이 되었다.

기다리다 지친 진광과 하객들이 막 폭발하려는 찰나, 송현
이 포권을 하며 말했다.

"이 자리에 오신 분들께는 죄송하오나 오늘 행하려던 금분
세수는 다음으로 미루도록 하겠소."

"……!"

그 말에 모개삼이 대뜸 역정을 냈다.

"그게 무슨 소리요? 강호에서 물러나지 않겠다는 거요?"

유황도 그를 거들고 나섰다.

"청위표국을 봉문하겠다는 약조가 있어야 그간 쌓인 이자
를 탕감해 주겠다는 얘기를 설마 잊은 건 아니오?"

대놓고 표국의 봉문을 운운하는 그들의 말에 화가 날 법도
한데, 송현은 아무 내색 없이 답했다.

"그런 뜻은 아니오. 단지 금분세수를 잠시 연기한다는 것
이오."

"그게 대체 언제요?"

그러자 송현은 진광을 한 번 바라보고는 말했다.

"소림사에 다녀온 뒤에 하겠소."

"……"

이번에는 모개삼과 유황이 침음하며 입을 다물었다. 그들

의 얼굴에는 낭패한 표정이 역력했다.

소림 방장이 보낸 서찰의 내용이 무엇인지는 모르나 지금 송현에게 금분세수를 강요한다면 결국 소림사의 뜻에 반박하는 판이 되는 게 아닌가?

제아무리 개봉의 금권(金權)을 장악한 대명표국과 유가전장이라고 해도 중원무림의 태산북두인 소림사와 등을 질 수는 없는 일이었다.

모개삼와 유황은 아연실색하여 생각했다.

'소림승이 올 때부터 일이 이상하게 꼬인다 싶었는데, 다 된 밥에 코 빠뜨린 격이 되었구나.'

모개삼과 유황이 더는 말이 없자 송현은 하남삼살을 보며 말했다.

"은원을 아직 풀지 못했다면 다음에 와주시오. 그때 상대해 드리겠소."

"……."

하남삼살도 침통한 얼굴로 침묵을 지켰다. 방금 송현에게 단 일 초식을 겨루어 검상을 입었는데, 소림승까지 옆에 있으니 더는 시비를 걸 엄두를 내지 못하는 것이었다.

정수연이 다가와서 물었다.

"무슨 일이에요?"

"자세한 사정은 모르지만 소림사에서 일을 맡기려는 것 같아."

“예?”

정수연은 잠깐 멈칫하다가 말했다.

“그럼 좋은 소식이네요?”

“아직은 모르겠어.”

“그런데 왜 소림사 같은 곳에서 우리에게 일을 맡기는 걸까요?”

그녀는 사형의 기분을 상하지 않기 위해 조심하였으나, 그녀의 말에 소림이 청위표국에게 일을 맡기는 것은 이상하다는 뜻이 들어 있는 것을 송현이 모를 리 없었다.

하지만 송현은 살짝 미소를 머금으며 답했다.

“일부러 청위표국을 부르니 필히 이유가 있겠지.”

“그렇군요. 아! 그런데…….”

정수연은 말을 마치자마자 무슨 생각이 들었는지 살짝 아미(蛾眉)를 찡그리며 말했다.

“어제 꿈속에서 돌아가신 어머니가 나왔어요. 어머니는 다른 때와 달리 아무 말도 없이 슬픈 눈으로 절 보시더니 가버렸어요. 이번 일, 왠지 불안한 느낌이 들어요.”

그 말에 송현은 그녀의 두 손을 잡으며 말했다.

“아니야. 어머님이 오늘 기쁜 소식을 전하려고 오셨겠지. 이번에 소림사에 다녀오면 바로 운남으로 내려가자. 맑고 쾌청한 날을 골라서 길을 떠나면 더욱 좋을 거야.”

그제야 정수연은 안심한 얼굴로 고개를 끄덕였다.

"사형 고향인 운남이 어떤 곳인지 빨리 보고 싶어요."

송현은 그녀를 보고 살짝 미소를 지었다. 그러나 그의 마음 속에는 굳은 결의가 점점 자리하고 있었다.

'운이 좋아 소림사의 일을 맡게 된다면 당분간은 사매의 약값 걱정은 하지 않아도 되겠지. 어쩌면 중원의 명의(名醫)를 찾아갈 수 있는 큰 금액을 벌게 될지도 모르는 일이다.'

만약 다른 곳에서 일을 청했다면 송현은 어떤 건수일지라도 일언지하에 거절했을 것이다. 그러나 소림의 일이라면 금분세수를 연기하면서까지 얘기를 들어볼 만한 충분한 가치가 있으리라 생각되었다.

'이번 일을 마지막으로 강호를 떠나 운남으로 간다.'

송현은 청연검을 다시 검집에 넣으며 결심했다.

그러나 송현은 꿈에도 떠올리고 싶지 않은 그 무간지옥으로 다시 들어가게 될 줄은 그때는 짐작조차 못하고 있었다.

*　　　*　　　*

송현과 소림승 진광은 개봉을 떠난 지 삼 일 만에 숭산(嵩山)에 도착했다.

진광은 숭산을 보고서야 속으로 안도의 한숨을 내쉬었다. 개봉에서 숭산까지 오는 삼 일 동안이 진광에게는 일 년도 더

되는 것같이 느껴졌다. 송현이 꼭 필요한 말 몇 마디를 빼고는 하루 종일 입을 다물었기 때문이다.

진광은 답답해서 몇 번씩이나 화를 터뜨릴 뻔했다. 소림사의 전대 방장이었던 공도(空道) 대사는 한마디 선문답을 하고서 두 시진 이상 침묵하는 게 예사였는데, 진광은 차라리 송현보다 공도 대사가 더 말수가 많다고 느낄 정도였던 것이다.

소림사는 숭산의 소실봉(少室峯) 중턱에 위치하고 있었다. 개봉에서 숭산까지는 돈을 주고 산 말을 타고 왔지만, 지금부터는 걸어서 산을 올라야 했다.

진광은 산을 오르면서 일부러 조금씩 걷는 속도를 빠르게 했다. 안 그래도 청위표국에서 송현에게 무시를 당한 판인데, 여행길마저 지겨워 죽을 뻔하자 그 복수도 할 겸 송현의 콧대를 누를 심산이었다.

진광은 내친김에 진기를 끌어올려 나한신법(羅漢身法)을 시전했다. 그러자 거구인 그의 몸이 마치 평지를 달리는 것처럼 산길을 올라갔다.

진광은 뒤를 흘깃 보며 생각했다.

'일개 표국의 국주 따위가 감히 소림을 우습게봤겠다? 어디 한 번 혼 좀 나봐라.'

진광이 송현에게 불만을 품은 것은 불문의 제자답지 않은 일이나, 그는 평생 산문 안에서 무공 수련에만 전념했기 때문에 일반 무림인과 크게 다르지 않았다. 더군다나 그는 소림의 일대제자 중에서도 성정이 급하고 불같기로 이름 높았다.

진광이 속도를 높인 지 어느덧 일다경이 지났다.

그런데 진광이 송현을 멀리 따돌렸을 거라 생각하고 고개를 돌려 보면, 송현은 금세 바로 뒤에 따라붙는 것이 아닌가?

게다가 송현은 얼핏 보기에 특이한 경공을 펼치는 것 같지도 않았다.

진광은 조금씩 부아가 났다.

'네놈이 제법 발이 빠르다만 곧 힘이 빠지면 날 따라오지 못할 것이다.'

그러나 시간이 지날수록 오히려 송현의 걸음걸이는 가볍고 경쾌해졌다.

진광은 기골이 장대하여 소림의 권각술을 주로 수련했기 때문에 그의 경공 수준은 절정고수의 경지에 올랐다고 하기에는 무리가 있었다. 하지만 모개삼과 유황 무리가 눈을 의심할 정도로 진광은 운신법 역시 상당한 수준에 올라 있었다. 그런데 일개 표국의 국주를 따돌리지 못하자 진광은 점점 안달이 나기 시작했다.

그러다가 어느 순간 진광은 송현이 일부러 속도 조절을 하여 자신을 앞서지 않고 따라만 온다는 것을 알아차렸다.

'이놈이 정말……'

진광은 열불이 올랐다.

하지만 성질을 부릴 수도 없는 것이, 아무 말 없이 먼저 산

길을 뛰어오른 것은 바로 자신이 아닌가?

'이제 어떡하면 좋지?

그렇다고 지금 와서 다시 천천히 걸음을 옮기자니 소림승으로서 체면이 구기는 일이었다. 진퇴양난이 따로 없었다.

'에라, 모르겠다.'

결국 진광과 송현은 그대로 소림사의 산문까지 쉬지 않고 달려서 올라갔다.

소림사의 산문을 지키는 지객승 진평은 낙엽을 쓸다가 깜짝 놀라고 말았다. 산 아래서 정체 모를 두 인영이 바람처럼 빠르게 올라오는 것이 아닌가?

그러다가 진평은 인영이 누구인지 알아보고서 눈을 휘둥그레 뜨며 말했다.

"진광 사형 아니십니까?"

진광은 산문 앞에 와서야 멈춰 서며 말했다.

"그래, 나다."

진광이 서자 송현도 그 뒤에서 걸음을 멈췄다.

진평은 멍청히 둘을 바라봤다. 사형인 진광은 살짝 숨을 몰아쉬고 있는 반면, 정체 모를 남자는 평온한 얼굴을 하고 있는 것이 방금까지 산을 달려서 올라오던 사람 같아 보이지 않았다.

진광은 진평이 혹시라도 자신과 송현이 경공 시합을 한 것을 눈치 챌까 봐 얼른 말했다.

"이자는 방장님이 부른 사람이다. 방장님은 어디 계시냐?"

진평은 그제야 정신을 차리며 말했다.

"아, 진광 사형이 돌아오면 지객당으로 가지 말고 바로 방장실로 오라고 하셨습니다."

"그러냐? 알았다."

진광은 송현을 돌아보며 말했다.

"갑시다."

진광은 말을 끝내기가 무섭게 다시 달리기 시작했고, 송현도 그 뒤를 따랐다.

혼자 남겨진 진평은 어안이 벙벙한 얼굴로 둘의 뒷모습을 바라보고 있었다.

산문을 지나서 본전의 옆에 나 있는 길을 따라 올라가자 좌우로 수많은 석탑이 줄을 잇고 있었다. 소림사 역대 고승들의 사리를 보관하고 있는 탑림(塔林)이었다.

계속해서 소림승들의 규율을 감독하는 계율원(戒律院)과 방장을 호위하는 무승들이 있는 팔대호원(八大護院)이 모습을 드러냈다.

송현은 소림사의 곳곳을 접하자 색다른 감회에 젖었다.

송현이 소림사에 온 것은 이번이 처음이 아니었다. 십 년 전, 정추산이 아직 국주이고 송현이 막 표국 일을 시작한 애송이였을 때 청위표국은 소림사의 일을 맡은 적이 있었던 것이다.

십 년이란 세월이 지났으나, 소림사는 그때와 하나도 달라진 게 없었다.

송현은 생각했다.

'무림의 명문정파란 바로 이런 곳을 두고 말하는 것인가?'

소림사는 건립 이래 수많은 부침을 겪었으나 결국 다시 성세를 되찾고 무림의 태산북두 자리를 지키고 있다. 그러나 청위표국은 기사를 겪은 뒤 불과 일 년도 채 못 되어서 봉문에까지 이르지 않았는가.

그런 생각이 들자 저절로 쓴웃음이 나왔다.

진광의 말이 송현의 상념을 깨뜨렸다.

"다 왔소."

송현이 고개를 들자 소림 방장의 처소인 방장실(方丈室)이 눈앞에서 자신을 굽어보고 있었다.

방장실을 지키고 있던 호위승 두 명은 진광을 보자 아무 말 없이 길을 비켰다.

진광은 앞으로 나가 방장실을 향해 말했다.

"제자 진광이 청위표국의 송현 대인을 모시고 왔습니다."

그러자 안에서 청수하면서도 위엄있는 목소리가 들려왔다.

"들어오너라."

진광과 송현은 방장실 안으로 들어갔다.

순간, 어떤 일이 닥쳐도 좀처럼 감정을 드러내는 법이 없는 송현도 눈을 크게 뜨며 놀란 얼굴을 했다. 방장실에는 소림 방장 외에도 네 명의 인영이 탁자를 중앙에 두고서 자리하고 있었는데, 그들이 뿜어내는 안광과 기도(氣道)가 사뭇 장중한 것으로 보아 무림의 명숙임을 알 수 있었던 것이다.

송현은 소림 방장의 서찰을 받고 어느 정도 각오를 하고 있었으나, 이번 일의 경중이 생각보다 무거운 것이라는 점을 새삼 깨달았다.

상석에 앉아 있던 소림 방장이 일어나며 반장을 했다.

"어서 오시지요. 소림의 무혜입니다."

마치 시주받으러 온 탁발승 같은 정중한 언행이었다. 그가 바로 부침을 거듭하던 소림을 다시 반석 위에 올려놓았으며, 서장 구륜사와의 결전에서 무림맹의 수뇌로 큰 활약을 했던 소림 방장인 홍면관음(紅面觀音) 무혜 대사였다.

그는 별호인 홍면관음답게 만면에 미소를 띠고 있었다.

송현은 좌중을 향해 포권을 하며 반배했다.

"청위표국의 송현이라고 합니다."

그러나 소림 방장 무혜를 제외한 다른 네 명의 무림 명숙은 차가운 시선으로 천천히 송현의 위아래를 훑었다.

송현은 소림사로 떠나면서 청위표국의 복식을 차려입었다. 대대로 이어지는 청위표국의 복식은 간략하고 검소한 것이 특징이었다. 청포를 입고 청색 두건을 쓴 다음, 검은 천을 머리와 허리에 둘러서 차별을 준 것이 전부였다.

청위표국이 하남에서 세를 떨칠 때만 해도 녹림의 무리들은 '청포에 검은 띠를 두른 표사는 건드리지 마라'고 얘기하고는 했다. 그러나 청위표국이 봉문에 이른 지금은, 평범한 무림인과 비교해도 별다른 특색이 없는 복식이기도 했다.

설상가상으로 송현의 지나치게 마른 체구와 차갑게 가라앉아 있는 눈빛이 그를 더욱 볼품없게 만들고 있었다. 단지 그의 허리춤에 찬 고검(古劍)만이 눈에 띌 뿐, 송현은 어디를 봐도 강호의 삼류무사 이상으로 보이지 않았다.

아니나 다를까, 백의(白衣)를 입고 있는 것도 모자라 눈처럼 새하얀 수염을 허리까지 내려오도록 기른 명숙이 무혜를 보며 말했다.

"방장이 부른 자가 이자요?"

"그렇습니다."

무혜가 빙그레 웃으며 대답하자 명숙은 혀를 끌끌 찼다.

"허어, 그것참⋯⋯."

그 명숙의 말과 표정에서 송현을 탐탁지 않게 생각하는 분위기가 배어 나왔다. 그러다가 명숙과 송현의 시선이 마주치자 송현이 포권을 하며 말하는 것이었다.

"화산파의 풍영소 노사를 뵙게 되어 영광입니다."

“……!”

명숙은 날카로운 눈빛을 하며 물었다.

“그걸 어찌 아는가?”

송현은 담담한 얼굴로 답했다.

“당금 무림에서 허리까지 내려오게 흰 수염을 길렀으며, 또한 백의를 걸치고 매화 수실이 달린 고검을 허리에 차고 있다면 화산파 삼대장로 중 한 분이신 미염백검(美髥白劍) 풍영소 노사 외에 그 누가 있겠습니까?”

송현의 말대로 명숙은 화산파의 장로인 풍영소였다. 그는 자신의 신분을 송현이 한눈에 알아차리자 제법이라는 듯 미소를 지었다. 그리고 계속해서 물었다.

“그럼 다른 분들도 누구인지 알겠는가?”

송현은 고개를 끄덕이더니 차례로 한 명씩 바라보며 말했다.

“이분은 청포를 입고 머리에 비녀를 꽂아 상투를 튼 것으로 보아 출가 수도한 도사이신데, 소나무 문양이 새겨진 고검을 차고 있는 것으로 보아 무당파의 장문인이신 일검천추(一劍千秋) 청허자 도인이십니다.”

송현은 아예 말끝을 단정 지었는데, 그 명숙은 송현의 말이 맞는지 살짝 고개를 끄덕이는 것이었다.

송현은 계속해서 다음 명숙을 보며 말했다.

“이분은 키가 칠 척 가까이 되시는 걸로 보이는데, 그런 신장을 가진 분은 중원무림에서 손에 꼽힐 것입니다. 또한 신장만 클 뿐이 아니라 근골이 장대하신 것으로 보아 아마도 하북팽가(河北彭家)의 명숙이라 생각되는군요. 그런데 얼굴 왼편에 갈지(之)자의 형태로 길게 검상이 나 있으니, 하북팽가의 현 가주이신 혼원패도(混元覇刀) 팽무걸 대인이십니다.”

송현이 다시 명숙의 신분을 말하자 좌중의 분위기가 일순에 돌변했다.

게다가 화산 풍영소와 무당 청허자의 경우는 그들이 차고 있는 검의 모습을 보고 어느 정도 짐작이 가능하다고 할 수 있으나, 하북팽가의 가주 팽무걸은 오로지 얼굴과 신체 특징만을 갖고서 맞혔으니 더욱 놀랄 일이었다.

팽무걸은 송현이 자신의 정체를 알아본 게 기분 나빴는지 냉랭한 얼굴로 고개를 돌렸다.

송현은 아무 내색 없이 마지막 명숙을 바라봤다.

그러자 다른 명숙들은 생각했다.

‘저자도 이번만큼은 힘들겠군.’

그도 그럴 것이, 마지막 명숙은 머리에 넓은 챙이 있는 모자를 쓰고 있었는데, 그 밑으로 촘촘한 은빛 망사가 둥글게 쳐져 있어 이목구비를 전혀 알아볼 수 없었던 것이다.

게다가 명숙은 하얀 유삼(儒衫)을 걸친 차림새로 청수한 느낌을 주었으나 이렇다 할 특징은 없었다. 또한 허리에 검 한 자루를 차고 있으나 어떤 문양이나 수실이 없는 평범한 검이라 그것을 보고 신분을 짐작하기에는 무리가 있었다.

송현의 뒤에 있던 진광은 씨익 웃으며 생각했다.

'이자가 갑자기 말문이 터지나 싶더니 봉변에 처했군.'

진광은 송현이 무림 명숙들의 신분을 척척 맞추자 왠지 모르게 기분이 편치 않았는데, 지금 그가 곤란한 지경에 처하자 자기도 모르게 속으로 실소가 났다.

잠시 마지막 명숙을 지그시 바라보던 송현이 입을 열었다.

"이분은 손이 여인처럼 곱고 하얀 반면, 손마디 뼈가 굵은 것으로 보아 지공(指功)이나 조법(爪法)에 조예가 깊으신 것 같군요."

그 말에 명숙이 쓰고 있는 모자의 망사가 자세히 보지 않으면 모를 정도로 살짝 흔들렸다.

"탁자 위에 놓인 찻잔이 오른쪽에 있는 것으로 보아 오른손잡이가 아니실까 생각됩니다. 하지만 검은 오른쪽 허리에 차고 계시는군요. 검을 오른쪽에 찬다면 보통은 왼손잡이라고 생각할 것입니다. 그런데 왼쪽 어깨가 살짝 앞으로 굽어 있는 것이 마음에 걸립니다. 오른손잡이인데 왼쪽 어깨를 많이 사용한다, 그 말인즉 좌수검법(左手劍法)을 익히신 것이라 여겨지는군요."

그러자 명숙들의 안광이 동시에 날카로워졌다. 진광은 방장실의 분위기가 갑자기 돌변하자 영문을 몰라서 좌우를 두리번거렸다.

송현의 말이 계속됐다.

"과거 전대 국주님께서는 관상을 볼 줄 아셨습니다만 저는 어깨너머로 조금 배웠을 뿐입니다. 지금 명숙의 얼굴은 볼 수 없으나 망사 밑으로 살짝 드러난 턱이 날렵하면서도 청수한 느낌을 주는 듯합니다. 아마도 명숙은 무공은 말할 것도 없으며 동시에 지모(智謀)가 뛰어나시지 않을까 추측합니다."

화산 풍영소가 살짝 한숨을 쉬며 말했다.

"눈썰미 하나는 쓸 만하군. 그래, 누구인지 알겠는가?"

"예."

"그럼 말해보게."

그런데 이어지는 송현의 말이 뜻밖이었다.

"실은 방장실에 들어오면서 이 명숙의 신분을 가장 먼저 알고 있었습니다."

"뭐라? 그게 정말인가?"

풍영소는 물론 명숙들의 시선이 송현에게 쏘아졌다. 송현이 담담한 얼굴로 말했다.

"그렇습니다."

"들어오자마자 알았다니, 어떻게 말인가?"

"망사모로 얼굴을 가리고 있었기 때문입니다."

"뭣이?"

풍영소의 안광이 더욱 날카롭게 쏘아졌다.

진광 역시 깜짝 놀라 입을 다물지 못했다. 얼굴을 가리고

있어서 신분을 알 수 있었다는 기담(奇談)은 생전 들어본 적
이 없었기 때문이다.

풍영소가 물었다.

"얼굴을 보지 못한 게 오히려 신분을 알아차린 계기가 되
었다는 말인가?"

"바로 그렇습니다."

송현이 설명을 시작했다.

"지금 이 자리에는 서장 구륜사와의 결전에서 큰 활약을
하셨던 무림맹의 명숙들이 모여 계십니다. 그런데 망사모를
쓰신 명숙은 아직 이립(而立)을 넘지 않으신 듯한데, 명문정
파의 다른 선배 분들 앞에서 얼굴을 가린다면 실례가 될 것입
니다. 해서, 저는 이분이 조금 전까지는 망사모를 벗고 있었
을 거라 생각했습니다. 그러나 외부인이라고 할 수 있는 제가
온다는 말에 명숙들의 허락을 구하고 다시 망사모를 썼으리
라 추측한 것입니다."

송현이 말을 멈추고 무혜를 바라보자 무혜는 미소를 머금
으며 고개를 끄덕였다. 그의 말이 정확하다는 뜻이 아니고 무
엇이겠는가?

송현은 말을 계속했다.

"이분은 아마도 예전부터 무림에서 망사모를 쓰고 얼굴을
드러내지 않으셨을 거라 생각됩니다. 중원무림의 고수는 하
늘의 별처럼 셀 수 없이 많으나, 그중에서 얼굴을 무림인에게

가리는 절정고수는 의외로 몇 명 안 됩니다. 지금까지 제가 말한 것을 합하면 이렇습니다. 강호에서 그 얼굴을 본 자가 열 명도 채 안 된다는 절정고수. 그것도 나이가 삼십을 넘지 않은 자이며, 게다가 구륜사와의 결전에서 응혈신조(凝血神爪)와 좌수검법으로 수많은 서장의 고수들을 검하고혼으로 만든 자.”

송현은 망사모를 쓴 자를 바라보며 말했다.

“그런 분은 중원무림에 단 한 명밖에 없습니다. 제갈세가(諸葛世家)의 일공자이신 옥면서생(玉面書生) 제갈성입니다.”

“……”

제갈성은 아무 말 없이 살짝 고개를 끄덕여서 송현의 말을 인정했다.

송현의 말이 끝나자 뒤에 서 있던 진광은 입을 딱 벌렸다.

옥면서생 제갈성은 송현이 말한 대로 강호에서 명성이 높으나 그의 얼굴을 본 자가 없다는 기인이사(奇人異士)였다.

진광도 제갈성의 명성만을 들어봤을 뿐, 지금 그가 방장실 안에 자리하고 있을 것이라고는 상상조차 못했다. 그런데 송현은 그의 얼굴을 보지도 않고서 다만 제갈성의 분위기와 기도, 그리고 전후 사정을 추측하여 신분을 정확히 말한 것이다.

진광은 새삼 송현을 다시 생각했다.

‘이자가 눈썰미와 무림에 대한 정보 하나는 기막히구나. 하긴 표국의 국주쯤 되면 무림 정보에 밝아야겠지.’

　그렇다고 해도 송현이 방금 보인 식견은 놀라운 것이었다.
　송현이 방장실에 자리한 명숙들의 신분을 모두 맞히자 그를 보는 명숙들의 눈빛이 달라졌다.
　풍영소가 무언가 생각이 났는지 말했다.
　"삼 년 전, 구륜사와의 결전 전에 있었던 무림대회에서 본 것이겠지. 어쨌든 눈썰미나 기억력은 제법이로군."
　그러나 송현은 고개를 가로저었다.
　"소림 방장님을 제외하면 모두 처음 뵙는 분들입니다."
　"……!"
　그 말에 풍영소는 살짝 놀란 얼굴로 무혜를 바라봤다. 그러자 무혜는 예의 부드러운 미소를 지으며 고개를 끄덕이고는 송현을 보며 말했다.
　"중원과 새외를 드나드는 표사라면 능히 무림 사정을 손바닥 보듯 알고 있어야 한다는 것이 십 년 전 국주님의 말씀이셨지요?"
　그 말에 송현은 잠시 차가운 시선으로 침음하다가 말했다.
　"그렇습니다."
　"그럼 국주님은 지금?"
　"일 년 전에 표국이 기사를 당하여 지금은 제가 국주로 있습니다."
　무혜는 반장을 하며 고개를 숙였다.
　"아미타불. 그랬었군요."

무혜의 말이 끝나자 좌중은 잠시 침묵에 빠졌다.

송현은 잠시 침음하다가 입을 열었다.

"청위표국을 봉문하려던 것은 알고 계십니까?"

무혜가 고개를 끄덕였다.

"진광에게 소식을 전해 들었습니다."

진광은 개봉을 떠나기 전에 간략한 사정을 전서구로 소림에 보냈던 것이다.

그 말을 들은 다른 명숙들은 무혜의 심중을 알지 못해서 양미간을 찡그렸다. 굳이 봉문 전의 표국에게 일을 맡기려는 이유가 무엇이란 말인가?

그들의 생각을 알고 있는 듯 송현이 무혜에게 말했다.

"지금 표국에는 남아 있는 표사도, 쟁자수도 없습니다."

그 말에 명숙들의 표정이 차갑게 변했다. 그러나 다른 명숙들과는 달리 무혜는 여전히 미소를 지으며 말했다.

"상관없습니다. 빈승은 청위표국의 현 국주인 송현 시주만 있으면 이번 일을 부탁할 생각입니다."

송현은 문득 무언가 불길한 예감을 느꼈다.

"그게 어떤 일입니까?"

무혜는 좌중을 한 번 돌아보며 시선으로 동의를 구한 다음 말했다.

"흑랑성에 들어가는 것입니다."

"……!"

송현은 그제야 모든 전후 사정을 깨달았다. 왜 소림 방장이 개봉의 외곽에 있는, 그것도 위세가 떨어질 대로 떨어져 문을 닫기 직전인 청위표국에 진광을 시켜서 친서까지 전했는지의 이유를 알 수 있었다.

송현은 겉으로는 담담한 표정을 지켰으나 속마음은 더할 수 없이 착잡했다.

'그런 것이었나? 청위표국을 부른 것이 그 때문이었나?

송현이 침음하고 있자 풍영소가 말했다.

"무림맹의 창천대와 무림삼성이 흑랑성을 멸문시킨 것은 이미 잘 알 걸세."

"예."

"그때의 일을 상세히 알고 있나?"

순간 송현의 두 눈에서 날카로운 빛이 떠올랐다. 하지만 그는 곧 평소처럼 담담한 눈으로 되돌아와서 말했다.

"어느 정도는 알고 있습니다."

"흑랑성이 표국을 고용하여 구륜사 결전에서 희생된 무림인의 시체를 사들인다는 소문이 있었지. 그런데 그 소문이 사실이었단 말이야."

"……."

그 얘기는 송현도 익히 알고 있는 것이었다.

당시 무림맹은 흑랑성을 사마외도의 무리라고 낙인찍었다. 그리고 흑랑성을 멸문하기 위해 구륜사 결전에서 큰 활약을 했던 창천대(蒼天隊)를 보냈다. 명문정파에서 내로라하는 고수들로 조직된 창천대 오(五) 개 조가 흑랑성을 멸하기 위해 출정했다.

결과는 참패였다.

한 조에 십이 명씩 오 개 조, 모두 육십 명의 고수가 단 한 명도 살아 돌아오지 못한 것이다.

무림맹은 고심 끝에 각파의 장문인과 원로를 제외하면 당대 명문정파의 최고 고수로 꼽히던 무림삼성(武林三星)을 흑랑성으로 보냈다. 그러나 흑랑성에 잠입한 무림삼성마저 돌아오지 않았다.

동시에 흑랑성의 무리도 깜쪽같이 사라져 버렸다. 하루아침에 강호에서 모습을 감춘 것이다.

그후 무림맹은 흑랑성을 금역(禁域)으로 선포했다.

강호의 수많은 무사와 도적이 흑랑성에 남아 있을지 모르는 기진이보와 신공절학을 손에 넣기 위해서 무림맹의 감시를 피해 몰래 흑랑성에 잠입했다. 그러나 살아 나온 자가 단 한 명도 없는 채로 몇 달이 지나자 흑랑성에 도전하는 자는 어느새 사라지게 되었던 것이다.

풍영소가 말했다.

"무림맹은 창천대와 무림삼성이 흑랑성을 멸문시키는 과정에서 놈들의 독수에 걸려 희생되었다고 공표했네. 양패구상한 것이지."

창천대가 흑랑성 멸문에 실패하고 무림삼성마저 돌아오지 못한 것은 무림맹의 수치일 법도 한데, 풍영소는 개의치 않는다는 듯 언급했다.

풍영소가 말을 계속했다.

"얼마 전에 창천대 육(六)조를 흑랑성에 들여보냈지."

송현이 눈을 살짝 치켜뜨며 물었다.

"창천대는 전부 오(五) 개 조가 아닙니까?"

"한 조 더 있네."

송현은 더는 묻지 않았지만 창천대의 육조가 무림맹의 비밀 조직인 것을 짐작할 수 있었다.

"창천육조는 명문정파의 후기지수들로 만들어졌네. 모두 해서 일곱 명이지. 그들 중에는 이미 중원무림에 이름이 알려진 아이도 있지만, 아직 알려지지 않은 잠룡도 있네. 경험이나 연륜은 부족할지 모르나 실력은 나름대로 있는 아이들이야. 그런데……."

풍영소는 잠시 침음하다가 무겁게 가라앉은 목소리로 말했다.

"흑랑성에 들어간 지 십 일이 넘었는데 아직 소식이 없다네."

풍영소는 그 말을 끝으로 침음했다.

송현은 풍영소와 다른 명숙들의 침통한 얼굴을 보고서 상황을 알 수 있었다.

'창천육조 일곱 명은 명문정파와 세가에서 각별히 아끼는 후기지수 일곱 명으로 구성되었겠군.'

송현이 물었다.

"이번 일은 그들을 구하는 것입니까?"

풍영소가 답했다.

"물론이네. 하나, 그 아이들이 모두 죽었을 경우… 아이들이 맡았던 일을 대신 처리해 주시게."

"그게 무엇입니까?"

"흑랑성의 지하 뇌옥 십삼호실에 있는 한 남자를 데려오는 것이네."

"그것이 창천육조의 임무였습니까?"

"그렇네."

"……."

송현은 조용히 허공을 응시했다. 뒤에 있던 진광은 그 모습을 보자 속이 뒤집힐 것 같았다.

'저자가 또 입을 닫으려는구나.'

송현이 눈앞의 얼굴을 하고 침음하면 짧게는 일다경, 길게는 하루 열두 시진 동안 말을 하지 않는다는 것을 진광은 이미 잘 알고 있었던 것이다.

다행히 송현은 일각이 채 되기 전에 입을 열었다.

"지하 뇌옥에 있는 남자를 데려오라는 말은 무슨 뜻입니까?"

"뭐가 이상한가?"

“말씀이 불분명하군요.”

송현은 평소의 그답지 않게 날카로운 눈빛을 하며 물었다.

“그자를 안전하게 호위해 오라는 뜻입니까, 아니면 죄인이 도망치지 못하게 호송해 오라는 뜻입니까?”

“……!”

명숙들의 눈빛이 달라졌다. 송현의 말이 정곡을 찌르는 것이었기 때문이다.

풍영소가 무혜와 시선을 한 번 교환하더니 말했다.

“호송하는 것이네.”

“알겠습니다.”

송현은 담담하게 대답했으나 풍영소의 말에서 임무가 생각보다 위험하다는 것을 느끼고 있었다.

무혜가 말했다.

“그럼 일을 맡으시는 것이지요?”

“네 가지 조건이 있습니다.”

“무엇입니까?”

“먼저, 이번 일에 대한 보수는 평소 표국 일의 열 배를 받겠습니다.”

“무엇이?”

풍영소가 양미간을 구기며 말했다. 다른 명숙들의 눈빛도 좋지 않았다. 평소 표국이 받는 보수의 열 배라는 금액도 문제이나, 그보다 무림의 명숙들이 부탁을 하는 자리인데 먼저

돈 얘기를 꺼내는 송현의 태도가 마음에 들지 않았던 것이다.

"왜 열 배씩이나 되는가?"

풍영소가 묻자 송현은 설명했다.

"중원무림인의 발길이 닿지 않은 새외(塞外)나 금역(禁域)에 가는 일은 두 배의 보수를 받습니다. 사람을 구출하는 일은, 그것도 소식 불명인 사람의 행방을 찾아서 구출하는 일은 거기에 세 배를 더합니다. 위험한 죄인을 호송하는 일은 따로 세 배의 금액을 받습니다. 마지막으로, 왕복 일은 당연히 편도 일의 두 배입니다. 모두 더해서 열 배입니다."

"……."

명숙들은 송현의 설명에 놀라면서 동시에 감탄했다. 송현의 말은 차분하면서도 논리적이어서 어디 한 군데 허술한 구석이 없었기 때문이다.

좌중이 조용히 있자 송현은 두 번째 조건을 말했다.

"두 번째로는, 이번 일에 필요한 사람들은 제가 직접 선별하겠습니다."

"뭐라?"

풍영소가 다시 눈살을 찌푸렸지만 송현은 개의치 않으며 말을 이었다.

"흑랑성은 일반 무림인들로는 감당할 수 없는 곳입니다. 무림삼성마저 흑랑성에 들어간 뒤 소식 불명이 되었으니, 그 어떤 절정고수가 간다고 해도 탈출을 자신할 수 없을 것입니다."

“그거야 그렇겠지. 해서?”

“이번 일에 필요한 인원은 잠행에 적합한 자들이어야 합니다.”

“잠행이라?”

“그렇습니다.”

잠행(潛行)이란 말은 강호에 모습을 드러내지 않고 정체를 숨긴 채 일을 도모하는 것을 뜻했다. 그러나 지금 송현이 말한 잠행은 보통 말하는 의미와는 다른 것이었다.

“표사들은 어떤 중지(重地)나 비처(秘處)에 잠입하여 탈출하는 것을 잠행이라고 말합니다. 이번 일은 그 잠행에 적합한 능력을 가진 자들이 있어야 합니다. 또한 모두의 호흡이 정확히 일치해야 되고 한 치의 빈틈도 있어서는 곤란합니다. 그러기 위해서는 제가 직접 인원을 선발해야 합니다.”

송현의 설명에 명숙들은 이해가 됐는지 얼굴빛이 조금은 부드러워졌다.

송현은 세 번째 조건을 말했다.

“세 번째로는, 무림맹이 구륜사와의 결전에서 사용하고 소림사에 보관해 둔 것으로 알고 있는 기병(奇兵)을 빌려주십시오.”

그 말에 조금 풀어졌던 명숙들의 눈빛이 다시 날카로워졌다. 그러나 송현은 그것을 아는지 모르는지 말을 계속했다.

“인원을 모두 모으면 각자의 능력에 맞는 기병을 소지하도록 하겠습니다.”

명숙들은 차가운 시선으로 송현을 노려봤다. 풍영소가 물었다.

"좋네. 달라는 것도 아니고 빌리는 것이니 상관없겠지. 하면, 남은 조건은 무엇인가?"

송현은 잠시 조용히 명숙들을 바라보다가 입을 열었다.

"마지막으로, 무림삼성이 흑랑성에 들어갈 때 소지했다는 무림패(武林牌)를 청위표국에게 향후 삼 년간 내려주십시오."

"……!"

무림패는 용의 문양이 새겨진 순금으로 된 명패였다. 하지만 그것은 단순한 명패가 아니라 당금 무림맹의 위세를 등에 업었다는 것을 입증할 수 있는 신물(信物)이었던 것이다.

무림맹은 무림삼성이 흑랑성으로 떠날 때 무림패를 주었는데, 그들의 생사가 묘연한 지금 당연히 무림패의 행방도 알 수 없는 것이었다.

그런데 송현이 무림패를 언급했으니, 그가 흑랑성에 들어가 무림패를 되찾아올 것이라고 장담한 셈이 아닌가?

"이상이 네 가지 조건입니다."

송현이 말을 마치자 좌중은 침묵에 빠졌다. 무혜가 다른 명숙들을 돌아보며 말했다.

"아미타불. 애초에 송현 시주를 부른 것도 이번 일이 특이한 성격을 갖고 있기 때문이라는 점은 모두 잘 알고 계시지 않습니까? 저는 송현 시주의 조건을 들어주겠습니다. 다른 분도 동의하시는지요?”

무혜는 시선을 옮기며 차례로 한 명씩 바라봤다.

풍영소는 여전히 불만 어린 얼굴이었으나 이내 고개를 끄덕이며 말했다.

“알겠네. 방장의 결정에 동의하네.”

무혜가 무당의 청허자를 보자 그는 아무 말 없이 살짝 고개를 끄덕였다. 계속해서 하북팽가의 팽무걸도, 제갈세가의 제갈성도 무혜의 시선에 고개를 끄덕여서 동의를 표시했다.

무혜는 모두의 동의를 구한 다음 송현에게 말했다.

“그럼 송현 시주는 사람을 구하는 대로 흑랑성에 들어가 창천육조를 구하고 지하 뇌옥에 있는 죄수를 호송해 오십시오. 창천육조의 생사가 어떤지는 아직 불분명하니 일을 서두르는 게 좋겠지요. 사람을 구하는 데는 시일이 얼마나 걸리는지요?”

“삼 일 안으로 끝내겠습니다.”

“알겠습니다.”

대화가 끝나자 송현은 바로 자리에서 일어났다. 그리고 좌중을 향해 포권을 하고는 몸을 돌렸다.

그때 무혜가 말을 덧붙였다.

“송현 시주를 소림사에 모시고 온 진광이 사람 모으는 일을 도울 것입니다.”

안 그래도 명숙들의 회의가 길어져서 내심 지겨워하고 있던 진광은 무혜의 말을 듣고 화들짝 놀라 소리쳤다.

"예에? 그게 무슨 말씀입니까?!"

그러다 진광은 무림 명숙들 앞에서 실례를 저지른 것을 깨닫고는 얼굴을 붉히며 고개를 숙였다.

무혜가 빙그레 웃으며 말했다.

"송현 시주가 사람을 다 모을 때까지만 네가 일을 돕도록 해라."

"……."

날씨가 싸늘한데 진광의 등 뒤에서는 진땀이 배어 나왔다.

'저 꿀 먹은 벙어리 같은 자랑 또 며칠간을 함께하란 말이십니까? 차라리 삼 년 동안 면벽수련을 하겠습니다!'

진광은 다급한 와중에 한 가지 핑곗거리를 생각해 냈다.

"제자는 나한당(羅漢堂)의 수련에 참가해야 됩니다."

진광은 소림의 일대제자인 동시에 나한당에 속한 십팔나한(十八羅漢) 중 한 명이었던 것이다.

서장 구륜사와의 결전에서 숱한 소림승이 피를 흘렸으며, 나한당의 십팔나한 역시 예외는 아니었다. 결전이 끝난 후 나한당은 결원을 보충하기 위해 일대제자나 이대제자를 새로 뽑았다. 때문에 배분이 높은 진광은 새로 나한당에 들어온 사제들을 수련시켜야 할 책임이 있었던 것이다.

그러나 무혜는 일언지하에 진광의 실낱같은 기대를 무산시켰다.

"내가 나한당주에게 잘 말씀드릴 터이니 걱정 말아라."

“예……..”

진광은 고개를 숙이며 풀이 죽은 목소리로 대답했다.

명숙들은 무혜가 송현에게 진광을 붙인 이유를 알 수 있었다. 송현을 도와서 일을 빨리 처리하라는 뜻도 있지만, 반대로 그를 감시하라는 의중이 있는 처사였다.

그러나 송현은 그것을 아는지 모르는지 내색하지 않고 포권을 하며 말했다.

“방장님께서 신경 써주신 점, 감사드립니다. 그럼 저는 이만 나가보겠습니다.”

송현은 방장실을 나가면서 생각했다.

‘이번 일로 받는 보수라면 사매를 중원의 명의에게 데려갈 수 있을 것이다. 게다가 무림맹의 신물인 무림패를 받는다면 청위표국을 다시 일으킬 수 있다. 하남의 날씨가 사매의 건강에 나쁘다면 운남에 가서 새로 터를 잡아도 되겠지. 무림패는 그만한 힘과 가치가 있다.’

그때 송현의 뇌리에 일 년 전의 참혹했던 기억이 스쳐 지나갔다. 그는 자기도 모르게 몸을 한차례 부르르 떨었다.

‘결국 그곳에 다시 갈 수밖에 없는 걸까?’

그는 손을 내려 허리춤에 있는 청연검을 움켜잡았다. 검을 쥔 그의 손에 힘이 들어갔다.

‘그래, 사매를 위해서라면, 청위표국을 위해서라면……..’

송현은 굳은 발걸음으로 방장실을 떠났다.

진광은 멍청한 얼굴로 송현의 뒤를 바라보고 있었다. 그러다가 그가 밖으로 나가자 어쩔 줄을 모르고 무혜를 바라봤다. 무혜가 고개를 끄덕이자 진광은 그제야 정신을 차리고서 허둥지둥 몸을 돌렸다. 그러다 그만 문설주에 이마를 세게 부딪치고 말았다.

쿵!

"어이쿠!"

진광은 비명을 지르다가 명숙들의 앞이라는 것을 깨닫고는 다급히 손으로 입을 틀어막았다. 그리고 명숙들을 향해 반배를 하는 둥 마는 둥하다가 휑하니 방장실을 뛰쳐나갔다.

명숙들은 황망한 눈빛으로 진광의 뒷모습을 바라봤다.

'소문으로는 저자가 소림십팔나한 중에서 방장이 가장 총애하는 무승이라는데 어찌 저리 한심하단 말인가?'

그러나 무혜는 명숙들의 따가운 시선에도 여전히 미소를 머금고 있었다.

송현과 진광이 나가고 방장실의 문이 다시 닫히자, 풍영소가 무혜를 보며 말했다.

"방장은 저 송현이란 자가 이번 일을 완수하리라 믿는가?"

무혜가 반장을 하며 말했다.

"우주 삼라만상의 일을 인간의 뜻대로 할 수는 없겠지요."

풍영소는 살짝 눈살을 찌푸렸다.

“그게 무슨 말인가? 성공하지 못할 거면 애초에 왜 일개 표국의 국주에게 일을 맡긴 건가?”

다른 명숙들도 풍영소의 말에 동의한다는 눈빛으로 무혜를 바라봤다.

그러자 무혜는 잠시 침음하더니 좌중을 바라봤다. 어느새 무혜의 얼굴에는 미소가 사라져 있으며, 그의 두 눈에서는 평소와 다르게 날카로운 안광이 새어 나오고 있었다.

“송현 시주는 당금 무림에서 그 누구보다도 흑랑성에 대해 잘 알고 있는 자입니다.”

“그 말이 사실인가?”

“물론입니다. 흑랑성의 패망이 시작된 날을 기억하시는지요?”

“그걸 모를 리 있나? 작년 십일월 십삼일이 아닌가? 그날 벌어진 기사(奇事) 이후로 흑랑성에 들어갔다가 살아 나온 자는 아무도 없었지.”

“그렇습니다.”

무혜가 나직한 목소리로 말했다.

“송현 시주는 바로 그날 흑랑성에서 탈출한 유일한 생존자입니다. 아미타불.”

第二章

군자(君子) 초류영

潛行武士
잠행무사

송현은 방장실을 나오자 조금씩 걸음을 빠르게 했다. 진
광은 불만이 가득한 얼굴을 하고서 그의 뒤를 따라갔다.

개봉까지 왕복하고서 막 소림사에 돌아온 진광은 잠시 쉬
어가고 싶은 마음이 굴뚝같았다. 그런데 송현은 여장을 풀 생
각도 없는지 지객당마저 그냥 지나쳐 버리는 것이 아닌가?

진광은 입이 근질거려서 미칠 것 같았다.

'좀 쉬었다 갑시다!'

그러나 차마 그 말을 꺼낼 수가 없었다. 다른 사람도 아닌
소림 방장이 한시가 시급하다며 일을 빨리 처리하라고 송현
에게 주문하지 않았는가.

그러는 동안에도 송현과 진광은 점점 걸음을 빨리했고, 어느새 둘은 소림사를 올라올 때처럼 달려서 내려가게 되었다. 진광은 고개를 설레설레 흔들며 송현의 뒤를 따라갔다.

'내가 전생에 무슨 업보가 있기에 이런 놈을 만나 고생인 것이냐?'

산문을 지키던 지객승 진평은 사형 진광이 아까 봤던 남자와 함께 또다시 횅하니 달려서 산을 내려가는 것을 보고 입을 딱 벌리며 멍청히 서 있었다.

소림사를 내려온 송현은 낙양(洛陽)으로 향했다.

낙양은 서안(西安), 개봉(開封)과 함께 중원의 삼대고도(三代古都)로 꼽히는 곳이다. 중원 경제와 문화의 중심지인 낙양은 이백과 두보 같은 명시인을 배출한 곳이며, 또한 삼국연의(三國演義)의 무대이기도 한 대도시이다.

진광은 송현의 행선지가 낙양인 것을 알고서 고개를 끄덕였다.

'이자가 쓸데없이 과묵하기만 하더니, 제법 자기 일은 제대로 할 줄 아는 모양이군.'

낙양은 소림사가 있는 숭산에서 제일 가까운 대도시였다. 때문에 다시 개봉으로 돌아가지 않고 낙양으로 가서 사람을 구하는 것이 더 빠를 것은 자명했다. 게다가 봉문 직전의 청위표국에는 표사 하나, 쟁자수 하나 남아 있지 않으니 굳이 개봉으로 돌아갈 이유도 없었다.

진광은 송현의 빠른 일처리를 대하자 그를 만난 이후 처음으로 조금이나마 호감이 생겼다.

당금 낙양에서 세를 떨치고 있는 곳은 이씨세가와 적룡방(赤龍幫)이었다. 또한 웅원표국(雄元鏢局)도 최근에 눈에 띄게 세를 넓히고 있었다.

진광은 생각했다.

'적룡방은 흑도의 무리라 제외하고, 아마도 이씨세가나 웅원표국에 들러서 사람을 구하겠지.'

그는 그제야 소림 방장이 왜 자신에게 송현의 일을 도우라고 시켰는지 알 수 있었다.

송현이 일을 제대로 하는지 지켜보라는 뜻도 있겠지만, 지금처럼 명문정파에 들러서 도움을 청하려 한다면 소림의 일대제자이며 십팔나한의 일원인 자신이 동행하는 것이 훨씬 일이 쉬울 것이 아닌가? 이름없는 일개 표국의 국주가 이씨세가나 웅원표국 같은 곳에 무작정 간다면 문전박대가 고작일 테니 말이다.

'역시 방장님이 명하시는 일은 모두 이유가 있구나.'

그러나 진광의 짐작은 빗나갔다.

송현이 낙양의 대로를 걸으며 웅원표국을 그냥 지나쳐 버렸기 때문이다.

진광은 어이가 없었다.

'엥?'

그는 혹시 자신이 잘못 본 게 아닌가 싶어서 다시 뒤를 돌아봤다. 하지만 방금 지나친 곳은 분명 웅원표국의 편액이 걸려 있는 대문이었다.

그뿐 아니라, 송현은 이씨세가가 있는 낙양 북쪽으로는 가지 않고 엉뚱하게도 서쪽으로 발길을 돌리고 있었다.

진광은 영문을 알 수 없었다.

'이자가 대체 어딜 가는 거야? 낙양에서 이씨세가와 웅원표국을 찾지 않으면 또 어딜 가서 도움을 청한단 말이냐?'

뜻밖에도 송현이 처음 발길을 옮긴 곳은 포청(捕廳)이었다.

진광은 눈살을 찌푸렸다.

'알고 보니 이자가 관과 연줄이 닿아 있나 보군.'

무림과 관(官)은 서로 관여하지 않고 거리를 두는 것이 강호에서 암묵적으로 지켜지는 관습이다. 한데 송현이 낙양에 들러서 처음 찾은 곳이 하필 포청이니 명문정파인 소림의 제자인 진광으로서는 기분이 썩 내키지 않았던 것이다.

그런데 괴이한 일은 연이어 벌어졌다.

포청 앞에 도착한 송현은 안에 들어갈 생각이 없는지 밖에서 우두커니 서 있는 게 아닌가?

'이자가 정말? 왔으면 일단 들어가기라도 해야 될 것 아냐?'

진광은 답답한 가슴을 억누르다가 송현이 무언가를 뚫어

지게 보고 있다는 것을 깨달았다.

그것은 포청의 벽에 붙여 놓은 방문(榜文)이었는데, 무관(武官)을 뽑는다는 내용이 적혀 있었다.

진광은 도무지 영문을 알 수 없었다.

'지금 무관을 찾는 건가?'

하지만 무관을 찾을 거면 일단 포청에 들어갈 일이지, 무관 뽑는 방문은 왜 들여다본다는 말인가?

궁금함을 참지 못한 진광은 헛기침을 한 번 하고는 물었다.

"어험, 방문은 무슨 일로 보고 그러시오?"

개봉에서 숭산까지 오는 동안 하루에 세 마디 이상을 하지 않던 송현은 의외로 흔쾌히 대답했다.

"쓸 만한 궁수를 찾고 있소."

"궁수(弓手)?"

"그렇소."

진광은 자기도 모르게 양미간을 찡그렸다.

'왜 하필 궁수 따위를 구하려는 것이냐?'

중원무림에서는 궁수를 그리 높게 평가하지 않았다. 활을 쓰는 자는 무공이 뒤떨어질 거라는 편견이 있었으며, 암기나 기관 장치를 쓰는 자들과 동일시되기도 했다.

게다가 활이 효과가 있으려면 상대가 예측할 수 없을 만큼 먼 거리에서 불시에 공격해야 하는데, 그것은 무림인이 가장 적대시하는 살수(殺手)의 행각과 다를 바 없었기 때문이다.

　더군다나 활은 암기나 기관 장치와는 달리 오랜 기간의 숙련이 필요하기 때문에 무림인 중에서 활을 수련하는 자는 쉽게 찾기 힘들었다. 송현이 궁수를 구한다는 말에 진광이 얼굴을 찌푸린 것은 그런 연유에서였다.

　진광은 불편한 심기로 말했다.

　"지금 한시가 시급한 터인데 궁수 따위를 구해서 무얼 할 생각이오? 무림인 중에서 활을 쓰는 자가 많지 않다는 것을 설마 모른단 말이오?"

　송현은 여전히 태연하게 답했다.

　"그래서 관에 온 것이 아니겠소?"

　"……."

　송현이 너무도 당연하다는 듯이 대답하자 진광은 그만 할 말을 잃어버렸다.

　송현의 말이 이어졌다.

　"잠행을 하려면, 그것도 다른 곳이 아니라 흑랑성에 들어가려면 궁수가 반드시 필요하오."

　송현이 설명을 덧붙이자 진광도 그제야 조금 마음을 풀었다.

　그러다가 진광은 무슨 생각이 떠올랐는지 말했다.

　"그렇지! 내가 왜 그걸 잊고 있었지? 궁수라면 따로 찾을 필요 없소."

　"아는 자가 있소?"

“이씨세가의 가주가 바로 하남에서 가장 유명한 궁수이자 무림인이오!”

“철혈궁왕(鐵血弓王) 이세정 말이오?”

“알고 있었소?”

송현이 이씨세가 가주의 이름과 별호를 말하자 진광은 생각했다.

‘아차, 무림 사정에 도통한 이자가 철혈궁왕을 모를 리 없겠군. 근데 왜 여태껏 아는 척을 안 한 것이냐?’

진광은 어찌 됐든 신이 나서 말했다.

“비록 하남제일세가의 가주라는 신분이 있으나 소림의 이름을 빌어 청한다면, 설마 그자가 이번 일을 돕지 않을 리 있겠소?”

그런데 송현의 대답이 뜻밖이었다.

“그자는 이번 잠행 일에 부적합하오.”

한참 신바람을 내던 진광은 자기도 모르게 목소리를 높였다.

“무엇이? 왜 그렇소?”

“철혈신궁 이세정은 길이가 오 척 가까이 되는 대궁(大弓)과 보통 화살보다 가늘고 기다란 유시(柳矢)를 쓴다고 들었소.”

“잘 알고 있군. 그럼 철혈신궁이 오척대궁으로 흑도의 무리를 겨냥하여 빗나간 적이 없다는 것도 모르지는 않을 텐데?”

"알고 있소. 바로 그것이 문제요."

"뭐요?"

"제아무리 역발산기개세(力拔山氣蓋世)의 근골을 타고났다고 해도 오척대궁을 근육의 힘만으로는 사용할 수 없소. 또한 보통 화살보다 약한 유시를 먼 곳까지 쏘는 것도 불가능하오. 이세정은 이씨세가의 독문 내공심법을 써서 진기를 양손에 운용하여 대궁의 시위를 당기는 것이오. 그리고 그건 때로는 치명적일 수도 있소."

진광은 도무지 송현의 말을 이해할 수 없었다.

"활만 잘 쏘면 됐지 내공심법을 써서 활을 당기는 게 무엇이 문제란 말이오?"

"내공을 써야만 활을 쓸 수 있다면, 만약 내공을 쓸 수 없게 됐을 때는 어떡하겠소?"

"……."

진광은 어처구니가 없었다.

'아니, 무림인이라면 내공심법을 익힌 게 당연한 것인데, 내공을 쓸 수 있고 없고가 대체 무슨 상관이란 말이냐?'

진광은 더는 말하기도 싫어져서 입을 다물었다.

그런데 송현이 포청에 들어가지 않고 몸을 돌리는 게 아닌가?

진광은 참지 못하고 화를 터뜨렸다.

"이보시오! 내공을 쓰는 무림인이 안 된다면 궁술을 익힌 무관이라도 알아보고 가야 되지 않소?”

송현은 잠깐 조용히 진광을 바라보다가 말했다.

“무림은 관과 엮이는 것을 싫어하지 않소? 게다가 이번 잠행 일은 무림맹의 수뇌 분들이 비밀리에 진행하는 것이라 함부로 누설할 것이 못 되는데 관이 끼어들면 그분들이 곤란해 할 것이 아니오?”

“…그 말은 맞는 말이오.”

“알면 됐소.”

송현은 말을 마치고는 몸을 돌려 훌쩍 포청 앞을 떠나는 것이었다.

진광은 기가 막히다 못해 전신의 맥이 빠질 정도였다.

‘그럼 대체 포청에는 무얼 하러 왔단 말이냐?’

진광은 고개를 절레절레 흔들면서 하는 수 없이 송현의 뒤를 따라갔다.

포청을 떠나서 송현이 간 곳은 다름 아닌 객잔이었다.

숭산과 개봉을 왕복하자마자 다시 낙양으로 오는 동안 바쁘게 길을 떠나기를 반복했던 진광은 송현이 저녁 일찍부터 객잔에 들자 반기는 심정이 되었다.

그러나 한편으로는 걱정이 되었다. 송현이 소림 방장에게 약조한 날짜는 고작 삼 일인데 사람을 한 명도 구하지 못한 채 첫날이 다 지나가 버린 셈이니 말이다.

진광은 고개를 저으며 생각했다.

'내 일도 아닌데, 알아서 하겠지.'

진광은 객잔에 들어 여장을 풀고 침상에 대(大) 자로 눕자
살 것 같았다.

그때 송현이 진광의 방으로 들어왔다. 진광은 깜짝 놀라 몸
을 일으키며 물었다.

"무슨 일이라도 있소?"

"따라오시오."

송현은 그 말을 끝으로 다시 밖으로 나갔다.

'좀 편히 쉬나 싶더니, 해도 떨어진 마당에 또 무슨 발걸음
을 하려고 그러냐?'

진광은 송현의 등을 잔뜩 노려보며 그의 뒤를 따라갔다.

송현이 진광과 함께 객잔을 나왔을 때는 해시(亥時)가 가까
운 무렵이었다. 오늘따라 날씨가 갑자기 추워져서 평소 인파
로 들끓던 낙양의 거리는 텅 비어 있었다. 간혹 가다가 몸을
주체 못할 만큼 술을 마신 취객만이 보일 뿐이었다.

송현은 아무 말 없이 소림사를 뛰어오르던 것과 같은 속도
로 낙양의 거리를 지나갔다. 그는 마치 낙양에서 태어나고 자
란 토박이처럼 낙양 거리의 복잡한 골목을 빠져나갔다.

진광은 답답했다.

'어딜 가는지 말이라도 해주면 안 되냐?'

진광은 혹 미로 같은 골목에서 송현의 뒤를 놓칠까 봐서 행선지를 묻지도 못하고 그의 뒤를 따라가는 데 여념이 없었다. 만약 평소의 진광을 알고 있는 다른 소림승들이 봤다면 진광이 화를 터뜨리지 않는 것을 신기해할 만한 장면이었다.

둘이 낙양의 거리를 통과한 지도 어느덧 반 시진이 넘었다.

송현은 계속해서 동쪽으로만 발을 옮겼기 때문에 둘은 어느새 낙양의 성곽을 벗어나 외진 숲으로 향하고 있었다.

불빛 한 점 없는 숲길을 걷자 진광은 억누르고 있던 화가 슬그머니 치밀어 올랐다.

'내 더 이상은 못 참겠다.'

진광이 막 화를 터뜨릴 찰나였다.

갑자기 숲 속 멀리에서 한줄기 빛이 새어 나오고 있는 것이 아닌가?

진광은 의아했다.

'한밤중의 숲 속에서 이런 불빛이 있다니?

그런데 송현은 바로 그 불빛 쪽으로 발길을 돌렸다. 진광은 영문은 모르겠으나 송현의 행선지가 불빛이 있는 곳이라는 것을 깨닫고는 그의 뒤를 따라갔다.

불빛이 새어 나오던 곳은 숲 속의 공터에 있는 한 폐가였다.

폐가에 들어가자 마당 한가운데에 모닥불이 활활 타오르고 있었으며, 정체 모를 인영들이 그 주위에 늘어서 있었다.

인영들은 서로 시선을 주고받지 않고 멀찍이 떨어져 있는 것
으로 보아 각자 안면이 없는 자들 같았다.

진광의 의문은 더욱 깊어졌다.

'무얼 하는 자들이기에 이런 곳에 모여 있는 걸까?

그때 문득 뇌리에 스치는 생각이 있었다.

'설마 이곳은……?'

진광은 주위를 둘러봤다.

한밤중에 어두운 숲 속의 폐가에 모여 있는 정체 모를 인영
들. 게다가 서로 아는 사이도 아닌 것 같은데, 제각기 두 명씩
짝을 이루어 무언가를 협상하고 있는 눈치다.

진광은 그제야 알 수 있었다.

'이곳은 바로 흑점이구나!'

흑점(黑店)은 흑도의 무리가 여는 인력시장이다. 그러나 평
범한 인력시장과는 그 성격이 전혀 달랐다. 흑점에서는 살인청
부업을 하는 살수나 기진이보를 훔쳐다 주는 도적과 같은 인력
이 거래되는 것이었다. 강호의 법도를 거스르는 흑도의 무리에
게 돈을 주고서 더러운 일을 청부하는 곳이 바로 흑점이었다.

성정이 불같으며 불의를 보고 그냥 지나치지 않는 진광은
자신이 흑점에 있다는 것을 깨닫자 화가 치밀어 올랐다.

진광은 송현에게 말했다.

"이보시오! 지금 여기가 어딘지 알고나 있소?"

진광의 목소리에 분노가 서려 있는 데도 불구하고 송현은

그것을 아는지 모르는지 태연히 말했다.

"흑점이오."

그리고 송현은 말을 하고는 몸을 돌려 마당의 구석으로 가는 것이었다.

송현이 당당하게 말하자 진광은 화도 내지 못하고 멍하니 서 있다가 이내 정신을 차리고 그의 뒤를 따라갔다.

송현은 마당의 끄트머리에 작은 탁자를 두고 앉아 있는 한 인영에게 다가갔다.

그 인영은 전신에 시커먼 흑포를 두르고 있었는데, 왼쪽 눈에 검은 안대를 한 애꾸눈의 중년인이었다. 게다가 하나밖에 없는 애꾸눈에 싸늘한 기광이 서려 있는 것으로 보아 흑도의 무리임이 틀림없어 보였다.

송현은 애꾸눈중년인에게 말을 걸었다.

"야묘(夜猫)를 구하고 있소."

그러자 중년인의 메마른 입술이 열리며 카랑카랑한 목소리가 새어 나왔다.

"몇 마리나?"

"세 마리, 또는 네 마리."

진광은 그들의 대화를 듣고는 양미간을 구겼다.

'당최 무슨 소리냐?'

애꾸눈중년인의 면면으로 보아 사냥꾼 같지는 않은데, 송현이 엉뚱하게 야묘, 그러니까 올빼미를 구한다고 말하니 도무지 무슨 영문인지 알 수 없었던 것이다.

중년인이 말했다.

"어떤 야묘가 필요하오?"

"조인(釣人), 숙수(熟手), 군자(君子)요."

송현의 말에 진광은 어이가 없다 못해 실소가 나왔다.

조인은 낚시꾼을, 숙수는 요리사를 말한다. 그러나 이번 일에 낚시꾼과 요리사가 대체 왜 필요하단 말인가? 게다가 더더욱 어이없는 것은 바로 군자였다.

'군자를 구한다고? 허! 그러려면 차라리 글공부하는 선비를 찾지 그러냐!'

진광은 화도 나고 황당했으나 자기도 모르는 사이에 송현과 중년인의 대화에 빠져들고 있었던 것이다.

중년인이 말했다.

"조인은 요즘 구하기 힘드오."

"그럼 됐소. 나머지는?"

"낙양에서 최근 솜씨가 좋은 숙수는 셋이오."

"그들이 요리할 때 어떤 칼을 쓰는지 알 수 있소?"

"하나는 대방도(大方刀)를 쓰고, 다른 하나는 부형도(斧形刀)를 쓴다고 하오. 나머지 하나는 칼을 가리지 않는다고 들었소."

그 말에 송현의 입가가 살짝 위로 말려 올라갔다.

"마지막이 적임자로군."

그런데 중년인이 고개를 저으며 말했다.

"그자는 칼을 가리지 않는다는 장점은 있으나 숙수로 고용하기에는 문제가 좀 있을 것이오."

송현은 중년인의 충고는 아랑곳하지 않고 말했다.

"그것은 본인이 알아서 할 일이오."

그러자 중년인은 피식 실소하며 말했다.

"하긴 그렇지."

"어딜 가면 찾을 수 있소?"

"하오문으로 가보시오."

진광은 자신이 아는 말이 나오자 움찔했다.

'하오문? 하고 많은 문파 중에서 왜 하필 하오문이냐?'

하오문(下午門)은 소매치기나 매춘같이 천시받는 직업을 가진 사람들로 구성된 문파다. 하오문의 정보망은 개방과 비견될 정도로 대단한 것이었으나, 명문정파의 하나인 개방과는 달리 하오문은 돈이 되는 일이라면 가리지 않고 달려들었다. 때문에 명문정파는 하오문을 방파로 인정하지 않을뿐더러 하오문의 인물들을 벌레 보듯이 천하게 여겼다.

안 그래도 흑점에 와서 사람을 구하는 판이라 기분이 좋지 않던 진광은 하오문이란 말을 듣자 울화가 터졌다.

진광이 말했다.

"송 국주! 하오문 따위에서 사람을 구해서 어쩌겠다는 거요?"

송현은 진광이 끼어들자 의외라는 눈빛으로 그를 바라보다가 말했다.

"방금 얘기를 듣지 않았소? 그 숙수는 칼을 가리지 않는다고 하오. 이번 일에 꼭 필요한 자요."

진광은 어이가 없어서 두 팔을 휘저으며 소리쳤다.

"아니, 그깟 숙수가 무에 그리 대단하단 소리요? 명필이 붓을 가리지 않는다는 말은 들었어도, 명숙수가 칼을 가리지 않아야 된다는 말은 금시초문이외다!"

진광의 목소리가 울려 퍼지자 마당에 있던 사람들이 일제히 고개를 돌렸다. 그들은 진광의 위아래를 살피는가 싶더니 이내 피식 실소하고서 다시 고개를 돌려 자기 일을 하는 것이었다.

진광은 주위 사람들이 자기를 보고 비웃자 화도 났지만 영문을 알 수 없었다.

'왜 웃냐? 내 말이 어디 틀리기라도 했냐?'

송현이 차분하게 말했다.

"지금 자세한 설명을 할 여유가 없소. 삼 일 동안에 사람을 구해야 되지 않소?"

"그건… 그렇소."

진광은 그 말에 더는 뭐라 할 수 없었다. 자신이 송현의 일을 늦추기라도 한다면 소림 방장의 뜻을 거스르는 셈이 되지 않는가?

진광이 침음하자 송현은 다시 애꾸눈중년인과 애기를 계속했다.

"그럼 군자는?"

중년인은 혀를 끌끌 차며 말했다.

"알다시피 요즘 쓸 만한 군자가 별로 없소. 명색이 군자라는 것들이 금은보화는 멀리하고 서책에만 빠져 있는 판이오. 중원이 앞으로 어찌 되려는지, 쯧쯧."

진광은 기가 막혔다.

금은보화를 멀리하고 서책에 빠지는 것이야말로 군자의 덕목이 아닌가? 그런데 중년인은 정말 걱정스런 얼굴을 하고 심각하게 말을 하고 있으니, 도대체 무슨 소리인지 알 수 없었던 것이다.

진광은 참지 못하고 다시 끼어들었다.

"이보시오, 그럼 군자란 어떠해야 되오?"

중년인은 진광을 힐끗 쳐다보고서 말했다.

"모름지기 군자란 용(勇), 진(眞), 연(戀)을 갖추어야 하오. 바로 군자의 삼대덕목이오."

진광은 들으면 들을수록 황당했다.

"그게 뭐요?"

"용, 사지(死地)에 뛰어들 용기가 있어야 하며, 진, 눈앞의 모습이 진실인지 가려낼 줄 알아야 하며, 연, 기진이보를 목숨보다 사랑해야 하는 것을 말하오."

"……."

진광은 이제 이해하는 것을 포기해 버렸다.

중년인이 송현에게 말했다.

"그나마 최근 낙양에 쓸 만한 군자가 하나 들어왔다는 소문이 있소."

"누구요?"

"비연공자(飛燕公子) 초류영(楚留瑛)이란 자요. 그런데 그가 이번에 아직 꽃이 피지 않은 모란을 꺾으려 한다는 거요."

"그게 언제요?"

"바로 오늘 밤인 것으로 알고 있소."

그 말에 진광은 자기도 모르게 소리쳤다.

"오늘 밤이라고? 그걸 지금 말하면 어쩌라는 거요?"

"당신들이 날 늦게 찾아온 것이지 내가 일부러 늦게 말했소?"

"……."

진광은 할 말을 잃었다.

송현은 품에서 금전을 꺼내어 중년인에게 건넸다. 금전은 한눈에 보기에도 적지 않은 금액이었고, 중년인은 흡족한 얼굴로 금전을 챙겼다.

송현은 금전을 건네고는 아무 말 없이 몸을 돌렸다. 진광은 멍하니 있다가 이내 정신을 차리고 그의 뒤를 따라가면서 물었다.

"고작 그런 얘기를 들으려고 돈을 준단 말이오?"

"이곳 말고는 어디서도 들을 수 없는 정보요. 그런 돈쯤은 아깝지 않소."

"…그럼 이제 어찌할 거요?"

"늦기 전에 그 초류영이란 자를 찾으러 갑시다."

"알았소."

진광은 대답은 했지만 속마음은 답답했다.

'초류영이라고? 사내놈 이름이 기생오라비가 따로 없군.'

송현은 말을 마치자 발걸음을 빨리했다. 송현과 진광은 경공을 시전하여 어두운 숲 속을 달려갔다.

송현과 진광은 다시 낙양 시내를 향해 바쁘게 발길을 옮겼다.

진광은 애꾸눈중년인이 한 말들을 곰곰이 되짚어봤으나 아무리 생각해도 그 뜻을 알 수가 없었다. 그는 결국 참지 못하고 말했다.

"아까 한 얘기가 대체 무슨 뜻이오?"

진광은 별다른 기대 없이 물었는데, 뜻밖에도 송현은 흔쾌히 설명을 하는 것이었다.

"궁금한 게 무엇이오?"

"아, 그러니까……."

진광은 궁금한 게 워낙 많아서 잠깐 말을 못 잇다가 혹 송현이 다시 입을 다물까 걱정되어 얼른 덧붙였다.

"이번 일에 숙수가 왜 필요한 거요? 밥 지을 사람이 따로 있어야 되오?"

송현은 경공을 시전하는 와중에 고개를 돌려 잠깐 진광을 빤히 바라보더니 말했다.

"숙수란 곧 칼을 쓰는 자를 말하오."

"그걸 누가 모른다고 했소? 왜 숙수가……."

"칼을 쓰는 무사, 도검수(刀劍手)를 흑점에서는 숙수라고 칭하오."

진광은 머릿속에 한줄기 빛이 관통하는 느낌이 들면서 모든 상황이 이해가 됐다. 송현과 애꾸눈중년인이 나눈 대화는 바로 흑점에서 통용되는 흑화(黑話)였던 것이다.

"숙수가 도검수라고? 허!"

진광은 기가 찼지만 다시 생각하니 도검수를 두고 숙수라고 부르는 것도 제법 재치가 있다고 생각되었다. 숙수도 도검수도 어차피 칼을 써서 먹고사는 자들이 아닌가?

그러자 다른 생각이 꼬리를 물고 이어졌다.

"그럼 칼을 가리지 않는 숙수란 말은 무엇이오?"

"사대병기(四大兵器)인 검, 도, 곤, 창에 능통한 자를 말하오."

"뭐요? 그런 자가 어디 있단 소리요?"

무림에는 '백일도(百日刀), 천일창(千日槍), 만일검(萬日劍)'

이란 말이 있었다. 도, 창, 검을 수련하는 데는 각각 백 일, 천 일, 만 일이 걸린다는 뜻이다.

때문에 진광이 송현의 말에 의문을 품은 것도 당연한 일이었다. 한 종류의 병기를 익히는 것도 어려운 법인데 하물며 사대병기를 자유자재로 다룬다니?

진광은 쓴웃음을 지으며 말했다.

"필시 하나도 제대로 못하는 자일 게 뻔하오."

그러자 송현은 뜻밖에도 정색을 하면서 말했다.

"이번 임무에는 기병을 가리지 않고 쓸 줄 아는 자가 필요하오. 그런 자가 없다면 모를까, 마침 지금 낙양에 있다고 하니 반드시 데려갈 것이오."

진광은 송현이 굳은 의지를 밝히자 더는 반대할 수 없었다. 더군다나 송현이 잠행할 흑랑성에 대한 얘기는 무림에서 암묵적으로 금기시하는 것이어서 계속 캐묻기도 곤란했다.

그때 송현이 발을 멈추며 말했다.

"다 왔소."

진광은 고개를 돌리다가 뜨악한 얼굴이 되어서 말했다.

"지금… 여길 들어가자는 말이오?"

"아까 흑점에서 들은 대로라면 오늘 밤에 이곳으로 그 초류영이라는 군자가 올 것이오."

"……"

진광은 아연실색한 얼굴로 그의 앞에 있는 건물을 올려다봤다.

　건물은 팔층으로 된 커다란 누각이었는데, 처마의 곳곳에 푸르고 붉은 등불이 수없이 걸려 있어서 주위를 대낮처럼 환하게 밝히고 있었으며, 어디에선가 음악소리와 함께 남녀의 웃음소리가 끊임없이 들려오고 있었다.

　그 건물은 낙양에서 가장 유명한 기루인 향화루(香華樓)였던 것이다.

"하하하!"

"호호호!"

　향화루의 안은 손님들과 기녀들의 웃음소리로 시끄러웠다. 주위에는 손님과 기녀들이 몸을 맞대고 있는 장면이 즐비했다.

　진광은 시선을 어디에 둬야 할지 난감했다. 나한당의 십팔나한 중에서 가장 배분이 높으며, 성정이 불같고 화통하여 소림의 모든 일대제자가 쩔쩔매는 진광이 이마에 진땀을 흘리고 있는 모습은 어떤 소림승도 믿지 못할 광경이었다.

　진광은 속으로 염불을 외우며 눈앞의 장면을 못 본 척했다.

　'색즉시공, 공즉시색……'

　그러나 눈을 감는다면 모를까, 멀쩡히 뜨고 있는 터에 기녀들의 모습이 보이지 않을 리 없었다. 게다가 맨살이 여기저기 드러난 옷을 걸친 늘씬한 기녀들은 왜 그렇게도 눈에 쏙쏙 들어와 박히는 것인지!

차라리 기녀들이 진광을 무시했다면 그나마 나았을 것이다. 하지만 기녀들은 처음에는 민대머리의 승려가 이마에 식은땀을 흘리는 것을 보고 비웃다가, 점차 진광의 건장한 체구와 장삼 속에 숨겨져 있을 탄탄한 근육질의 몸을 알아차리고는 어느새 야릇한 눈웃음을 던지는 것이었다.

진광은 기녀들이 자신을 보며 이상한 미소를 짓자 어리둥절해서 생각했다.

'내 얼굴에 뭐가 묻었나?'

진광이 기녀들에게 둘러싸여서 진땀을 흘리고 있을 때, 송현은 한 점소이를 불러서 물었다.

"소란(小蘭)을 만날 수 있겠소?"

점소이는 고개를 흔들며 답했다.

"아이고, 손님. 소란이는 벌써 다른 손님들이 줄을 서서 기다리고 있습니다. 향화루에는 소란만큼 예쁜 기녀들이 많으니 다른 기녀를 찾으시지요?"

"금일 소란이 드는 방이 어디요?"

송현은 말하면서 슬쩍 은전을 점소이의 손에 쥐어주었다. 그러자 점소이는 아무 내색도 없이 재빠르게 은전을 품속에 넣으며 말했다.

"팔층의 국향실(菊香室)입니다."

송현은 점소이에게 은전 한 푼을 더 찔러주었다.

"구양 공자는 어느 방에 있소?"

그러자 점소이는 슬쩍 한 번 웃더니 말했다.

"이미 다 알고 계시는군요. 삼층 복도의 끝방입니다."

"알았소."

송현이 진광을 보며 말했다.

"갑시다."

송현이 몸을 돌려 계단을 올라가자 진광은 혹 그를 놓칠까 봐 기녀들을 밀치며 황급히 따라갔다.

송현이 계속해서 계단을 올라가자 진광이 물었다.

"대체 어딜 가는 거요?"

그러나 송현은 아무 말 없이 계단을 오르더니 칠층에 도착하자 복도로 몸을 돌리는 것이었다. 진광은 송현이 계속 묵묵부답이자 화가 났다.

'기루에 온 것까지는 좋다고 치자. 제발 그 이유라도 좀 들어보자!'

그때 송현이 옆에 있는 한 방문을 두드렸다. 그러자 방 안에서 어떤 남자의 목소리가 들려왔다.

"누구요?"

남자의 목소리는 거칠고 날카로웠는데, 기녀와의 방사 중에 방해를 받아서 화가 난 듯했다.

진광은 어이가 없었다. 그도 상대 남자의 심정이 조금은 이해가 되었던 것이다. 하물며 불문의 제자들도 공양 시간에 밥 먹을 때 참견을 받으면 짜증이 나는 일이거늘……

그런데 송현은 그 방의 문을 열고 다짜고짜 안으로 들어가
는 게 아닌가?

진광은 입을 딱 벌렸다.

'이제 기방에 작당 난입까지 하다니, 이자가 정말 제정신
인가?'

그때 송현의 전음이 들려왔다.

"상대를 제압하시오."

'……?'

진광이 영문을 몰라 하고 있을 때, 송현은 이미 안으로 뛰
어들며 방에 있던 인영에게 손을 뻗고 있었다.

인영은 송현의 기습을 예상하고 있었는지 왼팔을 올리면서
동시에 오른발을 뒤로 빼며 한 걸음 물러섰다. 송현의 권장을
왼손으로 막거나 흘린 다음 회심의 반격을 노리는 자세였다.

그런데 송현과 인영의 팔이 얽히는 찰나, 송현의 팔이 기이
하게 비틀어지면서 늘어나더니 인영의 가슴팍으로 날아들었
다. 먼저 하남삼살을 제압할 때의 일초식과 같은 수법이었다.
인영은 당황한 얼굴로 몸을 비틀었으나 때는 이미 늦은 뒤였
다.

팟팟!

송현은 인영의 거골혈(巨骨穴)과 대추혈(大椎穴)을 순식간
에 점혈했다. 그러자 인영은 놀란 얼굴과 자세 그대로 뻣뻣하
게 그 자리에서 굳어버리고 말았다.

진광은 송현의 수법을 보고는 깜짝 놀라며 생각했다.

'저게 어느 문파의 금나수지?

진광은 소림 방장을 따라 숱한 강호행을 하며 수많은 문파의 무공을 섭렵해 왔지만, 방금 송현이 팔을 비틀며 뻗은 기이한 금나수는 생전 처음 보는 것이었다.

그때였다. 방문 뒤에서 또 다른 인영 하나가 나타나더니 진광을 향해 권격을 날려왔다.

'상대가 또 있었구나!'

허를 찔린 진광은 다급히 팔을 올려 막으려 했으나 인영의 권격은 이미 진광의 코앞에 다다르고 있었다. 그런데 인영의 주먹이 진광의 인중을 통렬히 가격하려는 찰나, 갑자기 인영은 전신을 한 번 부르르 떨더니 제자리에 멈춰 섰다. 어느새 뒤에서 송현이 몸을 날려 인영의 마혈을 점혈한 것이었다.

진광은 그제야 송현이 왜 전음으로 상대를 제압하라고 했는지 깨닫고는 양미간을 구겼다. 송현은 상대가 한 명이 아니라는 것을 알고 미리 경고를 한 셈인데, 그는 자신의 상대를 손쉽게 제압한 반면, 자신은 상대를 제압하기는커녕 오히려 당할 뻔하다가 송현의 도움을 받은 꼴이 되어버린 것이다.

송현은 아무 말 없이 몸을 돌려 방문을 닫았는데, 그것이 진광의 화를 더욱 돋웠다.

'이자가 정말……'

진광으로서는 송현이 차라리 한마디 훈계를 했으면 마음

이 나왔을 텐데, 아무 말이 없자 더욱 답답해진 것이었다.

그렇다고 해도 실수는 자신이 한 판이니, 진광은 화를 억지로 누르면서 말했다.

"이자들은 누구요?"

"구양세가의 무사들일 것이오."

"구양세가?"

진광은 영문을 알 수 없었다. 구양세가는 이씨세가와 함께 낙양의 세를 양분하고 있는 명문세가인데 무엇 때문에 기방에 무사들을 숨겨놓았는가? 또한 송현은 대체 그것을 어떻게 알았단 말인가?

진광은 한숨을 쉬며 말했다.

"말 좀 해보시오. 대체 일이 어찌 돼가는 거요? 구양세가와 싸우러 여기 기루에 온 것이오?"

"그렇다고 할 수도 있고, 아니라고 할 수도 있소."

"무슨 말이 그렇소?"

진광은 답답해서 언성을 높였다. 그러자 송현은 뜻밖에도 조용히 사정을 설명하기 시작했다.

"지금 우리는 비연공자 초류영이란 자를 찾고 있소."

"그건 알고 있소."

"초류영은 오늘 밤 모란을 꺾을 예정이라고 했소. 해서 그 전에 그를 만날 생각이오."

"그러니까 그게 무슨 뜻이오?"

"꽃을 꺾는다는 말은 기녀의 머리를 틀어 올려준다는 뜻이오. 즉, 한 번도 손님을 맞지 않은 기녀를 처음 취하는 것을 뜻하오."

송현의 적나라한 말에 진광은 속으로 놀랐다.

'그게 그런 뜻이었나?

"꽃이 피지 않은 모란이란 바로 이곳 향화루의 기녀 소란을 칭하오. 낙양의 풍류가들 사이에서는 유명한 말이오."

"아……."

진광은 그제야 모든 정황이 이해가 됐다.

송현의 말이 계속됐다.

"향화루는 기녀 소란에게 여태껏 손님의 밤 시중은 한 번도 시키지 않았소. 머리를 틀지 않은 기녀일수록 인기가 높은 것은 자명한 일이니까 말이오. 구양세가의 삼공자인 구양 공자는 평소 풍류를 즐기기로 유명하오. 그는 소란의 첫 남자가되기 위해 그녀에게는 선물을, 향화루의 주인에게는 뇌물을 뿌리며 삼 년간 공을 들이고 있다고 들었소. 초류영 또한 그 사실을 알고 있을 것이오. 한데 초류영 역시 풍류를 탐하기로는 둘째가라면 서러워할 자요. 초류영은 구양 공자가 삼 년간 공을 들인 기녀를 가로채 아마도 자신의 명성을 더욱 높이려는 심산일 것이오."

진광은 얘기를 들을수록 어이가 없었다. 기녀와 합방을 하기 위해 삼 년간 돈을 썼다는 구양 공자도 한심한 판인데, 그보다 먼저 기녀를 가로채겠다는 초류영이란 놈은 대체 또 어떤 파락호란 말인가?

"뭐, 그딴 놈이 다 있소? 그런 파락호가 무엇이 대단하다고 일부러 찾는단 말요?!"

진광이 버럭 소리를 지르자 송현은 조용히 하라고 시선을 주고서는 말했다.

"초류영은 당금 무림에서 기관진식을 파해하는 데 있어 일인자 중 한 명이오. 다행히 그가 지금 낙양에 있으니 그를 꼭 포섭해야 하오. 다른 자를 구하기에는 시간이 부족하오."

진광은 송현의 얘기를 듣다가 문득 무슨 생각이 들어서 물었다.

"기관진식?"

"그렇소."

기관진식(機關陣式)이란 기계장치나 미로를 제작해 두거나, 주역 등의 원리로 건축물을 배치하여 침입자를 막는 방법이었다. 흑랑성이 온갖 기이한 기관진식으로 가득 차 있다는 소문은 진광도 들어서 익히 알고 있었다.

송현이 초류영이 필요한 이유를 말하자, 진광은 더는 할 말이 없어졌다. 그러다가 점혈당해서 꼼짝고 못하고 있는 두 남자를 보며 물었다.

"그러니까 이자들이 구양세가의 무사들이라? 그럼 초류영이란 놈을 잡으러 온 것이오?"

"맞소."

진광은 고개를 끄덕이며 수긍하다가 무슨 생각이 들었는지 다시 눈살을 찌푸렸다. 송현의 설명을 들어서 전후 사정은 알았으나, 그렇다면 구양세가의 무사들이 지금 이 방에 있는 줄은 또 어떻게 알았단 말인가?

'아이고, 머리 터지겠구나.'

송현이 하나를 말하면 둘이 궁금해지니 진광은 답답하기만 했다. 다행히 송현이 진광의 얼굴을 보고는 의중을 짐작했는지 말했다.

"소란의 방은 팔층에 있소. 해서 구양세가의 무사들이 팔층과 칠층의 방 몇 군데를 빌려서 숨어 있을 거라고 생각했소."

송현이 술술 말을 해주니 진광은 자기도 모르게 고마운 느낌까지 받았다.

"알고 보니 그런 것이었군."

그러다가 진광은 다시 고개를 갸웃하며 말했다.

"하면 이 넓은 기루에서 어떻게 무사들이 있는 방을 족집게처럼 찾아낸 것이오?"

"복도에서 보니 이 방만이 불이 켜져 있었소. 손님이 기녀와 방사를 치를 때는 대개 불을 꺼놓는 법이오."

"……."

진광은 송현의 적나라한 말에 웃지도 울지도 못하는 얼굴이 되었다. 송현의 말이 계속됐다.

“해서 이 방을 의심했던 거요. 물론 강호에는 예외가 있는 법이니 일단 문을 두드려서 반응을 보았소. 그런데 남자의 목소리가 들렸소.”

“무사가 아니라 손님이 말한 거였을 수도 있지 않소?”

“절대 그렇지 않소. 손님과 함께 있을 때 불청객이 오면 기녀는 손님의 신분을 숨겨주기 위해서라도 자신이 대답을 해야 하오. 이 향화루처럼 유명한 기루일수록 그런 규칙이 더욱 철저할 것이오.”

불문의 제자인 진광이 기루의 규칙을 알 리 없으니, 그는 꿀 먹은 벙어리처럼 송현의 애기를 들을 수밖에 없었다.

“방문을 두드리자 남자가 대답했다는 것은 이 방에는 기녀가 없다는 뜻이 아니겠소? 그래서 구양세가의 무사들이 잠복해 있을 거라 생각한 것이오.”

진광은 고개를 끄덕이며 말했다.

“이제 알겠소. 한데 문 뒤에 한 명이 더 숨어 있는 것은 어찌 알았소?”

“이런 잠복 일을 할 때는 보통 이 인 일 조로 행동하오. 한 명은 손님을 가장할 것이고, 다른 하나는 문 뒤에 있다가 만약의 사태에 대비하려 했을 것이오.”

“그런 것이었군.”

진광은 모든 사정을 듣자 왠지 모르게 허탈한 심정이 되었다. 동시에 그 모든 사정을 꿰뚫어 본 송현에게 다시금 감탄했다.

'이자는 말수는 적으나 행동은 정확하고 빠르기가 비할 데 없구나.'

진광이 말했다.

"그럼 이제 무엇을 할 차례요?"

"여기서 숨어 있다가 초류영이 나타나면 그를 만나러 갑시다."

"그놈, 아니, 초류영이란 자가 언제 올지는 또 어찌 아오?"

그러자 송현이 대답했다.

"기다리고 있으면 신호가 올 것이오."

송현과 진광이 향화루의 칠층 기방에 몸을 숨긴 지 반 시진이 지났을 때다.

삐이이익.

밖에서 휘파람 소리가 들려왔다. 그러자 송현은 자리에서 일어나며 말했다.

"갑시다."

진광은 송현의 뒤를 따라가며 물었다.

"방금 그게 신호 소리요?"

"그렇소. 잠복하고 있는 구양세가 무사들의 신호가 아니면 기루에 휘파람 소리가 들릴 이유가 어디 있겠소?"

"하긴 그렇군."

송현과 진광은 복도로 나왔다. 진광이 팔층으로 가려 하자 송현이 그를 막으며 말했다.

"잠깐 기다리시오."

송현과 진광이 복도 모퉁이에서 지켜보자 한 무리의 인영이 계단 밑에서 올라와 팔층으로 올라갔다.

진광은 다시 한 번 송현의 심계에 감탄했다.

'일부러 구양세가의 무사들과 얼굴을 맞댈 필요는 없겠지.'

무사들이 모두 올라간 것을 확인한 진광은 계단을 오르려 했다. 그런데 송현은 이번에도 진광을 막았다. 진광은 영문을 알 수 없었다.

"이제 우리도 그 기녀가 있는 방으로 가야 되지 않소?"

"아니오. 우리는 삼층으로 가야 하오."

"삼층?"

"구양 공자가 있다는 방 말이오."

"아니, 초류영이란 놈이 노리는 건 기녀라면서 구양 공자는 왜 찾아가야 하오?"

"가보면 알게 될 거요."

송현은 말을 마치고는 계단을 내려갔다. 진광은 답답한 얼굴로 연신 고개를 저으며 그 뒤를 따랐다.

향화루의 삼층 복도는 방 안에서 들려오는 손님과 기녀의 목소리로 시끄러웠다. 점소이 하나가 찻잔이 놓인 쟁반을 들고 복도를 걸어가고 있었다.

점소이는 복도 맨 끝에 있는 방으로 가서 말했다.

"구양 공자님, 주문하신 서호의 용정차입니다."

"들어와라."

점소이는 문을 열고 방으로 들어갔다. 방 안에는 머리에 옥관을 쓰고 금실을 수놓은 화사한 도포를 걸친 구양 공자가 등을 돌린 채로 서 있었다.

"차는 어디에 둘까요?"

"탁자 위에 놓아라."

점소이는 쟁반을 들고 탁자로 다가갔다. 그런데 점소이가 갑자기 차 쟁반을 구양 공자에게 던지는 것이 아닌가?

뜨거운 찻물이 흩뿌려질 찰나, 구양 공자는 몸을 살짝 돌리는가 싶더니 어느새 세 걸음을 옆으로 비켜섰다.

콰창!

쟁반은 바닥에 떨어졌는데 이상하게도 쏟아졌어야 할 찻물은 보이지 않았고, 대신에 희뿌연 분말이 공중에 흩날릴 뿐이었다.

점소이가 씨익 웃으며 말했다.

"산공독을 피하다니, 풍류만 밝히는 공자인 줄 알았는데 제법 몸놀림이 빠르시군."

계속해서 점소이는 얼굴에 손을 올려서 쓰고 있던 인피면구를 벗었다. 그러자 평범하기 짝이 없던 점소이의 얼굴은 온

데간데없이 사라지고, 눈썹이 짙고 입술이 붉으며 이목구비
가 수려한 미남자의 얼굴이 모습을 드러냈다.

미남자가 말했다.

"구양 공자, 거래를 하는 게 어떻겠소?"

"……."

구양 공자가 아무 말 없이 있자 미남자는 말을 계속했다.

"그대가 소란이에게 금일 선물로 주려고 청홍석(靑紅石)이
박힌 반지를 경매에서 구했다는 소식을 들었소."

구양 공자가 짧게 답했다.

"해서?"

"솔직히 말하면, 난 소란이의 머리를 틀어 올리는 것에는
관심없소. 단지 청홍석에 흥미가 있을 뿐이오. 소란이는 삼
년간 공을 들였으니 그대가 가지시오. 대신에 청홍석이 박힌
반지는 내게 넘기는 게 어떻겠소?"

"싫다면?"

구양 공자가 거절하자 미소를 짓고 있던 미남자의 두 눈과
입가에서 살기가 뿜어져 나오기 시작했다. 미남자는 두 손을
치켜 올리며 달려들었다.

"권주를 마다하고 벌주를 마시겠다면야 할 수 없지!"

쉬익.

미남자의 양손 손가락이 마치 새의 발톱처럼 구부러지며
구양 공자의 어깨를 향해 날아들었다. 그것은 미남자가 절초

로 사용하는 비응조(飛鷹爪)의 수법이었다.

그런데 미남자의 비응조가 구양 공자의 양어깨 쇄골을 박살 내려는 순간, 구양 공자의 손이 미남자의 왼쪽 손목에 비스듬히 겹쳐지는가 싶더니 허공에서 빙그르 원을 그리며 회전했다. 그러자 미남자의 왼손이 방향을 틀며 오히려 자신의 오른손으로 날아드는 게 아닌가?

"……!"

미남자는 흠칫 놀라서 양손을 회수했다. 자칫했으면 스스로 자신의 오른 손목을 분질러 버렸을 상황이었다. 미남자의 이마에서는 어느새 한줄기 식은땀이 흘러내렸다.

미남자가 얼음처럼 냉랭한 목소리로 말했다.

"구양 공자는 풍류에 정신이 팔려서 무공 수련에는 소홀하다는 소문을 들었는데, 알고 보니 남의 이목을 속이려는 수작이었던 모양이군."

그러자 구양 공자가 미남자의 말투를 그대로 받아서 말했다.

"초류영은 역용술(易容術)의 귀재라는 소문을 들었는데, 알고 보니 자신이 변장하는 것에만 능통할 뿐 다른 사람이 바뀐 것은 알아차리지 못하는 모양이군."

그 말에 미남자 초류영은 깜짝 놀라며 소리쳤다.

"뭣이?"

구양 공자가 천천히 몸을 돌리더니 머리에 쓴 옥관을 바닥에 던지고 도포를 벗었다. 초류영은 그제야 상황을 깨달았다.

“네놈은 누구냐?”

초류영의 앞에 서 있는 자는 볼품없이 깡마른 얼굴에 낡은 청포를 걸친 자였는데, 어디를 봐도 당금 낙양에서 풍류제일을 자랑하는 구양 공자로는 볼 수 없는 외모였다.

구양 공자를 가장했던 이는 다름 아닌 송현이었던 것이다.

초류영은 생면부지의 남자가 구양 공자를 가장하고 있던 것을 알아차리고서 슬쩍 손을 들어 올리다가 무슨 생각이 났는지 다시 손을 아래로 내렸다. 그는 송현을 공격하려 했으나 다시 생각해 보니 방금 그의 일 초식도 당해내지 못한 판에 재차 공격하는 것은 오히려 화를 부르는 일이라는 것을 깨달은 것이었다.

초류영은 송현의 위아래를 천천히 훑어보더니 말했다.

“그대는 누구요? 날 완전히 제압하지 않는 걸 보니 구양세가의 무사는 아닌 듯한데?”

“바로 그렇소.”

송현은 담담한 얼굴로 말했다.

“본인은 청위표국의 국주인 송현이라 하오.”

“청위표국?”

초류영은 눈살을 찌푸렸다.

“그런 곳은 들어본 적도 없소. 또한 나는 지금까지 어떤 표국에도 은원을 진 적이 없는데 왜 내 일을 방해하는 것여오?”

“본인은 방해한 적 없소. 단지…….”

“단지 무엇이오?”

“구양 공자는 당신의 생각과는 달리 금일 청홍석 반지를 갖고 오지 않았소. 아까 그의 몸을 찾아봤지만 어디에도 없었소.”

“……!”

그 말에 초류영의 안색이 크게 달라졌다. 그리고 그의 두 눈에서 다시 살기가 배어 나왔다.

“내가 오기 전에 이미 청홍색 반지를 찾고 있었군. 내가 반지를 노린다는 걸 어떻게 알고 있었지?”

초류영은 말을 하면서 연신 두 손을 쥐락펴락했는데, 자신의 비밀을 알고 있는 송현과 사생결단을 내려는 듯한 모습이었다. 하지만 송현은 그것을 아는지 모르는지 여전히 태연한 얼굴로 말했다.

“초류영이 낙양의 삼대보화인 청홍석 반지를 노리고 있다는 얘기는 군자들 사이에서는 유명한 것이 아니오? 한데 구양 공자가 반지를 향화루의 소란에게 선물로 준다고 하니, 당신이 스스로 소란의 머리를 틀어 올리겠다는 가짜 소문을 퍼뜨려서 소동을 일으킨 다음 반지를 탈취할 기회를 잡으리라 생각했소.”

“……”

송현이 정곡을 찌르자 초류영은 침음하며 그를 노려볼 뿐이었다. 뒤에서 진광이 걸어나오며 말했다.

“알고 보니 기녀가 아니라 반지를 훔치려던 것이었군.”

초류영은 송현에 이어 체구가 건장한 승려까지 모습을 드러내자 얼굴에 당황한 기색이 역력했다.

송현이 말했다.

"하나 안심해도 좋소. 본인은 구양세가에 당신을 넘길 생각은 없소."

"…내게 원하는 게 뭐요?"

"본인이 맡은 이번 잠행 일에 참여하길 바라오."

그 말에 초류영은 피식 웃으며 품에서 철선(鐵扇) 하나를 꺼내 부치면서 말했다.

"내가 무엇 때문에 그대의 부탁을 들어줘야 할까?"

초류영은 송현이 자신에게 부탁을 하러 왔다는 사실을 깨닫자 태도가 지금까지와 정반대로 바뀌어서 거만하기 짝이 없어진 것이다.

진광이 분통을 터뜨렸다.

"송 국주! 저런 도적놈이 무에 필요하다고 그러시오? 그냥 잡아서 구양세가에 넘깁시다!"

진광의 추상같은 호령에 위협을 느꼈는지 초류영의 눈빛이 슬쩍 바뀌었다. 송현은 고개를 저으며 말했다.

"이번 일에 도적은 꼭 필요하오."

진광은 어이가 없었다.

"뭐요?"

"이자는 바로 도적이오. 기관진식과 함정 장치를 해체하는데 도적은 반드시 있어야 하오."

"기관진식이라면 제갈세가에 사람을 부탁해도 될 터인데, 왜 하필 돈과 여색을 밝히는 이런 도적놈에게 부탁을 해야 된다……."

진광은 화가 치밀어서 마구 말을 내뱉다가 문득 무슨 생각이 들었는지 말을 멈추었다.

"잠깐, 그럼 흑점에서 말한 군자라는 게 바로 양상군자(梁上君子)를 뜻한 것이었소?"

송현이 고개를 끄덕였다.

"그렇소."

"……!"

진광은 입을 딱 벌렸다.

'흑점의 애꾸눈 놈이 군자의 삼대덕목 운운하더니 알고 보니 군자란 게 양상군자, 즉 도적놈을 말하는 것이었구나!'

진광은 그제야 사정을 깨닫고는 멍한 얼굴로 말을 잇지 못했다. 송현이 초류영을 보며 말했다.

"초류영은 마음만 먹으면 잠행하지 못할 곳이 없다고 들었소. 본인이 소문을 잘못 들은 것이오?"

"그 말은 사실이오."

"이번 잠행 일을 성공한다면 당신은 중원제일군자로 명성을 높이 할 것이오."

"지금도 내가 제일이오."

"그건 아닐 텐데? 당신은 비천호리(飛天狐狸) 양규와 사각쾌도(四脚快盜) 유필의 뒤를 이어서 서열이 세 번째인 것으로 알고 있소."

그 말에 초류영은 자존심에 상처를 입었는지 목소리가 카랑카랑하게 변했다.

"웃기는 소리! 비천호리는 돈만 밝히는 얼치기고, 사각쾌도는 손속이 잔인하여 괜한 살상을 일삼는 자요. 둘 다 진정한 군자의 도리를 모르는 족속이지."

송현과 초류영의 대화를 듣고 있던 진광은 이제 포기했다는 얼굴로 고개를 절레절레 흔들고 있었다.

송현이 말을 계속했다.

"삼 년 전, 당신이 황궁에 잠입하여 황상께만 진상한다는 요리를 맛본 것이 사실이오?"

초류영은 자신을 칭찬하는 말을 듣자 만면에 미소를 지으며 고개를 끄덕였다.

"그렇소."

"또한 이 년 전에는 아미산에 잠입하여 아미일미(峨嵋一美) 고아명과 십오 일을 함께한 뒤에 도주했다는 것이 사실이오?"

"맞소. 내 평생 잊을 수 없는 꿈결 같은 십오 일이었지."

초류영은 눈을 지그시 감고 그때를 추억하는 얼굴로 대답했다. 그때 송현이 지금까지와는 사뭇 다른 분위기로 차갑게 말했다.

"그런데 그 일들을 당신이 했다는 증거는 어디에도 없지 않소? 때문에 중원의 무림인은 아직 비천호리와 사각쾌도를 당신보다 위로 치는 것이 아니오?”

“으음…….”

송현의 말이 정곡을 찌르자 초류영은 아랫입술을 깨물며 잠시 침음하다가 말했다.

“이번 잠행 일을 성공하면 비천호리와 사각쾌도의 명성을 누를 수 있다는 말이오?”

“그렇소.”

“그곳이 어디요?”

“흑랑성이오.”

“하!”

초류영은 어이가 없다는 얼굴로 말했다.

“죽으려고 환장했소? 아직도 흑랑성에 들어갈 생각을 하는 자가 있다니 어처구니가 없군!”

그러자 송현이 날카로운 눈빛으로 초류영을 지그시 바라보며 물었다.

“그럼 당신이 마음먹으면 잠행에 실패한 곳이 없다는 말은 거짓이었소?”

초류영은 양미간을 찌푸리면서 말했다.

“그건……. 하지만 흑랑성은 문제가 다르오.”

“문제가 무엇이오?”

초류영은 양팔을 좌우로 벌리면서 설명했다.

　"기관진식과 함정 장치를 돌파하려면 금역에 대한 정보가 필수요. 무작정 잠행하는 게 아니라 사전에 하는 정보 조사가 더욱 중요하다는 소리요. 그것도 모르고서 목숨 아까운지 모르는 놈들이 무작정 금역에 들어가는 것이지, 나 같은 군자는 절대 그러지 않소. 한데 흑랑성은 당최 그 안에 무엇이 있는지 알려지지 않았소. 작년에 벌어진 괴사 이후로 흑랑성에 들어가서 살아 나온 자가 한 놈도 없으니 당연한 일이지. 그런 판에 흑랑성에 들어가 봤자 개죽음할 게 뻔한 일이 아니오?"

　초류영의 말이 모두 끝나자 송현이 조용히 말했다.

　"흑랑성에서 살아 나온 사람이 있다면?"

　"하하, 말도 안 되는 소리로 날 속이려는 생각은……."

　"바로 나요."

　"……!"

　초류영은 물론 둘의 얘기를 듣던 진광도 그 말에 입을 딱 벌렸다.

　진광은 생각했다.

　'방장님이 이자를 부른 이유가 그래서였나?

　초류영은 놀란 얼굴로 잠시 침음하다가 피식 실소하며 말했다.

　"웃기는 소리군. 그대가 흑랑성에서 빠져나왔다는 증거라도 있소?"

　"당신도 황궁과 아미산을 다녀왔다는 증거는 없소."

"……"

"제안을 하나 하겠소."

"무엇이오?"

"흑랑성 잠행이 끝나면 그곳에서 발견된 기진이보의 삼분지 일을 당신 몫으로 주겠소."

초류영의 눈빛이 대번에 달라졌다.

"그 말을 어떻게 믿지?"

송현은 고갯짓으로 진광을 가리키며 말했다.

"여기 함께 오신 분은 소림사의 승려이시오. 소림사에서 신용을 보장할 것이오."

진광은 그 말에 뜨악해서 즉시 반박을 하려 했으나 송현이 깊게 가라앉은 눈빛으로 자신을 응시하자 자기도 모르게 열리던 입을 다물어 버렸다.

초류영은 진광을 보며 말했다.

"아까부터 혹시나 했는데, 소림사 분이셨습니까?"

"으흠, 그렇소. 소림의 일대제자인 진광이오."

초류영은 송현과 진광을 번갈아 보면서 잠시 눈알을 굴리며 마음속으로 손익을 계산하는가 싶었다. 그러더니 말했다.

"좋소. 흑랑성 잠행에 동참하겠소."

"알았소."

"단, 기진이보의 삼분지 일을 주겠다는 약조를 지키지 않을 경우 내가 어떻게 행동할지는 기대하지 마시오."

“걱정 마시오. 그럼 삼 일 후 묘시(卯時)까지 소림사 산문 앞으로 오시오.”

초류영은 잠시 송현을 차갑게 응시하더니 창가로 가서 창문을 열고는 말했다.

“그럼 삼 일 후에 봅시다.”

초류영은 말을 마치기가 무섭게 창문 밖으로 몸을 날렸다.

향화루는 다른 건물과는 층간의 높이가 달라서 송현 등이 있는 곳은 비록 삼층밖에 안 되어도 높이가 삼 장 가까이 되었는데, 초류영은 마치 평지를 걷는 것처럼 처마 끝을 딛고서 다른 건물의 지붕 위로 훌쩍 날아가는 것이었다. 그렇게 몇 번을 더 지붕 위를 건너가자 초류영의 모습은 시야에서 사라져 버렸다.

창문 밖을 지켜보던 진광이 감탄과 조소가 섞인 목소리로 말했다.

“파락호 주제에 경공 하나는 그럭저럭 쓸 만하군.”

송현이 그에 답했다.

“경공이 뛰어나야만 군자 노릇을 할 수 있는 법이오.”

진광은 이제 웃음도 나오지 않았다. 그러다가 문득 무슨 생각이 떠올라서 말했다.

“잠깐만, 송 국주! 흑랑성의 기진이보 삼분지 일을 주겠다는 약조를 마음대로 정하다니, 용납할 수 없소! 내 방장님께 말씀드릴 것이니 그리 아시오!”

그런데 송현은 담담한 얼굴로 반문하는 것이었다.

“흑랑성에 기진이보가 있다고 누가 그랬소?”
“뭐요? 당신이 그러지 않았소?”
“본인은 기진이보가 나온다면 준다고 했을 뿐, 있다고 한 적은 없소.”
“……!”
진광은 입을 딱 벌렸다. 송현이 계속해서 말했다.
“기진이보가 나오면 줄 것이지만, 나는 본 적 없소. 그러니 방장님께 말씀드려도 상관없소.”
송현은 말을 마치고는 창문 밖으로 횡하니 몸을 날렸다.
진광은 잠시 멍한 얼굴로 서 있다가 갑자기 광소(狂笑)를 터뜨렸다.
“으하하하하하!”
그리고 몸을 날려서 송현의 뒤를 따라갔다.

흑랑성 출발 삼 일 전. 도적 초류영 합류.

第三章
조인(釣人) 유소운, 숙수(熟手) 임윤

潛行武士
잠행무사

송현과 진광은 초류영을 만난 뒤에 곧바로 객잔에 돌아와서 여장을 풀고 잠을 청했다. 、

다음날, 송현은 채 묘시가 되기 전에 진광을 깨웠다.

소림승인 진광은 이른 새벽에 기침하는 것에 익숙해 있었다. 하지만 숭산, 개봉, 낙양을 오가는 동안 체력은 문제없으나 정신적으로 지쳐 있었다. 때문에 그는 속으로 불평이 가득했다.

'아침 공양이라도 한 뒤에 나가야 될 것 아니냐?

진광의 불평을 아는지 모르는지 송현은 묵묵부답으로 객잔을 나섰다.

송현은 어제와는 달리 이번에는 남쪽으로 발길을 돌려서

낙양 시내를 벗어났다. 진광은 행선지가 궁금했으나 송현에게 말을 걸어봤자 답답함만 더할 것 같아서 조용히 그의 뒤를 따라갔다.

한 식경쯤 지났을까. 넓은 들판이 모습을 드러냈는데, 그곳에는 한 무리의 사람들이 군집해 있었다.

사람들은 외모와 복장이 제각각이라 서로 아는 사이는 아닌 듯했다. 뜻밖에도 사람들을 인도하고 있는 자들은 다름 아닌 관군이었다.

진광이 물었다.

"여기는 뭐 하는 곳이오?"

"무관을 뽑는 시험 장소요."

진광은 그제야 상황을 깨달았다.

'이자가 어제 포청에 붙은 방문을 유심히 살피더니, 알고 보니 시험 장소에 오려고 한 것이었군.'

본래 문무관을 뽑는 시험은 관청 안에서 해야 하는 것이나, 무관은 실기 시험을 봐야 하는지라 오늘처럼 야외에서 시험을 보는 일이 종종 있었던 것이다. 때문에 들판에는 관군과 무관 응시자는 물론이고, 시험을 구경하려는 호사가들이 이른 아침부터 운집해 있었던 것이다.

들판에는 무관 응시자와 구경꾼을 가리기 위해서 관군들이 밧줄을 둘러놓은 상태였다. 송현이 그 밧줄을 넘어가려 하자 관군 하나가 다가왔는데, 그는 송현의 뒤에 있는 진광을 보더니 명문정파의 인물이라는 것을 느꼈는지 아무 말 없이 통과시켰다.

진광은 무관 응시자들을 주욱 훑어봤다. 그들은 하나같이 면면이 험상궂고 근골이 다부진 것이 타고난 무인 체질로 보였다.

송현이 말했다.

"곧 궁술 시험이 시작될 것이오."

그 말에 진광은 정신이 번쩍 들어서 물었다.

"그럼 궁수를 구하러 이곳에 온 것이오?"

"물론이오."

진광은 의아했다.

"이보시오, 앞뒤가 안 맞지 않소? 어제는 관과 엮이는 것을 꺼리더니, 오늘은 무관 시험에 합격한 자를 이번 일에 참가시키려 한다면 말이 안 되는 것 아니오?"

그러자 송현은 잠깐 물끄러미 진광을 응시하더니 말했다.

"그럼 불합격자를 참가시키면 되지 않소?"

"뭐요?"

진광이 어이가 없어서 말문을 잃고 있을 때, 북소리와 함께 궁술 시험이 시작되었다.

둥둥둥!

궁술 시험은 세 개의 종목으로 나뉘어져 있었다.

첫 번째 종목은 서서 쏘기, 부동사(不動射)였다. 부동사는 가장 단순하나, 세부적으로는 다시 두 갈래로 나뉘어졌다. 표적을 직사(直射)로 쏘는 시험이 있었고, 반대로 높은 벽 같은 장애물 뒤에 있는 표적을 곡사(曲射)로 쏘는 시험이 있었다.

두 번째 종목은 움직이면서 쏘기, 동사(動射)였다. 동사 시험도 부동사처럼 종목이 나뉘어져 있었는데, 평범하게 일직선으로 움직이면서 표적을 쏘는 시험이 있었고, 반대로 전속력으로 달리다가 표적을 쏜 뒤에 즉시 다시 다음 표적을 쏘기 위해 달려야 하는 시험이 있었다. 또한 관군이 세워놓은 은폐물을 따라 갈지자로 이동하면서 표적을 쏘는 시험이 있었다.

마지막인 세 번째 종목은 말을 타고 달리면서 표적을 쏘는 마궁술(馬弓術)이었다.

시험 종목에 따라서 쓰이는 활도 제각각 달랐다.

부동사 시험에서는 보통의 대궁(大弓)을 주로 사용했다. 반면에 동사 시험과 마궁술에서는 각궁(角弓)을 쓰는 자도 종종 있었다.

물소 뿔로 만든 각궁은 대궁보다 정교함은 떨어지나 화살이 배는 더 멀리, 또한 더 빨리 나갈 정도로 힘이 좋았다. 때문에 끊임없이 흔들리는 도중에 활을 쏴야 하는 마궁술에서는 대궁보다 오히려 각궁 쪽이 명중율이 높았다.

관군의 지시에 따라 무관 응시자들이 하나둘 자리를 이동하여 시험 준비를 했다.

진광은 송현을 보며 물었다.

"어떤 궁수를 뽑을 생각이시오?"

"활 잘 쏘는 자를 뽑을 것이오."

너무도 뻔한 대답에 진광은 부아가 치밀어 올랐는데, 다행히도 송현은 설명을 덧붙이는 것이었다.

"첫째로, 활을 쏠 때 정확해야 하오."

"그건 당연한 것이잖소?"

"아니오. 대궁을 쏠 때는 잘 드러나지 않지만 각궁을 쏠 때는 다르오. 제아무리 표적을 놓치지 않는다 해도 각궁의 파괴력에 의지하고 정확성이 부족하다면 좋은 궁수가 될 수 없소. 두 번째로, 이게 가장 중요한 것인데 호흡이 길어야 하오."

"그게 무슨 소리요?"

"활을 쏠 때는 숨을 멈추는 것이 보통이오. 때문에 호흡이 길어서 숨을 오래 참을 수 있어야 하는 것이 필수적이오."

진광은 그 말을 듣고 속으로 생각했다.

'숨을 오래 참는 것은 곧 내공이 심후하냐 못하냐의 문제 아니냐? 그렇다면 어제 내공을 쓸 수 없는 상황 운운한 것은 대체 무엇이란 말이냐?'

진광은 화가 나면서도 겉으로는 말을 꺼내지 않았는데, 이제 그도 송현을 대할 때 화를 내면 오히려 손해라는 것을 깨달았기 때문이다.

그러는 사이에 무관 응시자들이 한 명씩 자신의 실력을 발휘하기 시작했다.

　활을 쏘아 맞추는 표적은 두 종류였다. 하나는 통나무에다 짚단을 엮어서 만든 목인상이었고, 다른 하나는 관군이 공중에 참새나 비둘기를 던지면 그것을 맞추는 것이었다.

　무관 응시자들의 멋진 솜씨가 나올 때마다 구경꾼들의 탄성이 터졌다. 시험을 지켜보고 있던 진광의 눈에 한 무관 응시자가 들어왔다.

　진광은 송현에게 슬쩍 눈치를 주며 말했다.

　"저자는 어떻소? 꽤 괜찮아 보이오만."

　"그자는 안 되오."

　"왜 그렇소?"

　송현의 대답이 뜻밖이었다.

　"그자는 표적을 보는 눈에 기광이 서려 있고 어깨와 목의 근육이 지나치게 발달해 있는 것으로 보아 사냥꾼 출신인 듯하오."

　"그게 무슨 상관이오?"

　"사냥꾼은 짐승을 쏘는 것에 익숙해 있소. 하나 사람을 쏘는 것은 문제가 다르오."

　진광은 어이가 없었다.

　'아니, 짐승을 잡던 사냥꾼이라고 해서 설마 사람을 쏘지 못할 일이 있겠나?'

　하지만 그는 불문의 제자라서 차마 살생에 대한 것을 입 밖으로 꺼낼 수 없으니 답답할 뿐이었다.

송현이 말을 이었다.

"활을 쏘느냐 못 쏘느냐는 마음의 결정이 중요하오. 평생 동안 어떤 목표를 쏘는 것에 길들여진 자가 아니라 백지(白紙) 같은 자가 필요하오."

진광은 속으로 불만을 터뜨렸다.

'어이구, 어련하시겠소!'

시험이 계속되는 동안 구경꾼들의 이목이 점점 한 명의 응시자에게 집중되고 있었다. 그 응시자는 머리에 옥관을 쓰고 금실이 수놓인 청포를 둘렀으며 준수한 이목구비를 한 청년이었다. 게다가 궁술 시험에서도 선두를 달리고 있어서 수많은 응시자들 가운데서도 단연 돋보였다.

진광은 그 응시자를 보면서 중얼거렸다.

"군계일학이 따로 없군. 어라, 가만 있자……."

뚫어지게 응시자를 주시하던 진광은 그의 신분을 알아차렸다.

'저자는 철혈궁왕 이세정의 삼남인 이숭민이 아니냐?'

철혈궁왕 이세정은 몇 년 전에 세 아들과 함께 소림사를 방문한 적이 있었는데, 그때 진광은 삼남인 이숭민의 면면이 사뭇 총기가 있어서 인상이 깊었다가 지금 기억이 난 것이었다.

진광은 기쁜 마음에 송현에게 말했다.

"저 청년이 바로 철혈궁왕 이세정의 삼남인 이숭민이오. 어렸을 때부터 아버지의 명궁을 이을 재목으로 꼽혔는데, 이제 보니 관에 뜻이 있었나 보오. 저자는 어떻소?"

송현은 고개를 끄덕이며 말했다.

"지켜보겠소."

진광은 쾌재를 불렀다.

'그러면 그렇지! 네 눈이라고 남들과 딱히 다를 게 있겠냐?'

이씨세가는 고래로 소림사와 친분이 깊었기 때문에 진광은 자신이 중재를 한다면 삼남 이숭민을 이번 일에 참가시키는 것은 시간문제라고 생각했다. 애초부터 송현을 따라다니는 일이 마음에 들지 않던 터에 무언가 소림에 공을 세울 일이 생기자 진광은 신바람이 난 것이었다.

궁수 적임자를 구했다고 생각하자 진광은 한시름 덜은 기분이 되어서 편한 마음으로 시험을 지켜봤다.

그런데 눈에 띄는 응시자가 한 명 더 있었다.

그 응시자는 이숭민과는 정반대로, 실력이 뛰어나서가 아니라 오히려 엉성하기 짝이 없어서 눈에 들어오는 것이었다.

게다가 그자는 남들과 구별되는 특징이 있었는데, 관군이 '쏘시오'라고 신호하면 꼭 한발 뒤늦게 활을 쏘는 것이었다. 그리고 그게 계속해서 반복되자 구경꾼들도 이내 실소하기 시작했다.

관군이 닭을 공중에 던지며 소리쳤다.

"쏘시오!"

그러나 응시자는 활을 겨냥하고 있으면서도 시위를 놓지

못하고 우물쭈물했다.

푸드드득.

그사이에 닭은 홰를 치며 날아오르다가 다시 땅으로 내려 앉았다. 그때서야 응시자는 시위를 놓았는데, 닭은 이미 수풀에 가려진 상태가 되었기 때문에 풀잎을 스치고 날아간 화살은 닭의 벼슬을 살짝 맞추고 빗나가서 들판 멀리 날아가 버리고 말았다.

"와하하하!"

구경꾼들이 폭소를 터뜨리면서 한마디씩 했다.

"거, 이왕 쏘려면 좀 일찍 쏘지 그러쇼?"

"그런 말 말게. 저분은 당금 보기 힘든 성인군자라네. 이유 없는 살생을 피하는 것을 보고도 모르겠나!"

구경꾼들의 말에 엄정한 군기를 지키고 있던 관군들마저 실소를 터뜨렸다.

진광도 만면에 미소를 지으며 응시자를 바라봤다.

응시자는 눈처럼 흰 백의 차림이었는데, 얼굴과 피부 역시 여인처럼 새하얘서 도저히 무관 시험에 응시한 자로 보이지 않았다. 더군다나 앳된 얼굴과 홍조가 가득한 볼을 볼 때 나이가 약관(弱冠)을 넘기지 않을 것 같았다.

이숭민이 청년이라면 눈앞의 응시자는 소년이라고 불러도 좋을 듯했다.

또한 그 소년 응시자는 낭패한 얼굴로 무언가를 계속 중얼

거리는 것이, 성정이 소심하고 심약하여 무관과는 어울리지
않아 보였다.

　진광은 피식 웃으며 중얼거렸다.

　"저자, 아니, 저 소년은 굳이 더 시험 볼 필요도 없겠군."

　그런데 뜻밖에도 송현이 진광의 말에 끼어드는 것이었다.

　"정말 그렇게 생각하시오?"

　진광은 잠깐 멍하니 송현을 바라보다가 말했다.

　"생각하고 말고도 없지 않소? 저 소년은 지금까지 단 한 번
도 표적을 맞추지 못한 것을 보지 않았소?"

　그러자 송현은 차갑게 가라앉은 눈빛을 하며 말했다.

　"저자는 시위를 놓는 것이 항상 늦소."

　"알긴 아는군."

　"하지만 늦는 게 매우 정확하오."

　진광은 어이가 없어서 한숨을 쉬었다.

　'또 무슨 흰소리를 늘어놓으려는 것이냐?'

　"그건 또 무슨 소리요?"

　"저자는 관군이 신호를 보내면 정확하게 다섯을 셀 시간
뒤에 시위를 놓았소. 그것은 찰나의 오차도 없을 만큼 정확한
것이었소."

　"……."

　진광은 송현의 말을 듣고서 먼저 소년이 활을 쏠 때를 떠올
렸다. 다시 생각해 보자 송현의 말처럼 소년은 꼭 어느 정도

뒤에 시위를 놓았던 것 같은 기분이 들었다.

'하지만 그게 무슨 대수냐?'

"뭐, 그렇다고 칩시다. 어쨌든 표적은 한 번도 맞추지 못하지 않았소?"

그 말에 송현은 고개를 저었다.

"시위를 제때 놓았으면 저자가 쏜 모든 화살은 정확하게 관군이 던진 닭에게 명중했을 것이오. 한 치의 오차도 없이 닭의 머리에, 그것도 닭의 양미간 사이에 말이오."

"……."

송현의 말이 계속됐다.

"또한 활을 쏠 때 보통은 호흡을 멈추는 법인데, 저자는 그러지 않았소. 호흡과는 상관없이 활을 자유자재로 다룰 수 있다는 뜻이오."

진광은 송현의 말이 이해가 될 듯 말 듯했다.

'그러니까 저 소년이 제때 시위를 놓았다면 백발백중했을 거고, 호흡이 남달라서 활 솜씨도 좋을 거란 말이냐?'

그러나 진광은 고개를 저었다.

결과적으로 표적을 한 번도 못 맞추었으니 그런 가정은 쓸데없는 공염불이 아니고 무엇이란 말인가?

진광이 뭐라 반문할 말을 생각 못하고 있을 때, 부동사와 동사 시험이 모두 끝나고 마지막 시험인 마궁술 차례가 되었다.

진광이 송현에게 말했다.

“마궁술은 볼 필요가 없을 테니 이세정의 삼남 이숭민으로 결정된 것으로 알아도 좋겠소?”

하지만 송현은 고개를 저었다.

“마궁술이 가장 중요할지도 모르오.”

“뭐요?”

진광은 끝도 없이 이어지는 송현의 영문 모를 말에 짜증이 일었다.

물론 자신은 흑랑성에 들어가 본 적은 없으나, 그곳이 동혈(洞穴)이 거미줄처럼 복잡하게 연결된 지하 광장으로 되어 있다는 것을 소문으로 들어서 익히 알고 있었다. 지하 동혈까지 말을 타고 내려갈 수는 없을 테니, 진광은 마궁술은 볼 필요가 없다고 생각한 것이었다.

그런데 마궁술이 가장 중요하다는 말은 또 무엇이란 말인가?

진광이 고개를 설레설레 흔들고 있을 때, 먼저 그 소년의 차례가 되었다.

소년은 가벼운 동작으로 안장 위에 올라서 박차를 가했다.

“이랴!”

그러자 말이 앞으로 내달렸는데, 소년은 허리 아래의 하체만이 말의 움직임에 맞춰서 아래위로 흔들릴 뿐, 상체는 조금도 흔들리지 않는 것이 마치 평지에 서 있는 듯한 느낌을 주었다.

진광이 뜻밖이라는 얼굴로 말했다.

“말 타는 솜씨는 제법 그럴듯하군.”

동시에 속으로 생각했다.

'하긴, 활솜씨가 그런 판인데 말이라도 잘 타야겠지.'

아니나 다를까, 소년은 여전히 관군이 닭을 던지고 신호하면 조금 뒤에 시위를 놓았고, 닭이 수풀에 내려앉은 다음에야 날아간 화살은 번번이 살짝 빗나가 버리는 것이었다.

진광은 관군이 신호하고서 소년이 시위를 놓을 때를 곰곰이 계산해 봤다. 그러자 공교롭게도 송현의 말처럼 정확하게 다섯을 센 뒤에 시위를 놓는 것이 아닌가?

'거참, 이상하군. 정확하게 다섯 센 뒤에 시위를 놓을 거면 애초에 미리 시위를 놓으면 되지 않나?'

관군이 다시 닭을 들어 올리고 있었다. 관군이 닭을 공중에 뿌리며 소리치자 소년은 활을 들어 겨냥했다. 구경꾼들은 또 소년이 어떤 기행을 부릴까 싶어서 눈을 떼지 않고 주목했다.

그때였다.

갑자기 들판 북쪽에서 세찬 모래바람이 불어왔다. 하남의 모래바람은 악명이 높은 것이어서 일단 한 번 불어 닥치면 사람들은 눈을 감고 등을 돌린 채로 바람이 지나가기를 기다려야만 했다.

휘이이잉.

"모래바람이다!"

관군과 구경꾼이 바람을 피하며 등을 돌렸다.

진광은 등을 돌리지 않았다. 자존심이 강한 그는 평소 모래바람을 맞아서도 등을 돌리지 않고서 단지 눈을 살짝 감아서 바람에 맞서고는 했다.

그러다가 그는 뜻밖의 광경을 보게 됐다. 모래바람이 불어닥쳐서 말이 몸을 뒤틀며 요동을 치고 있는데, 소년의 상체는 허공에 고정된 듯이 꼼짝도 않고서 그대로 활을 겨냥하고 있는 것이 아닌가?

진광은 무심코 속으로 수를 셌다.

‘하나, 둘, 셋, 넷……’

그가 다섯을 세는 순간, 소년이 시위를 놓았다.

화살은 세찬 모래바람 속을 가르고 날아가 닭의 목을 정통으로 꿰뚫었다. 닭은 화살에 맞은 반탄력과 모래바람 때문에 멀리 날아가 수풀 밑으로 떨어졌다.

진광은 깜짝 놀라며 생각했다.

‘무서운 집중력이다.’

무림인이 무공에 대한 자질을 논할 때면 빠지지 않는 것이 집중력이었다. 제아무리 근골과 지모를 타고난다고 하더라도 무공을 수련할 때 산만하다면 아무 소용이 없기 때문이다.

진광이 볼 때 소년이 방금 보인 집중력은 절정고수의 것과 비교해도 떨어짐이 없어 보였다.

그런데 모래바람이 지나가자 관군이 주위를 한 번 둘러보더니 손을 들며 말하는 것이었다.

“불발!”

진광은 하마터면 '아니오. 맞췄소'라고 소리칠 뻔했다.

소년이 관군에게 뭐라고 항의했으나 받아들여지지 않았다. 여태껏 한 발도 제대로 못 맞춘 소년이 모래바람 속에서 설마 닭을 맞추었으리라고는 생각지 못하는 것이었다. 구경꾼들 역시 관군의 결정에 별다른 의심이 없는 듯했다.

진광은 관군에게 언질을 주고 싶었으나 왠지 모르게 입이 떨어지지 않았다.

결국 소년은 모래바람 속에서 명중시킨 마지막 한 발을 인정받지 못한 채 자기 차례를 끝내고 말았다. 그는 실망한 얼굴로 말에서 내린 다음 사람들이 없는 구석으로 가버렸다.

반 시진 후에 마궁술 시험을 끝으로 그날의 궁술 시험이 모두 끝이 났다.

진광은 슬쩍 송현의 눈치를 살피며 생각했다.

'설마, 정말로 저 소년을 고르는 것은 아니겠지?

다행히 송현은 이세정의 삼남 이숭민이 있는 곳으로 발을 옮겼다. 진광은 그제야 안도의 한숨을 쉬며 그를 따라갔다.

이숭민은 이씨세가의 식솔로 보이는 중년인 세 명과 함께 있었다.

진광은 재빨리 앞으로 나서서 송현보다 먼저 선수를 쳤다. 그는 반장을 하며 말했다.

"아미타불. 소림의 일대제자 진광이 이씨세가의 삼남 이숭민 공자에게 대화를 청하는 바이오."

이숭민은 식솔들과 얘기를 나누다가 소림승 진광이 등장하자 깜짝 놀란 얼굴로 포권을 했다.

"제가 이숭민입니다. 진광 스님이라면 혹시 소림의 나한당에 계신 분이 아니십니까?"

"빈승이 맞습니다."

진광은 이숭민이 자신의 신분까지 알고 있자 내심 쾌재를 불렀다.

'옳거니! 일이 쉽게 풀리겠구나.'

진광은 이숭민에게 송현을 소개했다.

"이분은 소림 방장님이 내린 임무를 맡고 계신 분입니다."

그러면서 송현에게 강하게 눈빛을 보냈다.

'말 잘해라! 괜히 선문답하지 말고.'

송현이 포권을 하며 말했다.

"청위표국의 국주인 송현이오."

이숭민은 잠깐 청위표국이 어떤 곳인지 생각하는 듯싶다가 기억이 나지 않는지 그냥 인사했다.

"이씨세가의 이숭민입니다. 소림 방장님이 주신 임무를 맡았다니, 무슨 일입니까?"

그런데 송현은 이숭민의 물음에는 답하지 않고 엉뚱한 질문을 하는 것이었다.

"이 공자께서는 무슨 연유로 무관 시험을 보신 것이오?"

이숭민은 송현이 뜬금없이 질문을 하자 진광을 쳐다봤다.

진광은 답답했으나 하는 수 없이 고개를 끄덕였다. 그러자 이 숭민은 다시 송현을 보며 말했다.

"일단 관에 투신하여 이씨세가의 입지를 더욱 확고히 할 생각입니다. 그런 다음 훗날 다시 무림으로 나와 형님들의 일을 도울 것입니다."

"관에 들어갔다가 무림으로 다시 나와야 될 이유라도 있소?"

이숭민은 질문의 의도를 모르겠다는 듯 어깨를 한 번 으쓱하고는 대답했다.

"사마외도의 무리를 뿌리 뽑고 강호의 정리를 지키는 것이 무림인의 당연한 도리가 아니겠습니까?"

그러자 송현은 포권을 하며 말했다.

"말씀, 잘 들었소."

그리고는 곧장 몸을 돌려 자리를 뜨는 것이었다.

진광은 황망한 얼굴이 되어서 이숭민에게 인사를 하는 둥 마는 둥하고는 송현의 뒤를 따라갔다. 진광은 송현을 따라잡고는 화를 내며 말했다.

"송 국주! 애써 힘들게 만든 기회를 왜 무산시키는 것이오?"

송현은 평소처럼 담담한 얼굴로 답했다.

"저자는 이번 일에 부적합하오."

"무엇이? 좋소. 하면, 도대체 이유가 뭐요?"

"너무 고리타분하오."

"뭐요?"

"강호의 정리를 따지는 자들은 이번 일에 참가시킬 수 없
소. 아니, 참가시킨다고 해도 도중에 견디지 못하고 낙오할
것이 분명하오."

"……."

진광은 너무 기가 차서 말이 나오지 않았다.

송현은 다시 들판 어딘가로 발을 옮겼는데, 진광은 멍하니
있다가 그만 깜짝 놀라고 말았다. 송현이 바로 시위를 늦게
놓던 그 소년에게 다가가는 것이 아닌가?

진광은 가슴이 덜컥 내려앉았다.

'지금이라도 늦지 않았으니 이 공자에게 사과를 하고 다시
얘기를 하면…….'

그러나 진광이 송현을 막으러 뛰어갔을 때는 이미 송현은
소년에게 말을 걸어버린 뒤였다.

"본인은 청위표국의 국주인 송현이라 하오."

소년은 실망한 얼굴로 있다가 생면부지의 남자가 말을 걸
어오자 눈을 크게 뜨며 고개를 돌렸다. 그 모습이 어찌나 순
진해 보였는지 무관 시험에 응시한 자라기는커녕 글만 읽다
가 처음 강호에 출행한 백면서생처럼 보였다.

소년은 잠시 멍청히 있다가 이내 정신을 차리고서 포권을
하며 말했다.

"아, 저는 유소운(劉小雲)이라 합니다."

그제야 달려온 진광은 화를 내려다가 송현의 이어지는 말

에 입을 다물고 말았다.

송현이 말했다.

"활을 쏠 때 논어를 외우지 않았소?"

그 말에 유소운이라는 소년은 처음에는 깜짝 놀라다가 곧 얼굴이 붉게 상기되면서 말했다.

"그걸 어찌 아셨습니까?"

"입술을 보고 알았소."

"그럼 독순술(讀脣術)을 익히셨습니까?"

유소운의 말에 송현은 조용히 고개를 끄덕였다.

옆에 있던 진광도 깜짝 놀라며 생각했다.

'이자가 독순술까지 할 줄 알다니!'

독순술은 입술의 모양을 보고 말을 알아차리는 수법인데, 중원의 땅은 너무도 넓어서 지방마다 방언의 종류가 셀 수 없이 많기 때문에 설령 독순술을 익혔다고 해도 사용하는 것이 여간 까다로운 게 아니었기 때문이다.

송현과 유소운의 대화는 계속해서 진광을 놀라게 했다.

송현이 물었다.

"활을 쏠 때 글을 외우는 연유는 무엇이오?"

유소운은 잠시 침음하더니 부끄러워하는 얼굴로 말했다.

"그게, 글을 외워야 활이 잘 맞거든요."

그 말을 들은 진광은 달려가서 유소운의 뒤통수를 한 대 후려치고 싶은 마음이 굴뚝같았다.

송현이 계속해서 물었다.

"외우는 글은 논어뿐이오?"

"주로 논어나 맹자, 또는 중용을 외웁니다."

"사서삼경(四書三經)이로군. 제자백가(諸子百家)는 안 외우는 것이오?"

"제자백가는 제가 그리 좋아하지 않아서요. 간혹 가다가 이백이나 두보 같은 명시를 외우기도 하죠."

송현의 물음에 답하는 게 신이 났는지 유소운은 눈이 초롱초롱해지며 얼굴에 홍조를 띠는 것이었다.

둘을 보고 있는 진광은 속이 까맣게 타 들어갔다.

'잘들 논다!'

둘의 대화가 이어졌다.

"어디에서 왔소?"

"산동(山東)에서 왔습니다."

"시험은 어땠소?"

"그게, 한 발도 못 맞춰서 아마도 낙방할 듯합니다……."

"그러면 다시 낙향할 것이오?"

그 말에 유소운은 잠시 침음하더니 이내 고개를 저으며 말했다.

"지금 돌아갈 수는 없습니다. 무관 시험에 떨어지면 표국 일이라도 알아볼 생각입니다. 그게 안 되면……."

그때, 송현이 지금까지와는 달리 정색을 하며 말했다.

"소림사의 일을 맡아볼 생각은 없소?"

"예?"

유소운은 어리둥절한 얼굴로 송현을 보다가 문득 옆에 있는 진광에게 눈길을 돌리는가 싶더니 화들짝 놀라며 소리쳤다.

"아, 이분은 혹시 소림승이 아니십니까?"

진광은 유소운이 자신의 신분을 알아보자 어쩔 수 없이 반장을 하며 말했다.

"소림의 진광이오."

유소운을 못마땅히 여기는 진광은 대충 성의없이 인사했다. 그런데 유소운은 그것을 전혀 내색하지 못한 채 오히려 허둥지둥 포권을 하며 말을 쏟아내는 것이었다.

"무림의 태산북두인 소림사의 승려 분을 뵈오니 무한한 영광입니다! 저는 어릴 때부터 소림 무공을 흠모해 왔으나 인연이 닿지 않고 제가 무공에 소질이 없어서 가문의 궁술을 익혀 온 참인데, 오늘 이렇게 소림승을 뵈오니 도대체 무슨 말을 꺼내야 할지 모르겠군요. 아, 그러니까 제가 드리고 싶은 말은, 소림 무공은 천하제일의 것으로써……."

유소운은 잔뜩 상기한 얼굴로 횡설수설 말을 연신 쏟아냈다.

진광은 강호행을 하면서 소림사를 흠모하거나 경외하는 사람들을 숱하게 겪어왔다. 하지만 지금 눈앞에 있는 소년은 그 정도가 너무 심한 것이어서 반갑기보다는 오히려 당혹스러웠다.

유소운의 말이 끝없이 이어지자 송현이 손을 들어 말을 잘랐다.

"잘 알았으니 그만 해도 좋소."

"아, 예. 그러니까… 아, 죄송합니다. 제가 그만 실수로……."

"됐소. 소림사의 일을 맡는 것은 어떻게 생각하오?"

"물론 해야죠! 예, 꼭 하겠습니다!"

그러자 송현이 차가운 목소리로 되물었다.

"목숨을 걸어야 되는 일이오. 그래도 괜찮겠소?"

"……."

유소운은 잠시 굳은 얼굴로 침음하다가 송현과 진광을 번갈아 보고서는 지금까지와는 다르게 사뭇 진지한 얼굴로 대답하는 것이었다.

"예. 소림사의 일이라면 목숨을 걸고 해볼 만한 가치가 있다고 생각합니다."

그 말에 진광은 정신이 번쩍 들었다.

'큰일 났구나!'

진광은 재빨리 끼어들며 말했다.

"잠깐만 기다리시오."

진광은 어리둥절해하는 유소운을 남겨두고서 송현을 끌고 멀찍이 떨어졌다. 그리고 말했다.

"대체 어찌할 생각이오?"

"무슨 소리요?"

“저 애송이, 아니, 샌님, 어쨌든 저자를 정말 이번 일에 정말 끌어들일 심산인 거요? 내가 다시 말을 잘해볼 테니 이 공자에게 다시 가보는 게 어떻겠소?”

그러나 송현은 고개를 저었다.

“유소운은 이번 일에 최적임자요.”

“도대체 그 이유가 무엇이란 말이오!”

진광은 버럭 화를 냈는데, 송현은 여전히 무심한 얼굴로 답했다.

“그는 비록 경험이 일천한 단점은 있으나 궁술 실력만큼은 이곳에 있는 그 어떤 무관 응시자보다도 월등히 뛰어나오. 게다가 내공에 의지하지 않고 활과 혼연일체가 되어서 시위를 당기고 있소. 그것은 타고나지 않는 이상 제아무리 수련해도 얻을 수 없는 장점이오.”

“…….”

“저자를 어떻게 생각하든 본인은 상관없소. 단, 결정은 본인이 할 것이오.”

송현이 정색을 하며 말하자 진광은 허탈한 마음이 되어 입을 다물었다. 송현이 차갑게 가라앉은 눈빛으로 무언가를 일단 결정하면 무슨 말을 해도 통하지 않는다는 것을 진광은 어느새 깨닫고 있었던 것이다.

송현은 다시 유소운에게 가서 말했다.

“이틀 후 묘시까지 소림사 산문 앞으로 오시오.”

유소운은 기뻐하는 얼굴로 허리를 숙였다.

"알겠습니다! 그때 뵙겠습니다!"

송현은 말을 마치고는 낙양 시내를 향해 몸을 돌렸다.

진광은 고개를 설레설레 흔들며 중얼거렸다.

"논어 따위를 읊으며 활을 쏘는 궁수가 실력이 월등하다고? 그럼 내가 금강경을 외우면서 금강복마권(金剛伏魔拳)을 쓴다면 당금 중원제일이라도 된다는 소리냐?"

진광은 그렇게 끊임없이 불만을 투덜거리면서 송현의 뒤를 따라 힘없이 터벅터벅 걸어갔다.

흑랑성 출발 이 일 전. 궁수 유소운 합류.

*　　　*　　　*

송현은 다시 낙양 시내를 향해 발길을 옮겼다. 진광은 시큰둥한 목소리로 물었다.

"이번 행선지는 어디요?"

"숙수가 있는 곳이오."

그 말에 진광은 더는 묻지 않고 조용히 송현의 뒤를 따라갔다. 흑점의 중년인이 칼을 가리지 않는다는 숙수가 하오문에 있다고 말했는데, 명문정파의 제자인 진광은 하오문이란 말을 입에 담기조차 꺼려했기 때문이다.

진광은 생각했다.

'도검수가 필요하다면 굳이 하오문 같은 곳이 아니더라도 명문정파에서 얼마든지 사람을 구할 수 있지 않나?'

그러나 이번만큼은 진광도 송현의 선택에 크게 반대하는 심정은 아니었다. 명문정파의 제자들이 기본기는 탄탄하나 경험이 일천하여 실전에서 낭패를 당하기 쉽다는 것을 강호 경험이 많은 진광은 잘 알고 있는 것이다.

예를 갖추고 일대일로 비무를 한다면 당금 무림에서 무당파나 화산파의 검객을 당해낼 자는 그리 많지 않을 것이다. 하지만 온갖 계략과 술수가 난무하는 진흙탕 같은 강호의 싸움에서는 명문정파의 화려한 검법보다 때로는 강호의 때가 묻은 실전 검법이 더욱 위력을 발휘하기도 했다.

진광은 송현의 뒤를 바라보며 생각했다.

'좋다. 내 이번만큼은 잠시 지켜보기로 하마.'

그러나 무슨 생각이 났는지 그는 곧 양미간을 찌푸렸다.

'가만있자, 이게 아닌데?'

일부러 실전에 능한 도검수를 구하려 한다면 기생오라비 같은 도적놈과 백면서생 애송이 궁수가 실전에 무슨 도움이 된다고 뽑았단 말인가?

진광은 금세 침울한 얼굴이 되어 나직하게 불호를 읊조렸다.

"아미타불…… 제길."

　낙양 시내로 돌아오자 진광은 송현이 이번에는 어디로 갈지 궁금한 동시에 심사가 불편했다. 도검수를 찾으려면 천상 하오문에게 소식을 물어야 할 텐데, 진광은 강호에서 비열하기로 손꼽히는 하오문의 사람들과 얼굴을 맞대야 하는 것이 영 마음에 들지 않았던 것이다.

　그런데 뜻밖에도 하오문의 소식은 자연스레 귀에 들어오게 되었다. 송현과 진광이 낙양의 뒷골목을 지나가고 있을 때, 한 무리의 사람들이 어딘가로 우르르 몰려가면서 소리쳤던 것이다.

　"하오문과 흑풍방이 일전을 벌인다!"

　그 말을 들은 송현과 진광은 서로를 한 번 쳐다보고서 주저 없이 사람들의 뒤를 쫓아갔다.

　일다경 정도를 가자 골목이 인파로 가득 차서 더 이상 앞으로 나갈 수 없었다.

　진광은 불평을 했다.

　"허접한 흑도 방파끼리의 싸움인데 뭘 구경꾼이 이리 많은 거지?"

　송현이 그에 답했다.

　"본래 불구경과 싸움 구경이 가장 재미있는 법이오."

　송현과 진광은 동시에 골목의 벽을 타고 옆에 있는 삼층짜리 건물의 지붕으로 올라갔다. 그러자 골목에서 벌어지는 상황이 한눈에 들어왔다.

골목의 양쪽 끝은 구경꾼으로 밀집해 있었는데, 그 중앙에 두 무리의 인영이 거리를 두고서 서로 대치하고 있었다.

진광은 그중 한쪽 무리를 보면서 생각했다.

'저들이 흑풍방이라는 흑도 방파로군.'

그들은 모두 서른 명쯤 되었는데, 등에 '풍(風)' 자가 쓰인 시커먼 흑의를 입고 있어서 누가 봐도 흑풍방의 무리임을 알 수 있었다.

흑풍방 무리는 또한 각자 손에 도검을 한 자루씩 들고 있었는데, 청룡도나 거치도같이 파괴력이 강하고 흉흉한 도검을 들고 있는 걸로 보아 그들이 잔혹무도한 무리임을 알 수 있었다.

흑풍방을 훑어본 진광은 고개를 돌리다가 그만 눈살을 찌푸렸다. 흑풍방과 맞서고 있는 하오문은 그 인원이 고작 넷밖에 되지 않았던 것이다.

진광은 명문정파의 제자라는 신분도 잠깐 잊고서 하오문을 동정했다.

'애당초 싸움은 인원수로 먹고 들어가는 법인데 고작 넷으로 무얼 하겠다는 것이냐?'

게다가 정확하게 말하자면 넷이 아니라 셋이라 해야 옳았다.

하오문의 다른 셋은 그럭저럭 체구도 건장하고 얼굴에 검상이 있는 것으로 보아 나름대로 한 사람 몫은 충분히 할 것 같았는데, 나머지 하나는 거적때기가 덮인 들것에 누워서 꼼짝도 안 하고 있는 모양이 도저히 싸움에 도움이 될 것 같지 않아 보였기 때문이다.

더군다나 들것에 누운 남자는 밀짚을 엮어 만든 모자를 푹 눌러써서 얼굴이 보이지 않았는데, 그 밑으로 드러난 턱과 목이 뼈가 드러날 정도로 앙상하게 말라 있었으며, 산발을 한 머리는 묶지도 다듬지도 않고 늘어뜨린 모습이 병색이 완연한 환자로 보였다.

진광은 송현을 슬쩍 흘겨보며 생각했다.

'비쩍 마른 것으로는 가히 이자와 용호상박이군.'

그때 하오문 무리 중에서 우두머리로 보이는 자가 한 발 앞으로 나오며 말했다.

"좋게 말할 때 낙양 북가(北街)에서 물러나시지."

그러자 흑풍방 측에서도 방주로 보이는 자가 답했다.

"천한 하오문 따위가 감히 흑풍방에게 이래라저래라 하다니, 이 몸이 평생 들어보지 못한 개소리로구나!"

"흥! 끝내 권주를 마다하고 벌주를 마시겠다는 소리군."

둘의 대화를 듣던 진광은 고개를 갸웃했다.

'어라?

대화의 내용을 따져 보면 하오문이 흑풍방을 협박하는 상황이었다. 그런데 인원수로 따지면 하오문과 흑풍방은 삼 대 삼십, 즉 일 대 십이니 협박하는 쪽과 반항하는 쪽이 바뀌어야 상식적으로 말이 되는 셈이 아닌가?

게다가 하오문의 우두머리는 들것에 누워 있는 자만큼이

나 비쩍 말라서 볼품이 없는 반면, 흑풍방의 방주는 키가 육
척에 어깨가 떡 벌어졌고, 벌거벗은 상반신에는 칼자국이 수
없이 나 있는 것이 일반 사람에게 공포심을 심어주기에 충분
한 모습이었다.

인원수로 보나 우두머리의 면면으로 보나 겉으로 봐서는
애와 어른의 싸움이 따로 없는 광경이었다.

진광은 쓴웃음을 지었다.

'저자가 무얼 믿고 저렇게 큰소리를 치는 줄은 모르겠지만
저러다 호되게 경을 치고야 말겠구나.'

그리고 고개를 돌려 송현에게 말했다.

"그만 갑시다. 송 국주가 찾는 자는 저 중에 없는 것 같소."

그런데 송현은 고개를 젓는 것이었다.

"아니오. 분명 저 중에 있소."

진광은 짜증이 일었다.

"비쩍 말라서 힘도 못 쓸 것 같은 놈 셋에 병자가 하나인데
당최 어떤 놈이 그 도검수라는 거요?"

"누가 병자라는 것이오?"

"보면 모르오? 저기 들것에 누워 있는 놈 말고 또 누가 있
소?"

그러자 송현이 정색을 하며 말했다.

"누워 있으면 다 병이 든 것이오?"

"아니, 그렇지는 않지만……."

진광은 말문이 막힘과 동시에 아차 하는 생각이 들었다.

'하긴, 누워 있다고 해서 꼭 병자일 리는 없지.'

송현이 말했다.

"저자의 손을 잘 보시오."

송현의 말에 진광은 들것에 누운 남자의 손을 살피다가 무언가를 발견했다. 기이하게도 남자의 오른손에는 쇠사슬이 칭칭 감겨져 있는 것이었다.

"저건 사슬이 아니오?"

"그런 것 같소."

"그럼 저자는 잡혀왔다는 거요?"

"이 상황에 그럴 리가 있겠소?"

"그럼 대체 뭐요?"

송현이 차갑게 가라앉은 목소리로 말했다.

"본인도 아직 확답은 할 수 없으나, 아마도 그것이 저자의 독문기병(獨門奇兵)인 듯하오."

"……!"

진광은 정신이 번쩍 들었다.

'저자가 바로 모든 기병을 자유자재로 쓴다는 도검수란 말이렷다?'

진광은 안광을 번뜩이며 남자의 주위를 살폈다. 아니나 다를까, 남자의 손목에 칭칭 감긴 사슬은 들것 밑으로 축 처져 있었는데, 그 끝에서 날카로운 검광이 번쩍이고 있는 것이 아닌가?

　진광은 새삼 송현의 눈썰미에 감탄하면서 남자의 기병이 어떤 것인지 살폈다.

　'알고 보니 저 사슬 끝에 검이 달려 있었군. 저것이 바로 저 도검수의 독문기병…….'

　그런데 진광의 얼굴이 잠시 멍청한 표정을 짓는가 싶더니 조금씩 괴이하게 일그러졌다.

　검은 찌르는 것에, 도는 베는 것에 유용하게 만들어져 있는 것이 무림의 상식이다. 그런데 남자의 사슬 끝에 달려 있는 칼은 길이가 일 척밖에 되지 않았으며, 날은 둔탁한 직사각형이어서 찌르는 것과 베는 것 둘 다에 불리한 모양새였던 것이다.

　'뭐, 저런 칼이 다 있지?'

　그러다가 진광은 칼의 정체를 알아차렸다.

　'시, 식칼?'

　그랬다. 그것은 주방에서 흔히 볼 수 있는 평범한 식칼이었다.

　진광은 송현의 멱살을 틀어쥐고 한바탕 역정을 낼 뻔했다.

　'기병을 가리지 않는다는 도검수의 독문기병이란 것이 고작 고기 썰고 야채 토막 내는 식칼이란 말이냐?

　다행히도(?) 흑풍방이 공격을 개시하는 바람에 진광은 화를 터뜨릴 기회를 놓치고 말았다.

　"더는 말하기도 귀찮다. 얘들아, 저 겁대가리없는 놈의 목을 베어버려라!"

　방주의 명이 떨어지자 흑풍방 무리가 제각기 도검을 꼬나들고 좁은 골목에서 쏟아져 나왔다.

　그때였다. 하오문의 우두머리가 나직하게 말했다.

　"비검(飛劍)."

　순간, 진광은 자신의 눈을 의심했다.

　방금까지도 도검수 남자가 누워 있던 들것이 텅 빈 채로 덩그러니 놓여 있는 게 아닌가?

　진광은 무언가를 깨닫고 고개를 들어 허공을 쳐다봤다. 그러자 도검수는 언제 들것에서 뛰어올랐는지 삼 장 높이의 공중에서 흑풍방 무리를 향해 수직으로 떨어져 내리고 있는 것이었다.

　진광은 감탄하며 생각했다.

　'내가 도약하는 순간을 채 보지 못하다니, 대단한 경신법이군.'

　도검수는 공중에서 몸을 한 바퀴 회전하며 팔을 빙그르르 돌렸다. 그러자 오른팔에 칭칭 감겨 있던 사슬이 소용돌이를 그리면서 풀어졌다.

　촤르르륵.

　그가 계속하여 팔을 밑으로 휘두르자 사슬이 마치 살아 있는 뱀처럼 꿈틀대며 지상을 향해 날아갔다.

　그리고 검광이 허공에 큰 원을 그리며 번쩍이자 골목 안에 비명 소리가 울려 퍼졌다.

"으아아악!"

흑풍방 무리 중 가장 앞에 있던 셋이 동시에 땅에 주저앉으며 절규했다. 그리고 손목과 분리되어 공중에 떠올랐던 그들의 손이 아직도 도검을 쥐고 있는 채로 땅에 떨어지는 것이었다.

투두둑.

골목 안은 흑풍방 셋의 잘려진 손목에서 뿜어 나오는 핏줄기에 금세 아수라장이 되었다. 기세 좋게 하오문을 향해 돌격하던 흑풍방 무리는 기선을 제압당하자 멍한 얼굴이 되어 제자리에 멈춰 섰다.

그리고 그제야 흑풍방 셋의 손을 한칼에 떨어뜨린 비검이란 도검수는 땅에 착지했는데, 어느새 그의 오른팔에는 사슬이 먼저처럼 칭칭 감겨져 있는 것이었다.

진광은 도검수가 다시 팔을 돌려서 사슬을 감는 것을 똑똑히 보았는데, 살아 있는 뱀이 똬리를 튼다 해도 그보다 더 빠를 수 없을 만큼 전광석화와 같은 손놀림이었다.

진광은 생각했다.

'이자는… 진짜다!'

흑풍방 방주는 멍한 얼굴로 바닥을 뒹구는 부하들을 쳐다보다가 이내 정신을 차리고 외쳤다.

"뭣들 하냐? 그래봤자 한 놈이다! 검으로 안 되면 쪽수로 밀어라!"

그 말에 힘을 얻었는지 흑풍방 무리는 잠깐 서로의 얼굴을 쳐다보다가 이를 악물고 다시 검을 치켜들었다.

그때 도검수의 팔이 살짝 흔들리는가 싶더니 다시 한 번 허공에 검광이 번쩍이고 지나갔다.

"으아악!"

또다시 비명 소리가 울려 퍼지고, 이번에는 흑풍방 무리 둘의 팔이 어깨 바로 밑동에서 절단되어 공중에 떠올랐다.

하지만 골목 안의 사람들은 도검수의 검이 언제 어떻게 날아들었는지 제대로 본 자가 아무도 없었다. 도검수의 검을 제대로 본 자는 그 많은 인파들 중에서 오직 송현과 진광뿐이었다.

순식간에 다섯 명의 손과 팔이 떨어지자 흑풍방 무리는 잔뜩 경계의 눈빛을 하고서 감히 앞으로 나설 엄두를 내지 못했다.

게다가 도검수는 처음 세 명은 손목을 잘랐는데 뒤에 두 명은 어깨 밑동까지 베어서 팔을 떨어뜨렸으니, 다음에 사슬검을 날린다면 더욱 치명적인 곳, 즉 목을 벨 것이라는 경고를 한 셈이 아니고 무엇인가?

흑풍방 방주도 그 사실을 깨달았는지 눈알을 좌우로 굴리면서 안절부절못하는 얼굴이었다.

하오문의 우두머리가 앞으로 한 걸음 나서며 말했다.

"그럼 흑풍방은 더는 낙양 북가에 발을 들여놓지 않는 것으로 알겠다."

"……."

흑풍방 방주는 잠시 침음하더니 침통한 얼굴로 몸을 돌렸다. 그때 하오문의 우두머리가 손을 들며 말했다.

"잠깐만."

흑풍방 방주는 잔뜩 움츠러든 자세로 고개를 돌렸다.

"또 무엇이오?"

"생각해 보니 이번 일에 대한 이자 정도는 받아두어야 좋을 것 같군."

"뭐요?"

"비검."

하오문의 우두머리가 슬쩍 손을 얼굴로 갖다 대며 말했다. 그러자 도검수가 팔을 기이하게 휘두름과 동시에 날카로운 바람 소리가 허공을 갈랐다.

스팟!

"크악!"

흑풍방 방주가 비명을 지르며 고개를 숙였다. 그의 두 팔은 제자리에 그대로 붙어 있었지만, 이번에 땅에 떨어진 것은 다름 아닌 그의 귀였다.

하오문의 우두머리가 씨익 웃으며 말했다.

"말귀를 못 알아듣는 귀 한 짝은 받아두지."

그리고 그는 몸을 돌려서 골목에 모인 인파의 틈을 뚫고 사라졌다.

방주마저 귀를 잃는 치욕을 당하자 흑풍방 무리는 고개를 숙인 채로 삼삼오오 반대편 골목으로 사라졌다. 낙양의 뒷골목에서 벌어진 하오문과 흑풍방의 일전은 어찌 보면 싱거울 만큼 일방적으로 그렇게 끝이 났다.

진광은 흑풍방 방주의 귀를 자르게 한 하오문 우두머리의 처사에 분개했다. 명문정파의 제자인 그로서는 이미 승패가 가려진 상황에서 상대에게 해를 입히는 행동을 용납할 수 없었던 것이다.

"흥! 흑도의 무리들이 벌이는 꼬락서니하고는……."

그는 화를 풀 곳이 없어서 답답해진 심사로 몸을 일으켰다. 그러다가 다른 하오문 무리 두 명과 도검수의 행각이 눈에 들어왔다. 도검수가 다시 밀짚모자를 푹 눌러쓰고 들것으로 가서 태연히 눕자, 하오문 무리 두 명이 들것의 앞뒤를 들고서 인파 속으로 사라지는 것이었다.

진광은 그제야 하오문에서 우두머리와 도검수 외에 왜 다른 두 명이 더 있었는지 깨닫고는 기가 막혔다.

'애초에 싸우러 온 게 아니라 저 도검수 놈 시중들러 온 것이었나?'

송현이 멍청히 서 있는 진광에게 말했다.

"저자를 따라갑시다."

진광은 송현이 지붕을 타고 자리를 떠난 뒤에도 잠시 그대로 서 있다가 고개를 흔들면서 그 뒤를 따라갔다.

"그래, 어차피 삼 일 동안이니 하라는 대로 다 해주마."

하오문 무리가 도검수가 누워 있는 들것을 들고 이동한 곳은 낙양의 뒷골목 구석에 박혀 있는 한 주루였다. 말이 주루이지, 지붕에는 구멍이 숭숭 뚫려 있으며 담벼락은 언제 무너질지 모를 만큼 잔뜩 낡은 작은 건물이었다.

진광은 주루를 보며 한심하다는 얼굴로 말했다.

"하오문 놈들과 잘 어울리는 곳이군."

진광은 계속해서 쉼없이 혼자 불평을 늘어놓았는데, 실은 그의 속마음이 복잡해서였다.

송현이 찾는 도검수가 하오문의 인물이라 내심 별 볼일 없을 거라 폄하하고 있었는데, 뜻밖에도 그는 여느 명문정파의 검객 못지않은 상당한 실력의 소유자였기 때문이다. 그런데 도검수는 하오문 우두머리의 명에 따라 흑풍방 무리 다섯 명의 팔은 물론, 방주의 귀까지 떨어뜨리는 데 추호의 망설임도 없었으니, 진광은 그 손속의 잔인함이 못내 기분 나쁜 것이었다.

송현과 진광은 주루 안으로 들어갔다.

주루에는 손님은 아무도 없었고, 도검수 혼자서 탁자에 앉아 술을 마시고 있었다. 그는 들것에서는 일어났으나 밀짚모자는 벗지 않은 채 푹 눌러쓰고 있어서 여전히 음침한 인상을 풍기고 있었다.

송현이 그의 앞으로 가서 말했다.

"청위표국의 국주 송현이라 하오."

그러더니 다짜고짜 도검수의 맞은편에 앉아버린 것이었다.

진광은 송현이 통성명도 제대로 하지 않고 또한 허락도 구하지 않고서 도검수의 탁자에 가서 앉자 잠시 주저하다가 자신도 내친김에 송현의 옆자리로 가서 앉아버렸다.

'에라, 모르겠다.'

도검수는 불청객 둘이 방문했는데도 별 신경 쓰지 않는 듯 태연히 잔에 술을 따라서 한번에 들이켜더니 말하는 것이었다.

"얼마요?"

진광은 양미간을 구겼다.

'뜬금없이 얼마라니, 이자도 송 국주처럼 선문답 체질인가?'

송현이 답했다.

"하오문에서 일 년 동안 받는 보수보다는 많을 것이오."

그 말에 진광은 궁금증을 풀 수 있었다.

'보수 얘기였군.'

그러나 곧바로 진광은 눈살을 찌푸렸는데, 통성명도 하지 않고 대놓고 금전 얘기를 꺼낸 도검수의 처사가 영 못마땅했던 것이다.

도검수가 말했다.

"목은 은 두 냥, 팔다리나 그 외는 한 냥이오."

진광은 도검수의 말이 무슨 뜻인지 몰라서 잠시 멍하니 있다가 먼저 골목에서 벌어졌던 일전에서 도검수가 흑풍방 무리의 팔을 벤 것을 떠올리고는 두 손으로 탁자를 내려치며 소리쳤다.

"무엇이? 감히 사람의 목과 사지에 값을 매긴다는 것이냐?"

도검수는 진광을 힐끔 한 번 쳐다보고서 말했다.

"솔직히 말해서 목보다는 사지를 자르는 게 더 힘든데, 어쩌겠소? 사람은 팔다리 하나쯤은 없어지는 것은 감내해도 그보다 목을 더 소중히 여기니 목을 자르는 것에 두 배의 값을 매겨서 받을 수밖에."

"뭐라고?"

사람의 목과 사지에 값을 매긴다는 도검수의 말에 격분한 진광은 벌떡 일어서면서 동시에 전신에 진기를 끌어올렸다. 그의 장삼이 바람을 맞은 것처럼 크게 펄럭이기 시작했다. 그러자 도검수는 사슬이 칭칭 감긴 손을 조용히 탁자 위로 들어올렸다.

철그럭.

진광과 도검수가 일 합을 겨룰 일촉즉발의 순간, 송현의 목소리가 나직하게 주루 안에 울려 퍼졌다.

"앉으시오."

송현의 목소리는 마치 귓가에 대고 속삭이는 것처럼 부드럽고 조용했는데, 기이하게도 그의 목소리를 들은 진광과 도검수는 전신에서 팽팽했던 긴장이 일순에 눈 녹듯이 사라져 버리는 것을 느꼈다. 김이 빠진 진광은 잠시 도검수를 노려보다가 자리에 털썩 주저앉았다.

분위기가 진정되자 송현이 말했다.

“이번 잠행 일에 참여하려면 이틀 후 묘시까지 소림사 산문 앞으로 오시오.”

그 말에 도검수의 모자가 살짝 흔들렸다.

“소림사라고?”

“그렇소. 이번 일은 소림사에서 부탁한 것이오.”

도검수는 잠시 침음하는가 싶더니 조금씩 어깨를 흔들다가 음침한 목소리로 웃음을 흘리는 것이었다.

“소림사라? 후후후.”

진광은 안광을 뿜어내며 목소리에 진기를 실어서 말했다.

“네놈이 감히 소림의 이름에 욕을 보이려는 것이냐?”

진광은 만약 이번에도 도검수가 심기를 거스르는 말을 한다면 송현이 막든 말든 그를 요절내겠다는 결심을 했다. 그런데 뜻밖에도 도검수는 진광에게 정중히 포권을 하며 존대를 하는 것이 아닌가?

“누추한 몸이 대소림사의 위명에 누를 끼칠 리야 있겠습니까? 소림승께서는 그만 노여움을 푸십시오.”

“……”

도검수가 예의를 갖춰서 사죄의 말을 하자 잔뜩 신경을 곤두세우던 진광은 그만 허탈한 심정이 되었다.

도검수는 송현을 보며 말했다.

“소림사의 일이라면 보수에 상관없이 참가하겠소.”

송현은 잠시 도검수를 조용히 응시하다가 고개를 끄덕였다.

“좋소.”

그리고는 몸을 일으켰다.

“돌아갑시다.”

송현이 일어나서 몸을 돌리자 진광은 엉겁결에 그를 따라 자리에서 일어났다.

그런데 송현을 따라 주루를 나가던 진광이 무심코 뒤를 돌아봤을 때다. 진광은 밀짚모자를 위로 들어 올리고 자신을 응시하던 도검수와 시선이 마주쳤다.

순간, 진광의 뇌리에 스쳐 가는 장면이 있었다.

‘저자는 설마……!’

진광은 벼락을 맞은 사람처럼 잠시 그 자리에 뻣뻣이 서 있다가 이내 정신을 차리고서 송현에게 달려갔다. 그리고 송현의 어깨를 붙잡으며 말했다.

“송 국주, 당장 약조를 취소하시오!”

송현이 무심한 얼굴로 고개를 돌렸다.

“저자는 절대 안 되오! 그러니 당장 약조를 취소하고 다른 자를 찾읍시다!”

송현은 진광을 물끄러미 쳐다보다가 진광의 얼굴이 평소와는 달리 진지하게 정색하고 있는 것을 보고는 물었다.

“이유가 무엇이오?”

“그게…….”

진광이 주저하자 송현이 되물었다.

“이유도 없이 무작정 사람을 바꾸라는 말이오?”

진광은 송현의 말에 당황한 기색으로 잠시 침음하다가 무언가 마음에 결심을 했는지 날카로운 눈빛을 하며 말했다.

“저 도검수는 탈명비검이란 자요.”

“탈명비검(奪命飛劍)? 별호만으로 봤을 때 실력이 있으면 있었지 약조를 취소해야 할 이유는 잘 모르겠소만?”

“실은 탈명비검에 대한 것은 우리 소림사와 무림맹의 명숙들만 알고 있는 무림의 비밀이오.”

진광의 설명이 시작됐다.

“삼 년 전, 서장 구륜사와 무림맹의 결전이 있기 석 달 전의 일이었소.”

당시 무림맹은 구륜사에 맞서기 위해 창천대의 구성에 심혈을 기울이고 있었다. 소림사에 모인 무림맹의 수뇌들은 창천대 오 개 조의 구성을 모두 끝낸 다음 비밀리에 육조를 만들려고 했다.

무림맹의 복안은 중원의 명문정파와 유명 세가의 촉망받는 후기지수들로 창천육조를 구성하는 것이었다. 그들에게 무림맹의 비밀 조직인 창천육조에서 활동하게 해서 훗날 중원무림을 이끌어갈 수 있는 경험을 쌓게 하자는 의도였던 것이다.

그런데 창천육조의 대원 수가 한정되어 있다는 점이 문제를 일으켰다. 명문정파와 유명 세가가 모두 자파의 제자를 최소한 한 명씩은 창천육조에 넣으려 했기 때문이다. 창천육조의 구성원이 후에 중원무림을 이끌어갈 것인데 자파의 제자가 그에 끼지 못한다면 자연 문파의 위명이 떨어질 것이라 생각했던 것이다.

그렇다고 창천육조 하나에 모든 문파와 세가의 제자를 집어넣는다면 수십 명이 넘을 판이니 무림맹 수뇌는 고민을 거듭했다.

얼마 있지 않아 무림맹 수뇌는 해결책을 찾아냈다.

"바로 후기지수들만이 참가하는 임시 비무대회를 여는 것이었소."

무림맹은 각 문파와 세가에게 창천육조에 지망할 후기지수 한 명씩을 비무대회에 참가시키라고 통보했다. 후기지수들이 비무를 하여 그 순위에 따라 창천육조를 구성한다면 아무 뒤탈이 없을 거라고 본 것이다.

그러나 후기지수들의 비무대회는 문파 간의 경쟁심을 부추겼고, 급기야 인명이 희생되는 불상사가 터지게 되었다.

비무대회에 참가한 문파 중에 북악검문(北岳劍門)이란 곳이 있었다. 중원에서 크게 세가 높은 곳은 아니었으나, 감숙(甘肅) 지방에서는 삼백 년 가까이 위명을 떨치고 있을 만큼 나름대로 역사가 깊은 문파였다.

"그 북악검문을 대표하는 후기지수로 비무대회에 참가한 자가 바로 탈명비검 임윤이었소."

　　북악검문의 일대제자인 임윤(林允)은 이미 탈명비검(奪命飛劍)이란 별호로 감숙에서는 검으로 당할 자가 없을 만큼 무위를 자랑하고 있었다.

　　임윤의 스승인 목수천은 북악검문의 문주인 유역도의 사형이었는데, 목수천은 고지식하고 꽉 막힌 성격 때문에 문주 유역도를 비롯하여 다른 사형제들에게 외면을 받아왔었다. 그런 목수천이 야심차게 길러낸 수제자가 바로 임윤이었다. 그리고 세월이 흘러서 목수천이 노쇠하여 병상을 지키게 되자 임윤은 자연히 문주와 사숙들의 눈총을 받아야 했다.

　　문제는 목수천이 수십 년간 북악검문의 검결을 연구하여 독자적으로 만들어낸 비검술(飛劍術)이었다.

　　목수천의 비검술을 사사한 임윤은 비무대회 결승에서 당시 중원무림 제일의 후기지수로 꼽히던 공동파의 복마신검(伏魔新劍) 추동을 맞아 비검술을 출수했다.

　　임윤의 비검술은 당시 중원무림의 무공과는 달리 조금의 멋 부림도 없으며 오로지 실전에서의 효용만을 극도로 추구하는 검법이었다. 때문에 복마신검 추동의 검법은 내공이 웅혼하고 초식이 변화무쌍하였으나, 동귀어진의 수법이 횡행하는 강호에서나 어울릴 법한 임윤의 실전 비검술에는 상대가 되지 못하였다.

　　결국 비무가 최고조에 달했을 때, 임윤이 공중에서 몸을 반전하며 날린 검끝에 그만 추동의 목이 꿰뚫려 버린 것이었다.

후기지수들의 자웅을 겨루는 비무대회에서 문파 간의 경쟁심
이 지나치게 과열되는 바람에 터진 불상사였다.

하지만 공동파는 추동의 패배를 인정하지 않았다.

"공동파는 탈명비검 임윤이 사마외도의 수법을 썼다고 주
장했소."

공동파의 주장은 이랬다.

검을 날리는 것은 동귀어진 이외에 아무 의미가 없으며 실
패할 경우 목숨을 내놓아야 하는 수법인데, 비무에서 그런 수
법을 사용했다는 것 자체가 명문정파로서의 자긍심을 스스로
버린 처사라고 북악검문을 비난했던 것이다. 그리고 만약 임
윤이 정당하게 비무를 치렀더라면 승패는 달라졌을 것이라는
말도 첨언했다.

무림맹의 수뇌는 비무대회 결과를 연기한 채 임시 회의를
열었다.

그때, 목수천과 임윤 사제를 수십 년간 눈엣가시처럼 여겨
오던 북악검문의 문주가 회의에 참석한 다음, 임윤이 출수한
비검술은 자파의 무공이 아니기 때문에 이번 일은 북악검문
과 아무 상관 없으며 또한 임윤을 당장 파문시킬 것이라고 선
언한 것이다.

안 그래도 공동파의 입김 때문에 골머리를 썩고 있던 무림
맹의 수뇌는 그의 제안을 받아들였다. 무림맹은 중원의 명문
정파인 공동파의 위명을 떨어뜨리지 않으며, 북악검문은 임

윤 사제를 이 기회에 영원히 제거하려는 계획이 서로 합쳐져서 만들어낸 결과였다.

"비무대회가 어이없게 끝나자 임윤은 자신이 사용하던 검을 부러뜨린 다음 소림사를 내려가서 그 뒤로 자취를 감추었다고 들었소."

북악검문은 괜히 임윤을 추적하여 죽였다가 중원무림에 망신스런 소문이 퍼질까 봐서 그를 쫓지는 않았다. 그 후 임윤의 스승 목수천은 소식을 듣고 목을 매어 자살함으로써 북악검문 문주의 심계는 모두 마무리가 되었다.

진광은 얘기를 끝내며 마지막 말을 덧붙였다.

"후에 무림맹은 이 일을 절대 금구할 것을 결정했소. 때문에 무림맹의 명숙 분들과 우리 소림사 외에는 사건의 전말을 자세하게 아는 이가 무림에 없는 것이오."

진광으로서는 무림 사정에 도통한 송현이 탈명비검 사건을 모르는 것에 혹 불쾌해할까 봐 생각해 낸 말이었는데, 송현은 그를 아는지 모르는지 무심한 얼굴로 얘기를 들을 뿐이었다.

진광의 말이 이어졌다.

"나는 나한당에 소속되어서 비무대회의 진행을 도왔기 때문에 알고 있는 것이오. 그 뒤로 중원무림에서는 임윤의 별호를 탈명비검(奪名飛劍)이라 부른다고 하오. 비검술을 써서 자신과 문파의 명예를 더럽혔다는 뜻이겠지. 임윤 그자도 그 사실을 알고 있을 것이오. 때문에 그자는 이번 일에 부적합하다는 거요. 그자가 중원의 명문정파에게 어떤 마음을 품고 있을지는 자명한 것이 아니겠소?"

진광은 진지한 어조로 말을 끝맺었다.

송현이 잠시 침음하더니 말했다.

"확실히 그자는 소림이나 다른 명문정파에 좋지 못한 생각을 갖고 있는 것이 분명하오."

진광은 송현이 자신의 말에 수긍하자 반기는 얼굴이 되었다.

"역시 송 국주도 잘 알고 있었군."

그런데 이어지는 송현의 말이 뜻밖이었다.

"하나, 강호에서는 오직 검과 실력만이 모든 것을 대변해 줄 뿐이오. 탈명비검 임윤이란 자가 명문정파에서 파문을 당했든, 그래서 명문정파에게 어떤 앙심을 품고 있든 본인은 상관하지 않을 것이오. 단지 그자가 실력만 제대로 갖추고 있으면 그것으로 됐소."

그 말에 진광은 다급한 얼굴로 송현을 바라봤다. 송현이 말을 이었다.

"소림 방장님께서 허락한다면 그자를 이번 일에 데려갈 것이오."

"송 국주, 다시 생각해 보는 것이……."

"이번 일에 대한 결정은 본인이 한다는 것을 잊으셨소?"

"……."

진광은 송현이 소림 방장을 언급하자 더는 그를 말릴 수가 없다는 사실을 깨달았다. 그는 화도 나고 어이도 없어서 한숨을 한 번 내쉰 다음 말했다.

"송 국주, 아까 그자의 언행을 보고 듣지 않았소? 그 임윤이란 놈은 하오문의 밥을 빌어먹으며 칼을 함부로 쓰는 무뢰배란 말이오! 사람 목숨을 파리처럼 여기며 강호의 정리란 것이 무엇인지 모르는 자란 말이오!"

그러자 송현은 차갑게 가라앉은 시선으로 진광을 응시하면서 말하는 것이었다.

"본인도 강호의 정리란 것을 믿지 않소."

그리고 말을 마치자마자 몸을 돌려서 낙양의 시내로 향하는 것이었다.

진광은 잠시 멍하니 있다가 송현의 뒤를 따라가며 생각했다.

'그렇다. 저자는 강호의 정리란 말이 나올 때면 이상하게도 삐딱한 반응을 보였지. 대체 저자의 과거가 어떻기에 그리도 강호의 정리란 것을 싫어하는 것일까?

그러나 진광으로서는 아무리 생각해도 그 해답을 알 수 없었다.

흑랑성 출발 이 일 전. 도검수 임윤 합류.

第四章
도사(道士) 편복선생

潛行武士
잠행무사

송현과 진광은 숙소인 객잔으로 돌아왔다. 무관 시험장에 가려고 꼭두새벽부터 일어났기 때문에 아직 해가 떨어지려면 시간이 많이 남아 있었다.

그런데 송현은 객잔에 돌아오자마자 침상에 누워서 잠을 청하려 하는 것이 아닌가?

진광이 보다 못해 말했다.

"이보시오, 설마 벌써 잠을 자려는 것이오?"

"그렇소."

"아직 해가 중천에 떠 있는데 사람을 더 구해야 되는 것 아니오?"

"이제 한 명만 더 만나면 되오."

마지막 한 명만 남았다는 소리에 진광은 내심 기뻐서 말했다.

"그럼 이러고 있을 때가 아니잖소? 한시라도 빨리 사람을 구하러 나갑시다."

평소와는 달리 진광은 먼저 나서서 일을 재촉했는데, 빨리 일을 마무리하고 송현과 이별하고 싶은 심산 때문이었다.

'이제 지긋지긋하다. 얼른 일을 끝내고 소림사로 돌아가서 쉬었으면 소원이 없겠다.'

그러나 송현은 아예 머리 위로 이불을 푹 뒤집어쓰며 말하는 것이었다.

"마지막 남은 자는 오늘은 볼 수 없소."

"뭐요?"

"그자는 내일 낙양에 나타날 것이오."

진광은 가슴이 덜컥 내려앉았다.

'또 하루를 더 기다리라는 소리냐?'

진광은 한숨을 한 번 쉬고는 말했다.

"할 수 없지. 그자와 내일 만나기로 약조라도 해놓은 것이오?"

"그건 아니오."

"그럼 대체 뭐요? 오늘 보나 내일 보나 똑같지 않소?"

진광이 버럭 역정을 내자 송현이 이불 속에서 다시 머리를 내놓으며 말했다.

"내일은 그자에게는 최고의 길일이오."

"길일(吉日)?"

"그렇소. 그자가 이런 길일을 절대 놓칠 리 없으니 내일 낙양에 반드시 모습을 드러낼 것이오."

송현은 말을 마치고는 다시 이불을 덮어썼는데, 그새 잠이 들었는지 작게 코 고는 소리까지 들리는 것이었다.

진광은 잠시 멍하니 있다가 휑하니 몸을 돌려 방을 나섰다.

'사람 하나 만나는데 무슨 놈의 길일을 따지는 것이냐! 에라이, 저녁 공양이나 하자.'

진광은 따로 화를 풀 곳이 마땅치 않자 아래층으로 내려가서 식사를 자신 몫과 송현 몫까지 이 인분을 시키고는 한 점도 남김없이 몽땅 먹어치웠다. 그리고 불룩해진 배를 안고서 다시 위층으로 올라와 침상에 대 자로 누워서 그대로 곯아떨어졌다.

다음날, 해가 중천에 떴는데도 송현은 좀처럼 밖으로 나갈 준비를 하지 않았다. 진광은 자연히 속이 탔다.

"송 국주, 대체 사람 찾으러 언제 나갈 거요?"

"아직 때가 되지 않았소."

송현은 그 말 한마디를 하고서 침상에 앉아 눈을 감고 운기조식을 하는 것이었다.

'어이구, 아예 면벽수련을 하지 그러냐.'

진광은 될 대로 되라는 심정으로 침상에 누워 부족한 수면을 보충했다.

송현이 몸을 일으킨 것은 해가 떨어져서 어둑어둑해진 저녁 무렵이었다.

"갑시다."

기다리다 못해 지쳐 있던 진광은 송현이 밖으로 나가자 얼른 그 뒤를 따라나섰다.

그런데 매일같이 낙양의 외곽으로 빠지던 송현은 오늘은 무슨 영문인지 오히려 낙양 시내의 한복판으로 발길을 돌리는 것이었다. 진광이 물었다.

"오늘은 어디를 가기에 시내로 들어가는 것이오?"

"금만당(金滿堂)이란 곳이오."

"거긴 뭐 하는 데요?"

"가보면 알게 될 거요."

진광은 금만당이라는 이름을 듣고 고급 객잔이 아닐까 생각하고서 말했다.

"그럼 오늘 찾는 자는 어떤 사람이오?"

송현은 의외로 흔쾌히 대답했다.

"오늘 만날 자는 도사요."

"도사(道士)?"

"그렇소."

그 말을 듣자 진광은 어제 송현의 행동이 이해가 되었다.

'도사를 만나러 간다고? 하긴 그런 자들이 길일을 엄청 따지기는 하지.'

도교나 풍수지리를 믿는 도사들이 대개 길흉화복에 각별히 신경 쓴다는 것은 불문의 제자인 진광도 익히 알고 있는 사실이었기 때문이다.

한 식경쯤 지났을 때 송현과 진광은 금만당에 도착했다.

금만당은 먼저 향화루와 같이 팔층으로 된 누각이었는데, 층간의 높이는 비슷하나 그 폭이 향화루보다 배는 더 넓어서 엄청난 면적을 차지하고 있는 거대한 건물이었다.

그런데 향화루가 홍등, 청등이 수없이 걸려 있어서 보는 사람의 마음을 들뜨게 하는 면이 있었던 반면, 금만당은 커다란 건물에 아무런 장식도 달려 있지 않아 어딘가 모르게 어둡고 음산한 분위기를 자아내고 있었다.

금만당이 고급 객잔일 것이라 상상했던 진광은 고개를 갸웃했다.

'무슨 객잔이 이렇게 크고 음산하기까지 하냐?'

의문은 금세 풀렸다. 송현과 함께 금만당에 들어서던 진광의 눈에 들어온 광경이 있었으니, 그것은 십여 명의 사람들이 탁자 하나를 놓고 둥글게 모여서 주사위를 굴리는 모습이었다.

진광은 입을 딱 벌렸다.

'금만당이 뭔가 했더니 도박장이었구나!'

그 사실을 깨닫자 그는 화가 치밀었다.

‘흑점과 기루에다 하오문까지도 모자라서 이제는 도박장이냐?’

진광은 날카로운 시선으로 송현을 쏘아봤으나, 송현은 그를 아는지 모르는지 담담한 얼굴로 점소이에게 묻는 것이었다.

“참새잡이는 어디서 할 수 있소?”

“육층입니다, 손님.”

송현은 점소이의 말을 듣고는 주저없이 계단을 올라갔다. 진광은 속으로 열불이 터졌으나 하는 수 없이 그의 뒤를 따라갔다.

육층에 오르자 점소이 하나가 송현과 진광을 접대했다.

“어디로 모실까요?”

“참새잡이는 조금 있다 할 것이니 일단 차나 한잔 주게.”

“예. 이리로 오시죠.”

송현과 진광이 구석에 있는 자리 하나를 골라 앉자 점소이는 차를 놓고 가버렸다.

진광이 말했다.

“송 국주, 여기는 도박장 아니오?”

“그렇소.”

“이런 곳에서 무슨 도사를 찾는다는 말이오?”

“오늘이 길일이라고 하지 않았소?”

“대체 길일이라고 도박장을 찾는 도사가 어디…….”

진광은 말을 하다가 멈칫했다. 지금까지 송현이 찾아다닌 사람 중에 자신의 상식으로 볼 때 제대로 된 자가 없다는 사실이 문득 생각난 것이었다.

진광은 결론에 다다르자 뜨악한 얼굴이 되었다.

'그렇다면 일부러 길일을 택하여 도박장에 돈을 따러 오는 도사라는 소리였냐?'

진광은 어이도 없고 화도 나서 소리쳤다.

"대체 그런 말코도사 놈이 중원 천지에 어디 있단 말이오!"

그러자 송현은 무심한 얼굴로 어딘가를 가리키며 말했다.

"저기 있소."

"……?"

진광은 송현이 가리키는 곳으로 얼른 고개를 돌렸다. 그곳에는 탁자 하나를 놓고 마주 앉아서 도박에 여념이 없는 네 인영이 있었다. 진광은 그 넷 중에 누가 도사인지 한눈에 알아볼 수 있었다.

"내 저놈의 말코도사를 그냥……."

진광은 화가 나서 일어서려다가 도사의 면면을 보고는 말을 삼키며 다시 자리에 앉고 말았다.

도사는 나이는 오십이 채 안 되어 보였는데, 머리는 상투를 틀어서 비녀를 꽂았고, 검은 수염은 길게 아래로 내려뜨렸으며, 눈처럼 흰 도포를 걸친 모습이 사뭇 청수하면서도 글공부 깨나 한 문사의 풍모까지 엿보였던 것이다. 만약 금만당이 아니라 다른 곳에서 봤더라면 문무에 도통한 유학자로 착각할 만한 모습이었다.

도박장에 드나드는 말코도사라서 사기꾼 같은 외양을 생각하고 있던 진광으로서는 뜻밖의 모습에 그만 정신이 멍해졌던 것이다.

송현이 말했다.

"저자는 편복선생이라 하오."

"편복(蝙蝠)?"

진광은 다시 한 번 의아해했다. 편복은 박쥐를 일컫는 말인데, 청수한 도사와는 전혀 어울리지 않는 이름이 아닌가? 게다가 편복에 선생까지 덧붙였으니 도사의 풍모가 아니었다면 실소를 터뜨렸을 이름이었다.

진광은 한숨을 한 번 쉬고는 말했다.

"어찌 됐든 사람을 찾았으니 얘기를 하러 갑시다."

그러나 송현은 고개를 저었다.

"잠깐 기다리시오."

진광은 영문을 몰랐으나 이제는 송현의 말에 반대할 기운도 없어서 그냥 자리에 앉아 편복선생이 있는 탁자를 바라보았다.

편복선생이 다른 세 명과 함께 벌이고 있는 도박은 송현이 참새잡이라고 말하던 마작(麻雀)이었다.

마작은 대나무를 작게 쪼개어 뒷면에 상아나 옥을 붙여서 만든 패를 갖고서 조합을 만드는 도박이다. 마작의 조합은 그야말로 무궁무진해서, 한 판을 이겨도 따는 돈이 얼마 되지 않는 조합이 있는가 하면, 어떤 조합은 일단 완성시키면 그날 밤의 판돈을 단박에 싹쓸이할 만큼 큰 점수로 나는 것도 있었다.

편복선생의 맞은편에 있는 자가 패 하나를 내려놓을 때였다.

편복선생이 재빨리 입을 열며 손을 뻗었다.

"깡."

그는 그 패를 가져와서는 자신이 갖고 있던 패 세 개와 합쳐서 탁자의 오른쪽에 놓았다. 네 개의 패는 모두 '중(中)' 자가 새겨져 있었는데, 그는 '백(白)', '발(發)', '중(中)'의 패를 모아서 만드는 조합인 대삼원(大三元)을 노리고 있는 것이었다.

아니나 다를까, 편복선생의 왼편에 앉은 자가 말했다.

"편복선생, 설마하니 대삼원을 노리는 건 아니시겠지?"

오른편에 앉은 자가 조소를 띠며 맞장구를 쳤다.

"하하, 대삼원이 어디 옆집 개 이름이라도 된답니까?"

그 말에 방금 편복선생에게 자신이 버린 패를 빼앗겼던 남자가 툭, 말을 뱉었다.

"당연하지. 제아무리 편복선생이라 해도 대삼원을 식은 죽먹는 것처럼 쉬이 만들 수야 없지."

그 남자는 왼쪽 눈가에 세로로 검상이 나 있었는데, 비천한 말투와 험상궂은 외모가 그의 신분이 강호의 무뢰배임을 잘 나타내 주고 있었다.

편복선생은 그들의 조소는 아랑곳하지 않고서 앞에 쌓여

있는 패산(牌山)에서 하나의 패를 추가로 뽑아왔다. 그리고 알 수 없는 주문을 중얼거리며 잔뜩 기를 불어넣은 다음 뽑아온 패를 뒤집었다.

그의 손에 있는 패는 공교롭게도 '발(發)' 이었다.

편복선생은 다른 세 명을 천천히 한 번 훑어보고는 사뭇 엄숙한 목소리로 말했다.

"났네."

동시에 그는 세로로 세워놓았던 자신의 패를 모두 뉘어서 공개했는데, '백(白)', '발(發)', '중(中)' 조합이 모두 갖춰진 대삼원이 완성되어 있는 것이었다.

그러자 편복선생의 양옆에 있는 자들이 경악하며 소리쳤다.

"서, 설마 또 대삼원이냐?"

"그럴 리가 없어! 무언가 잘못됐소이다!"

편복선생이 두 손을 활짝 펴 보이며 말했다.

"내가 신성한 도박판에서 속임수라도 썼단 말인가?"

"그건 아니지만⋯⋯."

편복선생이 당당한 태도로 되묻자 두 남자는 풀이 죽어서 말끝을 흐렸다.

그때 맞은편에 앉은 남자가 말했다.

"속임수가 아니면 그 대단하시다는 도술이라도 썼나 보지."

"그게 무슨 소린가?"

갑자기 남자는 의자에서 팅기듯이 몸을 일으키더니 편복

선생의 오른쪽에 있던 '중(中)' 자 패 네 개를 손아귀에 움켜쥐었다. 그러자 지금까지 엄숙한 분위기로 좌중을 압도하던 편복선생의 얼굴에 한줄기 낭패의 표정이 떠올랐다.

"이보게, 허필! 이 무슨 행패란 말인가?"

허필이란 남자는 편복선생의 질타를 씨익 웃으며 받아넘기더니 손에 든 네 개의 패를 뒤집었다. 그러자 두 개는 '중(中)' 자 패인 반면, 다른 패 두 개는 각각 '일만(一萬)' 과 '삼만(三萬)' 이 나오는 것이었다.

다른 두 남자가 눈을 부라리며 소리쳤다.

"중(中) 패를 깡한 것이 속임수였군!"

허필은 품에서 날이 시퍼런 칼 한 자루를 꺼냈다. 그리고 칼을 탁자에 박으며 말했다.

"천하의 편복선생이 이따위 하찮은 개수작을 부리다니, 오늘 지난번에 잃은 돈까지 합하여 톡톡히 빚을 받아내야겠군."

갑자기 도박판에서 칼이 나오자 주위가 시끄러워지면서 점소이들이 달려왔다.

"손님, 무슨 일입니까?"

"아무것도 아니오. 이자한테 빚을 받을 게 있소. 바로 속임수를 쓴 손목이오. 후후후."

허필은 검상이 난 왼쪽 눈을 치켜뜨며 살기에 찬 웃음을 흘렸다.

그 상황을 처음부터 지켜보던 진광은 기가 막혀서 고개를 설레설레 흔들었다.

'편복선생이란 자가 제법 그럴싸한 도사인 줄 알았는데 알고 보니 도박판에서 속임수나 쓰는 사기꾼이었구나.'

그런데 진광은 뜻밖의 광경에 깜짝 놀라고 말았다. 허필이 언제 칼부림을 할지 모르는 판인데, 정작 사기를 친 장본인인 편복선생은 눈 하나 깜박이지 않고 태연한 얼굴로 그 자리에 앉아 있는 것이 아닌가?

허필이 탁자에 박았던 칼을 다시 뽑으며 말했다.

"자, 손모가지 하나를 내놓으시지. 아니면 둘 다 내놓든가."

그 말에 편복선생은 오히려 팔짱을 끼며 도도한 목소리로 말하는 것이었다.

"내가 속임수를 썼다는 증거라도 있는가?"

"무슨 소리냐? 네 앞에 중(中)이 두 개밖에 없었지 않냐?"

"나는 분명 네 개를 모았네. 허필 자네가 중간에 바꿔치기 한 것인지도 모르지."

"뭣이?"

허필은 당장이라도 휘두를 듯이 칼을 치켜들자 점소이가 당황한 얼굴로 말렸는데, 편복선생은 여전히 무심한 얼굴로 멀뚱히 지켜볼 뿐이었다.

그 광경을 지켜보던 진광이 오히려 손에 땀을 쥐며 생각했다.

'저자가 미쳤나? 송 국주 같은 자가 중원 천지에 또 있을

줄은 정말 몰랐구나.'

허필이 화를 참지 못하고 편복선생에게 달려들 때였다.

"도박판에서 칼을 휘두르면 쓰나."

허필의 뒤에서 인영 하나가 나타나더니 불쑥 입을 열었다.

"넌 또 뭐야?"

화가 머리끝까지 난 허필은 다짜고짜 뒤의 인영을 향해 칼을 휘둘렀다. 그런데 인영의 가슴팍에 허필의 칼이 박히려는 순간, 인영이 슬쩍 팔을 들어 올리는가 싶더니 허필의 팔꿈치를 툭, 하고 가볍게 쳤다. 그러자 기분 나쁜 소리와 함께 허필의 팔이 반대로 꺾어져 버렸다.

우지지직.

"크아악!"

허필은 비명을 지르며 칼을 떨어뜨렸다. 계속해서 인영은 허필의 멱살을 잡고는 가볍게 그의 뺨을 좌우로 쳤다.

"함부로 칼부림을 한 대가는 지불해야지?"

짝짝짝!

인영이 뺨을 한 대 칠 때마다 허필의 입에서 핏물과 부러진 이가 튀어나왔다. 허필이 고통을 이기지 못하고 혼절하여 축 늘어지자, 인영은 더러운 쓰레기를 만졌다는 얼굴로 그를 멀리 팽개쳐 버렸다. 마당에 나동그라진 허필은 그대로 일어나지 못했다.

인영은 그대로 천천히 편복선생에게 몸을 돌렸다.

그는 핏빛처럼 붉은 도포를 걸치고 있었는데, 몸집이 엄청나게 비대하여 도포가 찢어질 듯이 부풀어 올라 있었으며 턱살은 세 겹으로 겹쳐져 있었다. 또한 머리털 한 올 없는 민대머리에서는 연신 땀이 줄줄 흘러내리고 있었다.

단지 그의 찢어진 두 눈에서 은은히 안광이 새어 나오는 것이, 그가 무림의 고수임을 말해주고 있었다.

그때 누군가가 소리쳤다.

"적룡방이다!"

그 말에 육층에 있는 사람들은 기겁한 얼굴로 주위를 둘러봤다.

아니나 다를까, 전신에 붉은 도포를 걸치고 흉흉한 얼굴을 한 무사 수십여 명이 어느새 육층을 빙 둘러서 포위망을 구축하고 있는 것이었다. 사람들은 적룡방의 무사들이 포위하는 바람에 아래로 내려가지도 못하고 안절부절못하며 사태를 지켜보는 수밖에 없었다.

몸집이 비대한 남자는 다름 아닌 적룡방의 방주인 비후살수(肥厚殺手) 육적이었다.

육적이 편복선생을 보며 말했다.

"이봐, 편복. 우리 적룡방에게 빌린 돈은 언제 갚을 건가?"

사태를 지켜보던 진광은 이때야말로 편복선생이 곤란해할 것이라 생각하며 송현에게 어떻게 할지 물으려 했다. 그러나 편복선생은 이번에도 진광의 기대(?)를 저버렸다. 그는 태연한 얼굴로 육적을 보며 말하는 것이었다.

"선생 붙이게."

"뭐라고?"

"못 들었나? 그냥 편복이 아니라 편복선생이라 부르라는 소리네."

그 말에 진광은 황당하기 짝이 없었다.

'저자가 죽으려고 환장했구나!'

그리고 무심코 송현을 돌아봤는데, 뜻밖에도 편복선생을 보는 송현이 빙그레 미소를 짓고 있는 게 아닌가?

그동안 한 번도 보지 못한 송현의 미소를 처음 목격한 진광은 생각했다.

'저자도, 이자도 둘 다 돌았군, 돌았어!'

편복선생이 말을 계속했다.

"돈을 갚을 수 있었는데 자네가 망쳐 놓았네."

"무슨 소리냐?"

편복선생은 패가 이리저리 흩어져 있는 탁자를 가리켰다.

"방금 대삼원이 나서 큰돈을 벌었는데 자네가 훼방을 놓아 판이 무산되었으니 망친 게 아니고 무엇인가?"

"……."

육적은 어이가 없는지 말을 잇지 못했다.

진광은 편복선생이란 자가 낙양의 밤거리를 주름잡고 있는 적룡방의 방주 앞에서도 호기를 잃지 않는 것을 보고는 내심 감탄을 금할 수 없었다.

'그래도 배포 하나는 큰 자군.'

그런데 진광의 시야에 무언가가 들어왔다. 지금까지 편복 선생의 근엄한 얼굴만 봐서 몰랐는데, 탁자 밑으로 축 처져 있는 그의 두 발이 학질에 걸린 것처럼 달달 떨고 있는 것이 아닌가? 버릇으로 다리를 떠는 모양새도 아니고, 그렇다고 후 덥지근한 금만당 안이 추워서 떨 리도 없으니, 진광은 그제야 편복선생의 정체를 알아차리고 기가 막혔다.

'실은 무서워서 벌벌 떨고 있으면서도 얼굴 가죽은 그대로 인 자였구나!'

진광은 숱한 강호행을 겪으며 인피면구를 착용한 자나 역용 술로 얼굴 표정을 바꾸는 자를 보아왔는데, 오늘 편복선생처럼 면상 조절을 자유자재로 하는 자는 생전 처음 보는 것이었다.

그는 생각했다.

'저자는 대단한 강심장이거나 또는 엄청난 사기꾼이거나 둘 중에 하나다.'

그러면서 진광은 아마도 후자일 거라고 결론을 내렸다.

적룡방 방주 육적이 안 그래도 살 속에 파묻혀서 잘 보이지 않는 두 눈을 가늘게 뜨면서 말했다.

"돈이 없다면 고기로 갚아야지."

"돈이 없는데 무슨 수로 고기를 사란 말인가?"

그러자 육적이 씨익 웃으며 말했다.

"돈 주고도 구하기 힘든 고기가 있지 않나? 바로 두 발 달린 양고기 말이야."

두 발 달린 양고기는 인육(人肉)을 말하는 것이었으니, 육적은 편복선생을 죽여서 인육시장에 팔겠다고 말한 것이었다.

그 말에 편복선생의 두 발이 사시나무 떨 듯이 덜덜 흔들렸는데, 어이없게도 그의 얼굴은 여전히 태연한 모습 그대로였다.

진광은 기가 차서 생각했다.

'그나저나 이대로라면 저자는 꼼짝없이 인육이 될 판인데, 송 국주는 그냥 두고 볼 생각인가?'

육적이 손을 들며 소리쳤다.

"애들아!"

그러자 육층에 있는 적룡방 무사들이 일제히 서슬 퍼런 청룡도를 빼 들었다. 상황이 다급해져서 진광이 침을 꿀꺽 삼키고 있을 때, 송현의 전음이 날아왔다.

"할 수 있겠소?"

진광도 전음으로 답했다.

"뭘 말이오?"

"육층에 있는 적룡방 무리는 방주까지 해서 도합 서른둘이오. 저자들을 제압하고 편복선생을 구할 수 있겠냐는 말이오."

진광은 사람들이 뒤얽혀서 복잡한 와중에 적룡방 무리의 수를 정확히 헤아린 송현에게 감탄했다. 동시에 송현의 물음에 은근히 화가 났다.

"이 몸은 대소림사의 일대제자요! 저런 흑도의 무리를 설마 적수로 여기는 것이오?"

그 말에 송현은 담담한 얼굴에 고개를 끄덕였다.

"그럼 저자를 구해서 이곳을 뜹시다."

"좋소!"

송현과 진광은 눈을 한 번 마주친 다음, 서로 질세라 자리를 박차고 공중으로 뛰어올랐다.

공중을 도약하던 진광은 편복선생의 위기를 보고서 힐끔 송현을 쳐다봤다. 아무래도 자신보다 송현이 먼저 편복선생이 있는 탁자로 착지할 것 같았다. 그동안 송현을 따라다니느라 갖은 마음고생을 겪은 진광은 이번만큼은 송현에게 절대 지고 싶지 않은 호승심이 크게 일었다.

'무공까지 이자에게 질 수야 없지.'

진광은 옆에 있는 사람의 머리를 발로 디디며 그 반탄력으로 더욱 빠르게 날아갔다.

턱.

그러자 멋모르고 진광의 발판이 된 자는 엄청난 힘에 밀려서 한 바퀴를 돌다가 바닥에 나동그라졌다. 진광은 죄없는 중생에게 사죄하기 위해 공중을 날아가는 도중에 반장을 했다.

'아미타불.'

그때 육적은 몸을 일으키며 편복선생에게 오른손을 뻗었

는데, 비대한 몸집이라고는 믿기 힘들 정도로 번개 같은 움직임이었다.

"내 네놈의 고기는 인육시장에 넘기고 장은 빼내어 젓갈을 담글 것이다!"

편복선생은 그 와중에도 육적의 말을 맞받아쳤다.

"내 몸은 말라서 고기가 몇 근 안 나올 것이네."

육적의 일장이 편복의 가슴팍에 적중하려는 순간, 어디선가 광풍이 몰아치면서 두 개의 권격이 그의 머리통을 향해 날아왔다.

권격의 주인공은 바로 진광이었다.

"흑도의 무리는 손을 거두어라!"

육적은 깜짝 놀라서 일장의 방향을 돌려 진광의 권격을 막았다.

퍼펑!

순간, 육적은 가슴의 기혈이 요동치는 것을 느끼며 세 걸음을 뒤로 물러섰다. 그는 생각했다.

'대체 이자는 누구냐?'

육적은 그의 별호인 비후살수에 걸맞게 독문무공인 적수공장(赤手空掌)으로 낙양의 밤거리를 틀어쥐고 있었다. 그의 일장에 저승으로 간 자가 셀 수 없이 많은 판인데, 어디선가 나타난 불청객은 자신의 적수공장을 맞받아치는 것으로 모자라 오히려 적지 않은 내상까지 입혔으니 그 정체가 궁금했던 것이다.

그런 육적의 생각을 알아차렸는지 진광은 탁자 위에 올라서서 호기롭게 외쳤다.

"대소림사의 일대제자 진광이 명하니, 흑도의 무리는 모두 칼을 버리고 물러서라!"

진광은 방주를 제압하고 소림의 일대제자라는 자신의 신분을 밝히면 적룡방 무리는 자연히 기세를 잃고 물러날 것이라 생각했다. 그러나 그것은 그의 착각이었다.

육적은 씨익 냉랭한 미소를 짓더니 손을 들며 말했다.

"창문을 가리고 아무도 나가지 못하게 해라!"

그러자 창가에 있던 적룡방 무사들이 육층 사방의 창문을 닫았으며, 몇 명은 아래로 가는 계단을 막아섰다.

진광은 당황했다.

창문을 가린다는 것은 소림 제자인 자신을 처리한 다음 증거를 남기지 않고 일을 마무리하겠다는 뜻이었기 때문이다.

육적의 손이 아래로 떨어졌다.

"반항하는 놈은 모조리 죽여라!"

"존명!"

적룡방 무사들이 청룡도를 들고 진광을 향해 달려들었다.

안 그래도 도박하던 사람들이 뒤엉켜서 복잡한 상황에 사방에서 칼이 날아드는 절체절명의 순간,

그러나 위기에 처하자 진광은 오히려 분노가 끓어올랐고,

그 분노는 이십팔 년간 하루도 쉬지 않고 땀을 흘리며 쌓아올린 소림의 진산무공을 폭발시켰다.

진광은 진기를 운용하여 천근추(千斤墜)의 수법으로 몸을 무겁게 하면서 동시에 숨을 한 호흡 참았다가 일순에 터뜨리며 소리를 질렀다.

"하압!"

순간, 천둥벼락과 같은 사자후(獅子吼)가 진광의 앞으로 달려오던 적룡방 무사 세 명을 휩쓸어 버렸다.

"크아아악!"

사자후에 무방비 상태로 직격당한 무사들은 고막이 터져 귓구멍에서 핏물을 쏟아내며 바닥을 뒹굴었다.

진광은 계속해서 바닥을 박차며 공중으로 뛰어올랐다. 그리고 떨어짐과 동시에 양권으로 나한권(羅漢拳)을 출수했다.

퍼펑!

"아악!"

진광의 바로 앞에 있지 않아서 사자후에 고막이 터지지는 않았으나 정신이 멍해 있던 무사 두 명이 나한권에 적중하여 뒤로 날아갔다.

순식간에 적룡방 무사 다섯 명을 쓰러뜨린 진광은 위엄 서린 목소리로 외쳤다.

"또 어떤 놈이 대소림사의 무공을 맛보고 싶으냐?"

그때, 그의 귓가에 송현의 전음이 들렸다.

“허리를 숙이시오.”

‘……?’

느닷없이 송현의 전음이 날아오자 진광은 고개를 돌려서 그를 보려고 했다.

그런데 문득 향화루에서 구양세가의 무사들에게 기습당했던 일이 뇌리에 떠올랐다. 진광은 즉시 철판교(鐵板橋)의 수법으로 허리를 뒤로 눕혔다. 그러자 청룡도 하나가 수평으로 날아와서 그의 옷자락을 살짝 스치고 지나가는 것이 아닌가?

만약 이것저것 생각하며 멈칫거렸다가는 몸통이 두 동강 났을 위기였다. 그러자 진광은 송현에게 고마움을 느끼는 동시에, 그의 말은 무조건 따라도 손해가 없다는 믿음이 생기는 것이었다.

진광은 생각했다.

‘송 국주는 말수는 거의 없으나 한 번 꺼낸 말은 실언이 없다.’

진광이 일거에 다섯 명을 제압했지만, 적룡방 무사들은 기세를 잃지 않고 청룡도를 휘두르며 달려들었다.

다시 송현의 전음이 날아왔다.

“받으시오.”

진광은 이제 송현의 말에 조금도 머뭇거리지 않았다.

휙.

무언가가 뒤통수를 향해 날아오자 진광은 고개를 돌리지

않고 뒤로 손을 뻗어 물건을 잡았다.

그것은 이 척 정도 되는 나무토막이었다. 진광은 몸을 낮추며 앞에서 날아오는 청룡도를 나무토막으로 막았다. 그리고 왼손으로 나한권을 출수했다.

펑!

청룡도를 휘두르던 무사는 채 비명도 지르지 못하며 바닥에 쓰러졌다.

진광은 손에 든 나무토막이 무엇일지 궁금했다.

'곤(棍)으로 쓰기에는 너무 짧고 각이 져서 불편하구나.'

손에 든 나무토막을 본 진광은 그만 실소하고 말았다. 송현이 던진 나무토막이 다름 아니라 의자의 다리를 잘라낸 것이었기 때문이다.

송현도 어느새 청연검을 빼어 들고 적룡방 무사들과 대치하고 있었다.

진광이 전음을 보냈다.

"고맙지만 너무 짧소. 이래서야 양춘면 먹을 때 젓가락으로도 못 쓰겠소."

진광이 슬쩍 농을 건네자, 송현은 주위를 둘러보더니 무언가를 찾았는지 앞으로 걸어갔다. 그리고 청연검을 들어서 수직으로 몇 번 내리그었다. 그런 다음, 두 번째로 솜씨를 부린 물건을 진광에게 집어 던졌다. 진광이 물건을 받아서 살피자 그것은 옷걸이였는데, 옷을 거는 고리가 깨끗하게 잘려져 나가서 손에 쥐고 싸우는 데 불편함이 없었다.

송현이 말했다.

"이제 됐소?"

"그럭저럭 쓸 만하오."

진광은 기합을 토하며 옷걸이였던 곤을 허공에 휘둘렀다.

"흐아압!"

그가 소림 곤법을 펼치자 세찬 바람이 일며 곤의 잔영이 사방팔방으로 뻗어나갔다. 그러자 마치 곤이 수십 개로 늘어난 것처럼 보이며 무사들의 청룡도와 맞부딪쳐서 파공음을 냈다.

촤촤촹!

무사들은 두 겹으로 진광을 포위하고 있었으나 전광석화와 같은 곤의 기세에 눌려서 오히려 수비하기에 급급했다.

진광이 곤법으로 무사들과 호각세를 이루자 송현이 전음을 보냈다.

"편복선생을 호위하는 것을 잊지 마시오."

진광은 그 말에 정신이 번쩍 들었다.

'아차, 적룡방 놈들을 해치우는 것도 중요하지만 그 편복인가 뭔가 하는 놈이 죽게 놔둬서는 안 되지.'

그런데 편복선생의 모습이 온데간데없이 보이지 않는 것이 아닌가?

진광은 가슴이 덜컥 내려앉아서 주위를 살폈는데, 탁자 밑에 두 발이 삐죽 나와 있는 것이었다. 진광은 안도의 한숨을 쉬며 탁자 밑을 향해 말했다.

"얼른 나와서 내 뒤에 서 있으시오."

그러다가 그만 진광은 어이가 없어서 봉을 놓칠 뻔했다.

편복선생은 그 와중에도 탁자 밑에 기어들어 가 바닥에 쏟아져 있는 점봉(點棒)을 주섬주섬 줍고 있는 것이었다. 제아무리 점봉을 돈과 바꿀 수 있다고는 하지만 목숨이 위태로운 상황에서 그걸 챙기고 있으니 진광으로서는 정신이 멍해지는 노릇이었다.

진광은 편복선생의 뒷덜미를 잡고 번쩍 들어 올렸다.

"이 미친 작자야! 죽고 나서 돈푼이 무슨 소용이 있다고 그러느냐?"

진광에 의해 억지로 일어난 편복선생은 뜻밖에도 정색을 하며 되묻는 것이었다.

"그럼, 살아 있으면서 빈털터리면 죽느니만 못하다는 말은 모르는가?"

"……."

편복선생이 너무도 당당하게 말하자 오히려 진광이 말문을 잃었다.

그때였다.

"조심하시오."

송현의 전음에 진광이 정신을 차리고 고개를 돌리자, 적룡방의 무사들이 청룡도를 가슴에 세우면서 뒤로 물러서는 것이 보였다.

'이놈들이 왜 이러지?'

숱한 강호행으로 경험이 많은 진광은 흑도의 무리가 한발 물러설 때는 반드시 악랄한 후속 공격이 뒤따른다는 것을 머리에 떠올렸다.

나쁜 예감은 현실로 드러났다. 적룡방 무사들 사이에서 청룡도를 들지 않은 자가 앞으로 나오더니 두 팔을 좌우로 활짝 벌렸다가 앞을 향해 뿌리치는 것이었다. 그러자 수백 개의 침이 진광과 편복선생을 향해 폭사됐다.

'큰일이다!'

진광은 무사들이 자리를 비킬 때부터 암기 공격이 뒤따를 것을 예상하고 있었다. 마치 사천당문의 비전 절기인 만천화우(滿天花雨)처럼 수백 개의 침이 공중을 뒤덮는 찰나, 진광은 반사적으로 앞에 있는 탁자를 두 손으로 잡고 들어 올렸다.

"끄아아아!"

그 탁자는 도박판으로 쓰이는 것이라서 나무로 되어 있지 않고 전체가 통짜 석판으로 된 탁자였다. 그러나 무게가 수백 근 가까이 되는 석판 탁자가 진광이 힘을 쓰자 가벼운 차 쟁반처럼 번쩍 들렸다.

후두두두둑!

수백 개의 침이 석판에 박히거나 부딪쳐서 바닥에 떨어졌다.

침을 날린 자는 공격이 무위로 돌아가자 품에 손을 넣어 다시 한 움큼의 침을 꺼냈다. 그러나 진광의 반격이 그를 가만 놓아두지 않았다.

"받아랏!"

진광은 진기를 팔에 끌어올려서 있는 힘을 다해 곤을 내던졌다.

쉭.

퍽!

침을 날린 자는 암기술에 비해 신법은 보잘것없었는지 진광이 던진 곤에 정통으로 얼굴을 맞고는 혼절하여 바닥에 몸을 뉘었다.

진광은 적룡방이 작정하고 암수를 쓰자 격노했다.

"비겁하구나! 그런 수작으로 대소림사를 넘보았다면 오산인 줄 알아라!"

그런데 옆에 있던 편복선생이 몸을 비틀거리더니 바닥에 쓰러지는 것이 아닌가? 탁자에 막히지 않고 날아온 침 몇 개가 공교롭게도 편복선생의 가슴팍에 꽂힌 것이었다.

진광은 다급히 편복선생을 일으켜 세웠는데, 그의 얼굴이 금세 푸르게 변하는 것이 이미 중독된 것이 분명했다. 진광은 황망한 얼굴로 송현을 쳐다봤다.

송현이 육적을 바라보며 말했다.

"해약을 넘기면 지금까지의 일은 없던 것으로 하겠소."

그 말에 육적은 잠깐 멍하니 있다가 곧 조소를 터뜨렸다.

"하하하! 독 안에 든 쥐새끼가 오히려 고양이에게 협박을 하다니, 내 평생 이런 일은 본 적이 없다!"

그러자 무심한 얼굴을 하고 있던 송현이 갑자기 얼음처럼 냉랭한 눈빛을 띠며 말했다.

"누가 고양이인지 알게 해주지."

탓!

송현이 살짝 바닥을 차는가 싶었는데, 그의 몸이 갑자기 사라져 버렸다. 육적과 적룡방 무사들은 눈을 깜빡이며 송현의 모습을 찾았다.

그런데 송현의 신형이 어느새 육적의 코앞으로 날아들고 있는 것이 아닌가?

육적은 대경실색하여 두 손을 뻗어서 적수공장을 출수했다. 그때, 번쩍이는 검광이 육적의 몸을 한차례 훑고 지나갔다.

스팟.

육적은 깜짝 놀라서 손을 회수하며 한 걸음 뒤로 물러섰다. 그러다가 그만 입을 딱 벌리고 말았다.

방금까지 코앞으로 날아오던 송현의 신형이 온데간데없이 사라지는가 싶더니, 어느새 송현은 먼저 몸을 날렸던 장소에서 조용히 선 채로 자신을 응시하고 있는 것이었다.

육적은 송현의 차가운 시선에 자기도 모르게 눈을 피하다가 손목이 뜨끔한 것을 깨닫곤 놀라서 고개를 내렸다. 그러자 두 팔의 옷소매가 둥글게 잘려서 바닥에 떨어져 있는 것이 보였다.

육적은 옷소매만 잘리고 손목은 멀쩡하자 안도의 한숨을 쉬었다. 그런데 자세히 보자, 양 손목의 둘레가 둥글게 베어져서 핏물이 배어 나오고 있는 것이 아닌가? 그 찰나의 순간에 옷소매와 손목을 둥글게 베어냈으니, 그것은 오히려 손목을 아예 잘라내는 것보다 훨씬 어려운 것임은 누가 보아도 자명했다.

그는 멍하니 베어진 손목을 보다가 이상한 느낌이 들어서 손을 들어 올려 목에 가져다 댔다. 그러자 손목과 마찬가지로 목의 둘레 역시 둥글게 베어져서 핏물이 흘러내리고 있는 것이었다.

그의 이마에서 한줄기 식은땀이 흘러내렸다. 만약 송현이 검을 정상대로 놀렸다면 이미 두 손목과 목이 떨어졌을 상황을 생각하니 육적은 오한이 일었다.

송현이 말했다.

"해약을 넘기시오."

그의 목소리는 다시 평소처럼 담담하게 돌아와 있었는데, 오히려 그것이 더욱 육적을 공포에 휩싸이게 했다.

육적은 덜덜 떨리는 손으로 품에서 약봉지 하나를 꺼내어 송현에게 던졌다.

송현은 해약을 받고서 말했다.

"좋소. 오늘 일은 없던 것으로 하겠소."

"……"

　육적은 잠시 침음하며 주위를 둘러봤다. 그러나 그는 더는 송현과 진광을 공격할 엄두가 나지 않았다. 이미 부하 십여 명이 둘의 손에 쓰러져 중상을 입었으며, 자신 또한 진광의 권격과 송현의 검을 제대로 받아낼 수 없지 않았는가.

　게다가 상대 중 하나는 소림승이라서 그를 해친다면 증거를 남기지 않기 위해 이곳에 있는 자들을 모두 도륙해야 하는 판인데, 아무리 생각해도 무리로 보였던 것이다.

　육적은 공연한 화를 부르지 않기로 결정했다. 결심을 굳히자 그는 송현과 진광에게 포권을 하며 말했다.

　"대인들의 뜻이 그러하니 적룡방도 더는 물의를 일으키지 않겠소."

　그리고는 무사들에게 눈짓으로 신호를 한 다음 계단을 내려가 버렸다. 방주가 내려가자 무사들도 청룡도를 검집에 넣고 부상당한 자들을 부축하면서 계단을 내려갔다.

　낙양의 밤을 지배하던 적룡방이 송현과 진광 단 두 명에게 패배를 자인하고 꼬리를 내리며 사라져 버린 것이었다.

　진광은 생각했다.

　'잔인무도한 흑도의 무리인 줄로만 알았더니 제법 뒤끝없이 시원한 맛은 있군.'

　그런데 진광의 감탄은 그것으로 끝나지 않았다.

　적룡방의 무리가 사라지자 금만당의 점소이들이 일사불란하게 움직여서 흐트러진 도박장을 재정비하는 것이 아닌가?

게다가 손님들도 무슨 일이 있었냐는 듯한 얼굴로 태연하게
자리를 찾아 다시 판을 벌이는 것이었다.

진광은 그 모습에 감탄이 나오면서도 동시에 어이가 없었다.

'이제 보니 이곳에서는 이 정도의 일은 허구한 날 벌어지
는 모양이군.'

사람들이 아무 일 없었다는 듯이 도박에 열중하자 송현과
진광도 편복선생을 마주하며 자리에 앉았다.

송현이 말했다.

"오랜만이오, 편복선생."

그런데 편복선생은 엉뚱한 말을 꺼냈다.

"점괘가 맞았어."

진광은 자기도 모르게 반문했다.

"무슨 소리요?"

"내 점괘는 틀림없네. 오늘이 석 달 만에 오는 길일이라 기
대를 많이 했었는데 아침에 점을 치니 대흉(大凶)이 나왔지.
그 결과로 자네들과 얼굴을 마주하고 있지 않은가?"

편복선생이 당연한 듯이 말하자 진광은 기가 찼다.

'뭐, 이런 놈이 다 있냐?'

속임수를 쓰다가 허필에게 칼을 맞을 뻔하고, 육적에게 잡
혀서 인육이 될 뻔했으며, 지금은 정체 모를 침에 맞아 중독
된 상황인데, 그 모든 것을 제외하고 송현과 자신을 만난 것
이 대흉이라는 말에 진광으로서는 어이가 없었던 것이다.

'내 중원을 그렇게 돌아다녔지만 이런 괴짜는 생전 처음 본다!'

송현이 말했다.

"이번에 본인이 소림사의 일을 맡았는데 선생도 동행해 주셨으면 하오."

그러자 편복선생은 입을 삐죽 내밀며 말했다.

"내가 왜?"

마치 어린아이가 투정을 부리는 듯한 그의 태도에 진광은 머리가 어지러워졌다.

송현이 말을 이었다.

"첫째로, 이번 일을 완수하면 적지 않은 보수를 받을 터이니 그것으로 빚을 갚으면 되기 때문이오."

"흥! 사람이 살면서 빚이 없을 수가 있나?"

"둘째로, 지금 선생은 침에 맞아 중독되었는데, 해약을 본인이 갖고 있기 때문이오."

"허어, 이거야 공갈협박이 따로 없군. 대저 남을 돕는 것이 사람의 마땅한 도리일지언대, 중독된 이를 앞에 놓고서 해약을 주지 않는다면 생명을 가볍게 여기는 것이 아닌가?"

그러면서 편복선생은 진광을 보며 말했다.

"아니 그런가?"

불문의 제자인 진광은 그가 생명 운운하자 어쩔 수 없이 고개를 끄덕이며 대답했다.

"그, 그렇소……."

"거 보게. 여기 스님도 그리 말하지 않는가?"

진광은 그의 말에 웃지도 울지도 못하는 얼굴이 되었다.

송현이 말했다.

"본인은 불가의 뜻은 잘 모르오. 이번 일을 돕겠다면 해약을 줄 것이고 그게 아니면 주지 않을 것이오."

송현은 말을 함과 동시에 약봉지를 풀어서 살짝 기울였다. 그러자 약 가루가 막 쏟아질 듯 말 듯했다.

하지만 편복선생은 태연한 얼굴로 팔짱을 끼는 것이었다.

"맘대로 하게. 아침에 도를 깨우치면 저녁에 죽어도 좋다[朝聞道 夕死可矣]고도 하거늘, 나는 오늘로 대삼원을 예순 번이나 했으니 죽어도 여한이 없네."

진광은 편복선생이 문자를 쓰는가 싶다가 도박 얘기를 뒤섞자 이제 뭐가 뭔지 모를 심정이 되었다. 그는 생각했다.

'혹시 이자가 중독되지 않은 게 아닐까?'

그러나 다시 보자 편복선생의 얼굴은 아까보다 더욱 시퍼래졌으며 식은땀을 흘리면서 가늘게 손을 떨고 있는 것이 중독된 게 분명했다.

상황이 그렇게 되자 오히려 진광이 애가 탔다.

'이자들은 진짜로 미친 게 분명하다!'

진광이 참다못해서 폭발하려는 찰나, 편복선생이 먼저와는 다르게 조용한 목소리로 말하는 것이었다.

“남들보다 보수를 배로 더 주면 생각해 보지.”

그 말에 진광은 하마터면 벌떡 일어서서 편복선생의 뒤통수를 후려갈길 뻔했다.

‘목숨이 오락가락하는 상황에도 흥정을 하냐?’

송현이 고개를 끄덕였다.

“좋소.”

그러자 편복선생은 재빨리 손을 뻗어 송현에게서 약봉지를 낚아챈 다음 단박에 입에 털어 넣는 것이었다.

진광의 눈에는 편복선생의 손이 그 어떤 절정고수보다도 더 빠르게 느껴졌다.

송현이 자리에서 일어나며 말했다.

“그럼 내일 묘시까지 소림사 산문 앞으로 오시오.”

그는 말을 마치고는 몸을 돌려서 계단을 내려갔다.

진광은 잠깐 동안 벌어진 기상천외(?)한 괴사에 정신이 빠져서 바닥을 조용히 내려다보고 있었다.

그러자 편복선생은 해약을 먹고 그새 힘을 되찾았는지 한결 가뿐해진 얼굴로 진광에게 말을 걸었다.

“이보게, 스님.”

“…뭐요?”

“아까는 도와줘서 고마웠네.”

진광은 편복선생이 뜻밖에도 감사의 말을 하자 할 수 없이 반장을 하며 답했다.

"아미타불. 불문의 제자로서 해야 할 일을 한 것뿐이오."

"그런데 말일세, 스님의 이목구비가 범상치 않아 보이는
군. 내 특별히 오늘은 복채를 반만 받을 것이니 관상이나 한
번 보지 않겠나?"

진광은 점소이들이 진땀을 흘리며 제자리에 갖다 놓은 석
판으로 된 탁자를 다시 두 손으로 번쩍 들어서 뒤집어엎으면
서 소리쳤다.

"됐소!"

그리고는 손님들과 점소이들이 휘둥그레진 눈으로 지켜보는
가운데, 분을 참지 못해 씩씩거리면서 계단을 내려가 버렸다.

흑랑성 출발 하루 전. 도사 편복선생 합류.

*   *   *

다음날.

해가 뜨지 않아 아직 어둑어둑한 소림사의 산문 앞에 두 인
영이 서 있었다. 그중 한 인영은 마음이 불안한지 가만히 있
지 못하고 주위를 맴돌고 있었고, 다른 인영은 반대로 조용히
제자리에 선 채로 주위를 둘러보고 있었다.

두 인영은 다름 아닌 진광과 송현이었다.

진광은 초조해하는 얼굴로 산 밑을 두리번거렸다.

‘왜 한 놈도 안 오는 것이냐?

묘시가 된 지 벌써 일다경이 지났는데 송현이 낙양에서 포섭한 자들의 모습이 하나도 보이지 않자 진광은 입이 바싹 마르는 것을 느꼈다. 그는 생각했다.

‘내 일도 아닌데 내가 왜 걱정을 하고 있지?

진광은 송현을 슬쩍 한 번 쳐다봤다. 송현은 팔짱을 낀 채로 산 밑이 아니라 엉뚱하게 숲 속을 바라보고 있었는데, 그 모습이 너무도 태연하고 무심해서 마치 경치를 감상하러 나온 사람으로 보였다.

진광은 답답했다.

‘이 인간아, 지금 산수 구경이나 하고 있을 때냐?

진광은 안 그래도 송현이 모은 자들의 면면이 하나같이 마음에 들지 않았는데, 그들 중 한 명도 모습을 보이지 않자 내심 통쾌해하고 있었다. 그러나 동시에 아무도 오지 않자 마음이 점점 불안해지는 것은 무엇 때문인지 스스로도 알 수 없었다.

진광은 산문 안쪽을 보며 생각했다.

‘조금 있으면 방장님과 무림맹 수뇌 분들이 나오실 터인데, 한 놈도 안 오니 이 일을 대체 어찌한단 말이냐?

그때였다. 산 밑에서 한 인영이 자욱한 안개를 뚫고 모습을 드러냈다.

진광은 자기도 모르게 반기는 얼굴로 송현에게 말했다.

“드디어 한 명 왔소!”

"그런 것 같소."

송현이 여전히 담담하게 답하자 진광은 흠칫했다.

'잠깐만. 내가 기뻐해야 할 이유는 없잖아?'

진광은 안광을 돋우며 인영이 누구인지 살폈다. 인영이 조금씩 산문에 가까워지자 그의 정체를 알아볼 수 있었다. 그는 다름 아닌 유소운이었다.

인영의 신분이 유소운인 것을 깨닫자 진광은 김이 팍 샜다.

'그나마 한 명 온 게 하필 애송이 궁수냐?'

진광은 내심 인영이 탈명비검 임윤이나 비연공자 초류영이기를 바라고 있었다. 송현이 포섭한 네 명 중에서 그나마 임윤과 초류영이 쓸 만한 인재라고 생각했기 때문이다.

그러나 진광은 곧 고개를 저었다.

'임윤은 무림맹 수뇌 분들이 반대하실 것이고, 초류영이란 자도 재물과 여색을 밝히는 파락호이니 어차피 어떤 놈이 와도 그게 그거구나.'

산문 앞에 도착한 유소운은 홍조를 띤 얼굴로 포권을 했다.

"늦어서 죄송합니다. 길을 잘 몰라서 헤매는 바람에 그만……."

진광은 어이가 없었다.

'숭산 소림사라면 근처의 세 살배기 어린애도 어디인 줄 아는데 길을 헤맸다는 건 또 무슨 헛소리냐?'

송편이 포권을 하며 답했다.

“잘 왔소. 동료들이 아직 다 못 왔으니 잠시 이곳에서 기다리시오.”

“예.”

유소운은 진광에게로 눈길을 돌리며 반배를 했는데, 소림사에 지나치게 열광하는 그가 귀찮은 진광은 대충 고개를 숙이고서는 시선을 피했다.

다시 일각이 지났을 때다. 한 인영이 안개 속을 뚫고 나타났다. 그는 탈명비검 임윤이었다.

진광은 그나마 진짜배기 실력자인 임윤이 오자 반가운 마음이 들었는데, 무언가를 보고는 그만 눈살을 찌푸리고 말았다. 막 해가 뜨려는 새벽인데 임윤은 술을 병째로 들고서 들이켜고 있는 것이었다.

‘저자가 북악검문에서 파문당하여 하오문의 졸개가 되더니 아주 파락호가 다 되었구나.’

게다가 임윤은 산문 앞에 오더니 아무 말도 없이 살짝 고개를 끄덕여 보일 뿐이었다.

진광은 그의 무례함에 화가 치밀어서 말했다.

“이보시오, 이곳은 소림사의 산문이오. 불문에서는 술을 금한다는 것을 모르오?”

그러자 임윤은 물끄러미 진광을 보더니 말했다.

“아, 그렇소?”

그러더니 그는 술병을 거꾸로 입에 갖다 대고는 한 번에 들이켜는 것이었다.

"꿀꺽꿀꺽꿀꺽."

잠깐 사이에 꽤 큼지막한 술병 하나를 몽땅 비워 버린 임윤은 다시 진광을 보며 말했다.

"이제 됐소?"

"……."

진광은 열불이 터졌으나 억지로 참았다.

'소림의 산문만 아니었다면 너 같은 무뢰배는 내 손에 요절이 났을 것이다.'

그때, 조용히 있던 송현이 숲을 바라보며 말했다.

"이제 나오는 것이 어떻소?"

진광은 그 말에 숲으로 시선을 돌리며 생각했다.

'누가 또 있었나?'

그러자 잠시 후에 끝이 보이지 않을 만큼 높이 솟아 있는 나무에서 인영 하나가 떨어져 내려오는 것이 아닌가?

인영은 다름 아닌 비연공자 초류영이었다.

진광은 깜짝 놀라며 생각했다.

'아무 기척도 느끼지 못했고 또한 저 나무에서 이상한 점을 보지 못했는데 언제 저자가 나무에 올라가 있었지?'

초류영이 품에서 철선을 꺼내어 부치면서 말했다.

"이자들이 잠행에 함께할 자들이오?"

"그렇소."

그러자 초류영은 유소운과 임윤을 잠시 훑어보더니 양미간을 구기는 것이었다.

"웬 백면서생이랑 광인을 부른 것이오? 지금 제정신이오?"

그 말에 정작 당사자인 유소운과 임윤은 조용히 있는데 진광이 버럭 화를 냈다.

"당신은 송 국주의 말을 따르면 될 뿐이오! 불평을 늘어놓을 거라면 숭산을 내려가시오!"

"……."

그러자 초류영은 뭐라 반박하려는 듯싶다가 입술을 깨물고 침음하며 진광의 시선을 피하는 것이었다.

진광은 그의 속내를 짐작할 수 있었다.

'흥, 흑랑성의 기진이보가 탐이 나서 발을 못 빼는 것이렷다?'

그러다가 황망한 얼굴이 되어 생각했다.

'잠깐만. 내가 당최 왜 송 국주 편을 든 거지?'

진광은 초류영이 못마땅해서 일갈했는데, 그 결과 엉뚱하게도 스스로 유소운과 임윤의 자존심을 세워주는 셈이 되었으니 스스로도 어이가 없는 것이었다.

진광, 송현, 유소운, 임윤, 초류영 다섯 명이 한마디 말도 없이 멀뚱하게 서 있기를 일다경쯤 했을 때다. 산 아래에서 다시 한 인영이 모습을 드러냈다.

올 사람이 한 명밖에 남지 않았으니, 진광은 그가 누구인지를 보지 않고도 알 수 있었다.

'편복인지 뭔지 하는 사기꾼이겠지.'

진광의 추측대로 인영은 편복선생이었다.

그런데 편복선생이 휘청거리는 걸음걸이로 힘들게 올라오는 바람에, 그가 산문 앞에 오기까지는 다시 일다경이 걸리는 것이었다. 산문 앞에 도착한 편복선생은 진땀이 흐르는 얼굴로 가쁜 숨을 몰아쉬고 있었다.

진광은 그제야 알 수 있었다.

'무공을 전혀 모르는 일반인이잖아?'

아니나 다를까, 유소운이 편복선생을 알아봤는지 말했다.

"아까 산 밑에서 뵈었던 도사님이 아니십니까?"

"그렇네. 휴우우!"

편복선생은 크게 숨을 몰아쉬더니 산문 옆에 덩그러니 있는 큼지막한 바위를 의자 삼아 털썩 주저앉았다.

진광은 기가 막혀서 송현을 노려보았다.

'사기꾼 도사인 것은 그렇다고 치자. 경신법 하나 모르는 놈을 당최 왜 부른 것이냐?

송현은 진광의 따가운 시선을 받고도 그것을 아는지 모르는지 담담하게 숲을 바라보기만 할 뿐이었다.

그때, 소림사 산문 안쪽에서 지객승 진평이 내려왔다. 그가 반장을 하며 말했다.

"아미타불. 소림 방장님과 무림맹 분들이 자리하셨습니다."

그 말에 유소운이 뻣뻣하게 차렷 자세를 함과 동시에 초류영과 편복선생마저 긴장한 얼굴로 산문 쪽을 바라봤다. 단지 임윤만이 여전히 삐딱한 자세로 거들먹거리고 있었다.

소림사 안에서 다섯 인영이 모습을 드러내는가 싶더니, 어느새 인영들은 산문 앞에 도착하여 송현 일행의 앞에 섰다. 그들은 소림 방장 무혜, 화산파 장로 풍영소, 무당파 장문인 청허자, 하북팽가 가주 팽무걸, 그리고 제갈세가 일공자 제갈성이었다.

그들의 기도와 안광이 예사롭지 않은 것을 느꼈는지 송현이 부른 일행은 침을 꿀꺽 삼키며 자기도 모르게 부동자세를 하는 것이었다.

소림 방장 무혜가 반장을 하며 말했다.

"아미타불. 빈승이 소림의 방장인 무혜입니다. 이분들이 송현 시주가 잠행에 데려가실 분들입니까?"

"그렇습니다."

"송현 시주까지 합하면 모두 다섯 분이시군요. 여기 자리하신 분들은 무림맹의 수뇌 분들입니다. 한 분씩 자신의 소개를 하시면 좋을 듯하군요."

무혜의 말에 송현이 유소운을 보며 고개를 끄덕였다. 유소운은 얼굴이 발갛게 상기되어 뻣뻣한 동작으로 포권을 하면서 말했다.

"산동에서 온 유소운이라고 합니다. 오늘 이렇게 소림 방장님과 무림의 명숙 분들을 뵈오니 영광일 따름입니다. 그리고 또……."

유소운이 말을 더듬자 무혜가 살짝 손을 들며 물었다.

"유소운 시주, 어떤 무공을 하실 줄 아십니까?"

무혜의 말은 위엄이 있으면서도 부드러운 것이, 유소운의 긴장을 눈 녹듯 사라지게 하는 힘이 있었다. 그러자 말을 더듬던 유소운은 침을 한 번 삼키더니 또박또박 답하는 것이었다.

"아, 예. 집안의 가전 무공 몇 가지와 궁술을 익혔습니다."

"알겠습니다."

무혜는 이어서 초류영에게 시선을 돌렸다. 송현에게는 부채를 부치며 건방진 말을 일삼던 초류영도 소림 방장의 안광을 대하자 자신도 모르게 바짝 긴장하며 말했다.

"초류영이라고 합니다. 이자, 그러니까 송 국주의 부탁으로 잠행 일을 도우러 왔습니다."

그 말에 진광은 속으로 코웃음을 쳤다.

'기진이보의 삼분지 일 운운하더니 방장님 앞에서는 말도 못 꺼내는군.'

무혜는 초류영에게 고개를 한 번 끄덕이고는 이어서 편복선생을 바라봤다. 뜻밖에도 편복선생은 자세를 바로하고 포권을 했는데, 그 모습이 당당하면서도 위엄이 있어서 마치 무림의 일대 종사를 보는 듯한 착각까지 일게 하는 것이었다.

그가 말했다.

“편복선생이라 하오. 이렇게 소림 방장과 무림의 명숙들을 대하니 반갑소. 본인은 무림인은 아니나 우주 삼라만상의 이치를 공부했기 때문에 이번 일에 충분히 보탬이 될 것이라 생각하오.”

진광은 입을 딱 벌렸다.

‘이자는 정말이지, 간덩이 하나는 크구나!’

무혜가 빙그레 웃으며 답했다.

“잘 오셨습니다.”

진광은 속으로 외쳤다.

‘방장님, 속으시면 안 됩니다. 저자는 면상 바꾸기의 달인인 대사기꾼입니다!’

그러나 무림 명숙들이 자리한 곳에서 방장에게 전음을 날리는 무례를 저지를 수도 없는 판이니 진광의 속만 시커멓게 타 들어갈 뿐이었다.

무혜는 마지막으로 임윤에게 고개를 돌렸다. 그러자 임윤은 무혜와 다른 명숙들을 천천히 한 명씩 훑어보면서 포권을 하는 것이었다.

“탈명비검 임윤이 방장님과 명숙 분들께 인사드립니다.”

그 말에 지금까지 자애로운 미소를 짓고 있던 무혜가 살짝 양미간을 구겼다. 동시에 화산 장로 풍영소가 날카로운 목소리로 일갈했다.

“무엇이? 탈명비검?”

순간, 명숙들의 두 눈에서 안광이 뿜어져 나왔다. 그러자 산문 앞의 평화롭던 분위기가 일순에 냉랭하게 바뀌었다.

진광은 송현을 보며 생각했다.

'그러기에 내가 뭐랬소? 저자는 안 될 거라고 하지 않았소!'

임윤은 계속해서 무혜를 지그시 응시하며 말했다.

"제가 다시 소림사에 오게 될 줄은 몰랐는데, 오늘 이렇게 자리했으니 소림사와 저는 전생에 몇 겁의 인연이 있었나 봅니다."

"……"

무혜는 평소와는 달리 굳은 얼굴로 송현을 봤다. 그러자 송현이 말했다.

"제가 이번 일을 맡으면서 방장님과 다른 명숙 분들께 말씀드렸던 제안을 기억하십니까?"

"잠행에 데려가는 사람은 송현 시주가 직접 선별하겠다고 하셨지요."

"그 말씀대로입니다. 저는 단지 이자의 실력을 필요로 할 뿐, 다른 생각은 없습니다."

그 말에 무혜는 잠시 침음하더니 다른 명숙들을 바라봤다.

진광은 슬쩍 명숙들의 안색을 살폈는데, 화산 풍영소와 하북팽가 팽무걸은 굳은 얼굴로 양미간을 구긴 것이 반대하는 뜻으로 보였고, 무당 청허자는 무표정한 얼굴이 찬성과 반대 중 어느 쪽인지 알 수 없었으며, 단지 제갈세가의 일공자 제갈성만이 고개를 살짝 끄덕여서 무혜의 결정에 따르겠다는 뜻을 표할 뿐이었다.

차갑게 얼어붙은 분위기 속에서 어느새 일다경이 지나갔다. 무혜가 침묵을 깨며 말했다.

"송현 시주의 제안대로 하겠습니다."

진광은 깜짝 놀라며 생각했다.

'설마 정말로 저자를 잠행에 참여시킬 생각이신가?'

진광은 얼른 다른 명숙들의 얼굴을 살폈는데, 그들은 굳은 얼굴로 침음하고 있을 뿐, 무혜의 말에 반대하고 나서는 이는 아무도 없었다.

임윤이 포권을 하며 말했다.

"과연 무림맹의 수뇌 분들은 소사(小事)보다 대의(大義)를 중시하시는군요. 이 임윤, 이번 일에 무림맹의 명예를 걸고 최선을 다하겠습니다."

진광은 임윤이 겉으로는 예의를 갖춰 말했으나 그의 말속에 가시가 있음을 깨닫고는 전전긍긍해했다.

'이러다가 크게 불상사가 나는 것이 아닐까?'

다행히 무혜가 상황을 정리하면서 송현에게 말했다.

"그럼 송현 시주는 이 네 분과 오늘 떠나시는 것인지요?"

그런데 송현의 대답이 뜻밖이었다.

"실은 방장님께 부탁이 하나 있습니다."

"무엇인지요?"

"이번 일에 한 명을 더 추가하고 싶습니다."

"그 말씀은?"

송현이 진광을 돌아보며 말했다.

"소림의 나한당에 계신 진광 스님을 이번 잠행에 참가시켜 주시기를 부탁드립니다."

그 말을 들은 진광은 정신이 멍해서 생각했다.

'나한당의 진광 스님? 음… 나잖아?!'

진광은 뜨악한 얼굴로 무혜를 쳐다봤다.

'방장님! 설마 저자의 말을 들어주시는 건 아니겠죠?'

송현의 말이 이어졌다.

"이번 잠행에 진광 스님의 무공이 반드시 필요합니다."

무혜가 반문했다.

"진광의 무공을 아시는지요?"

"예. 낙양에서 진광 스님의 소림 무공을 견식할 기회가 있었습니다. 진광 스님이 펼치신 나한권과 곤법으로 보건대, 소림의 외가공부(外家功夫)에 절정의 경지에 오르셨을 것이라고 생각합니다. 제가 몰랐다면 그냥 넘어갔을 일이지만, 진광 스님의 무위를 직접 목격하고는 이번 잠행의 적임자라는 것을 깨달았습니다. 그래서 저는 추가 인원을 찾을 생각 없이 소림사에 돌아온 것입니다."

송현의 말을 듣는 진광은 점점 얼굴이 일그러졌다.

'이럴 줄 알았으면 편복선생이 죽든지 말든지 상관하지 말

것을, 괜히 끼어들어서 스스로 발에 족쇄를 채운 꼴이 되었구
나.'

진광은 정색을 하고서 강한 눈빛을 하며 무혜를 바라봤다.
그리고 속으로 간절히 빌었다.

'방장님, 제발! 안 그래도 저자와 삼 일간 지내느라 죽을 맛
이었습니다!'

그러나 무혜는 진광의 기대를 저버렸다.

"알겠습니다. 진광을 데리고 가십시오."

"방장님! 그건……!"

진광은 자기도 모르게 소리치다가 명숙들 앞에서 실례를
저지른 것을 깨닫고는 얼른 입을 다물었다.

무혜는 진광을 신경 쓰지도 않는 듯 명숙들을 보며 말했다.

"그럼 이번 일은 결정난 것으로 해도 되겠는지요?"

풍영소가 굳은 목소리로 말했다.

"썩 마음에 들지는 않으나 그건 방장도 마찬가지일 터이니
고집을 피울 수도 없는 일이군. 좋네. 화산파는 소림 방장의
결정에 따르겠네."

무혜가 다른 명숙들에게 차례로 시선을 옮기자 그들도 고
개를 끄덕여서 결정에 찬성한다는 뜻을 밝혔다.

무혜가 반장을 하며 말했다.

"감사합니다. 그럼 일의 마무리는 제가 맡을 테니 다른 분
들께서는 잠시 방장실에서 기다려 주시지요."

무혜의 말에 명숙들은 냉랭한 얼굴로 임윤을 한 번 바라보고는 몸을 돌려 산문 안으로 들어가 버렸다.

무혜가 이번에는 송현을 보며 말했다.

"송 국주는 다른 분들과 함께 이곳에서 잠깐 기다려 주십시오."

"예."

그리고 무혜는 진광에게 말하고는 몸을 돌렸다.

"따라오너라."

진광은 영문을 몰라서 멍하니 있다가 곧 정신을 차리고는 황급히 무혜의 뒤를 따라갔다.

무혜가 산문을 올라 진광을 데리고 간 곳은 소림사의 본전이었다. 본전에 들어서자 두 명의 금강역사(金剛力士) 조각상이 무서운 얼굴로 진광을 바라보고 있었다.

무혜는 본전에 들어가서도 진광에게 등을 돌린 채로 아무 말 없이 그대로 서 있었다. 진광은 무슨 불호령을 들을지 몰라 침을 삼키면서 안절부절못했다.

그때 무혜의 자애로운 목소리가 들려왔다.

"진광아."

"예."

"네가 송현 시주와 그가 데리고 온 자들을 좋지 못하게 생각하고 있는 것은 잘 알고 있다."

“…….”

무혜가 자신의 생각을 이미 알고 있자 진광은 부끄러움에 얼굴을 붉혔다.

이어지는 무혜의 말이 진광을 깜짝 놀라게 했다.

“너는 사형의 생사를 알고 싶지 않은 것이냐?”

“……!”

진광은 입을 딱 벌렸다.

“사형이라 하심은… 진견 사형 말씀입니까?”

“그렇다.”

진견(眞見)은 진광의 사형임과 동시에, 진(眞) 자 항렬을 가지는 소림의 일대제자 중에서는 배분이 가장 높은 자였다. 무엇보다 그는 흑랑성에 잠입한 뒤 소식이 끊긴 무림삼성의 일원이었던 것이다.

진광은 성정이 불같고 참을성이 부족하여 일대제자들은 모두가 그를 대하는 것을 어렵게 여겼다. 그런 진광이 화를 낼 때면, 그를 진정시킬 수 있는 유일한 자가 바로 사형인 진견이었다. 진견은 진광이 진심으로 따르는 유일한 사형이었던 것이다.

무혜가 말했다.

“다른 이들은 모두 진견이 죽었으리라 생각하겠지만, 나는 그렇지 않다. 진견이 사마외도의 무리에게 쉽게 목숨을 내놓을 리가 없다. 네가 사형의 소식을 알아오지 않는다면 내가 누구에게 일을 맡기겠느냐?"

"……."

무혜의 말을 듣는 진광의 고개가 점점 아래로 내려갔다.

그는 부끄러웠다.

'불문의 제자인 내가 지금까지 나 자신만 생각하고 있었다 니…….'

진광은 진견 사형이 일 년 동안이나 소식이 없자 이미 죽었 으리라 생각하고 있었다.

게다가 송현을 대하는 것이 너무나 답답하여 짜증이 났고, 그가 모은 자들의 면면이 하나같이 못마땅하여 잠행에 자신 이 참가하는 것을 결사반대하는 심정이었던 것이다.

그런데 무혜의 말을 들으니 지금까지 혼자서 편안할 생각 만 하던 자신이 못내 부끄러워진 것이었다.

진광은 잠시 침음하다가 천천히 고개를 들면서 말했다.

"방장님의 명에 따르겠습니다. 흑랑성에 들어가 사형의 생 사를 알아와 소림의 위명에 누를 끼치지 않는 제자가 되겠습 니다."

무혜는 미소를 지으며 고개를 끄덕이고는 말했다.

"흑랑성에 들어가는 일은 오히려 내가 부탁하는 일이다."

"아, 아닙니다, 방장님."

"그보다 내가 너에게 명할 일은 따로 있구나."

"예?"

무혜가 얼굴에서 미소를 지우며 위엄 서린 목소리로 말했다.

"진견은 몰라도 너만은 반드시 살아서 소림에 돌아와야 한다. 이것이 방장으로서 네게 내리는 명이다."

진광은 잠시 놀란 눈으로 무혜를 바라보다가 이내 정색을 하며 진지한 얼굴로 답했다.

"예. 제자, 반드시 명을 지키겠습니다."

한 식경쯤 지났을 때, 진광은 다시 산문 앞으로 돌아왔다.

송현이 진광을 보며 물었다.

"어떻게 할 것이오?"

진광이 진지한 얼굴로 답했다.

"나도 송 국주를 따라가겠소."

그러자 송현은 그 말을 기다렸다는 듯이 담담한 얼굴로 고개를 끄덕이며 말하는 것이었다.

"좋소."

흑랑성 출발 당일. 소림승 진광 합류.

第五章
흑랑성 잠행 시작

潛行武士
잠행무사

송현 일행은 지객승 진평을 따라서 산문 안으로 들어가 기병을 보관해 두는 금강고(金剛庫)로 갔다.

금강고를 관리하는 자는 진문이라는 무승이었다. 그는 진광을 보자 말했다.

"기병을 가져갈 자들이 저자들이냐?"

"그렇습니다."

진문은 진광의 뒤에 있는 일행을 아니꼬운 시선으로 바라봤다. 그는 진광의 몇 안 되는 사형 중 하나였는데, 평소 진광과는 그다지 사이가 좋지 않았다. 그런 판에 진광과 함께 온 자들에게 금강고의 기병을 내어주라는 명을 소림 방장에게 들었으니 그의 심사가 편할 리 없었다.

진문은 잔뜩 양미간을 찌푸린 얼굴로 말했다.

"들어오시오."

진문이 금강고로 들어가자 송현 일행은 그 뒤를 따라갔다.

금강고는 밖에서는 그리 크지 않아 보였지만, 막상 안에 들어오니 내부는 끝이 보이지 않을 만큼 넓었다. 금강고의 뒤편이 산 밑둥을 뚫어서 만든 암동(巖洞)으로 되어 있었기 때문이었다.

금강고의 내부는 곳곳에 횃불이 불타고 있어서 대낮처럼 밝았다. 길게 이어진 복도의 양쪽 벽에는 삼 단짜리 선반이 늘어서 있었고, 그 위에는 정체를 알 수 없는 기병들이 수없이 진열되어 있었다.

금강고의 기병들은 소림승들이 중원의 악명 높은 흑도 무리를 퇴치하고 압수한 것들이 대부분이었는데, 서장 구륜사와의 결전 이후 그 수가 크게 늘어서 이제는 금강고의 선반이 모자랄 정도였다.

언제부터인가 중원의 무림인은 소림의 무공 비급을 보관하는 장경각(藏經閣), 소림의 절정고수들인 십팔나한의 거처인 나한당(羅漢堂)과 함께 금강고를 소림의 삼대비처(三大秘處)라 불렀다.

송현 일행은 제각기 놀란 눈으로 금강고를 살폈다.

유소운은 눈빛을 반짝이며 연신 탄성을 질렀고, 초류영 역시 눈을 가늘게 뜨고 이름난 기병이 있는지 살피는 데 여념이 없었다. 임윤은 도검이 보일 때마다 한 번씩 들었다가 내려놓아 보고는 했다. 편복선생은 겉으로는 기병에 흥미가 없는 듯 했으나 손으로 끊임없이 턱수염을 비비 꼬는 것으로 보아 값나가는 기병이 어떤 것일지 가늠하고 있는 눈치였다.

금강고를 지키는 진문은 못마땅한 얼굴로 그들을 쳐다보다 잔뜩 분을 삼키고 있는 듯 거친 목소리로 말했다.

"어떤 기병을 갖고 나가는지 방장님께 낱낱이 보고드릴 테니 그리 아시오!"

송현이 평소처럼 무심한 목소리로 답했다.

"알았소."

그러자 진문은 인상을 찌푸렸는데, 진문과 사이가 좋지 않은 진광은 그의 얼굴을 보며 속으로 쾌재를 불렀다.

'평소 그렇게 속이 좁고 꽉 막혔더니 오늘 임자 만난 줄 알아라.'

담담한 시선으로 선반을 훑어보던 송현은 어떤 기병 하나를 집어 들더니 유소운에게 건넸다.

"이걸 갖고 가시오."

"예?"

기병을 받은 유소운은 휘둥그레진 눈을 하고서 물었다.

"이게 대체 무엇입니까?"

기병은 언뜻 보기에 방아쇠를 당겨서 화살을 발사하는

노(弩)의 모습을 하고 있었는데, 중간에 큰 몸통이 달려 있으며 알 수 없는 장치들이 부착되어 있는 것으로 보아 보통의 노와는 전혀 다른 종류의 것임을 알 수 있었다.

송현이 말했다.

"사용법은 차후에 알게 될 터이니 일단 기병을 챙기시오."

"예."

이어서 송현은 다른 기병 하나를 더 골라서 유소운에게 건넸다.

이번에 건넨 기병은 끝이 사각형으로 각이 져 있는 기다란 나무통이었는데, 앞에 여섯 개의 구멍이 뚫려 있는 것으로 보아 그 속에 무언가 장치가 있어 보이는 기병이었다.

유소운은 기병을 받고는 이리저리 돌려봤다. 먼저 받은 기병은 그나마 활과 같은 모양새를 하고 있었으나, 지금의 기병은 도대체 어떤 용도로 쓰이는 것인지 짐작할 수 없었기 때문이다.

그때 초류영이 무심코 고개를 돌리다가 유소운이 들고 있는 기병을 보더니 깜짝 놀라며 말했다.

"어어, 설마 매화뢰전(梅花雷箭)?"

그러더니 뜨악한 얼굴로 손을 저으며 소리치는 것이었다.

"이봐! 저리 치워!"

"예?"

"저리 치우라고! 누구 몸에 생으로 구멍 낼 일 있어?"

유소운이 영문을 몰라서 멍하니 있자 송현이 말했다.

"그 기병은 함부로 남에게 겨누지 마시오."

"아, 예."

유소운은 그제야 실수한 것을 깨닫고 얼굴을 붉히며 황급히 기병을 아래로 내렸다.

초류영이 말했다.

"매화뢰전이 구륜사 결전 이후 어디로 사라졌나 했더니 이제 보니 소림이 챙겨놓고 있었군."

그 말을 들은 진문이 굳은 얼굴로 끼어들었다.

"시주, 방금 뭐라고 하셨소?"

"아, 이런 기병을 안전하게 보관해 둘 곳이 대소림사가 아니면 중원 천지에 어디에 있겠냐고 했소이다."

"……."

눈치 빠른 초류영이 재빨리 얼버무리자 진문은 그를 쏘아볼 뿐, 더는 뭐라 하지 못했다.

초류영은 진문의 따가운 시선을 피해서 다시 선반을 훑어보면서 중얼거렸다.

"이거야 병장기만 모아놨지 정말 기병이라 할 만한 것은 그다지 없군."

그때 송현이 옆으로 와서 무언가를 건넸다. 초류영이 기병을 받으며 물었다.

"이게 무엇이오?"

“당신은 더는 기병을 찾지 않아도 좋소.”

“뭐요? 기병을 고를 필요가 없다는 소리요?”

“그렇소.”

송현의 말에 초류영은 불만 어린 얼굴로 그를 바라봤다. 송현이 고갯짓을 하며 말했다.

“당신은 그것으로 충분할 것이오.”

초류영은 손에 든 기병을 살폈다. 그것은 초류영 자신의 손이 비쳐 보일 만큼 투명하고 얇은 보자기 같은 물건이었다.

“이게 대체 무엇이오?”

“독각귀영(獨脚鬼影)이 사용하던 수투(水套)요.”

“……!”

초류영의 안색이 대번에 바뀌었다.

“정말이오? 독각귀영이 구륜사와의 결전에서 실종되면서 그가 쓰던 수투도 행방불명이 된 것으로 알고 있었는데, 그것을 소림이 보관하고 있었단 말이오?”

“그렇소.”

초류영이 눈빛을 반짝이며 기병을 펼치자 그것은 두 개의 장갑으로 나뉘어졌다. 그가 장갑을 두 손에 끼우자 투명한 장갑은 그의 손에 꼭 들어맞아서 마치 아무것도 착용하지 않은 것처럼 보일 정도였다.

송현이 말했다.

“이곳에서 당신이 쓸 기병은 그것 말고는 아마 없을 것이오. 괜찮겠소?"

초류영은 손을 쥐락펴락하면서 답했다.

"상관없소. 난 이 수투면 충분하오."

옆에서 둘의 대화를 듣고 있던 진광은 생각했다.

'대체 저 투명한 장갑이 어떤 기병이기에 기진이보를 밝히는 파락호가 저리도 만족하는 것일까?

금강고를 지키는 진문도 그 생각이 들었는지 송현과 초류영을 보며 말했다.

"일이 끝나면 반드시 기병을 소림에 돌려줘야 할 것이오."

"물론이오."

송현이 딱 잘라 대답하자 진문도 더는 뭐라 하지 못했다.

반면 초류영은 송현의 말에 금세 뭐 씹은 얼굴이 되어서 중얼거렸다.

"쳇, 좋다 말았군."

그러다가 그는 다시 얼굴에 미소를 띠었는데, 진광은 그런 초류영의 심사를 짐작할 수 있었다.

'이자가 잠행 일이 끝나면 기병을 갖고 도망을 치려는 모양이군. 하나 내가 있으니 어림없을 것이다.'

유소운과 초류영에게 기병을 골라준 송현은 이번에는 편복선생에게 가서 말했다.

"선생은 필요한 것이 없소?"

진광은 편복선생이 무슨 말을 할지 궁금해서 귀를 기울였다. 그런데 그의 말이 뜻밖이었다.

"난 됐네. 문장과 천리를 공부한 내가 이런 흉흉한 병장기들을 무엇에 쓰겠나?"

그 말을 들은 진광은 생각했다.

'일부러 길일을 택하여 도박장에 갈 정도로 재물을 탐하는 자가 웬일로 욕심을 부리지 않는 거지? 설사 일이 끝나도 기병을 가질 수는 없겠지만 초류영처럼 딴마음을 품을 가능성도 있지 않은가?'

진광이 의아해하고 있을 때, 편복선생이 나직한 목소리로 송현에게 말하는 것이었다.

"나는 물건은 됐으니 돈으로 주게."

진광은 속으로 일갈했다.

'그러면 그렇지!'

진광이 편복선생을 쏘아보고 있을 때, 누군가가 그의 어깨를 살짝 치며 말했다.

"좀 도와주시오."

"……?"

고개를 돌리자 뜻밖에도 말을 건 자는 임윤이었다.

진광은 먼저 임윤이 산문 앞에서 무림맹의 명숙들에게 불손한 태도를 보이는 것을 보고서 그에 대한 적개심이 더욱 커져 있었다. 그런데 임윤은 진광이 거절할 새도 없이 선반에서 무언가를 집더니 다짜고짜 그를 향해 던지는 것이었다.

“받으시오.”

“……?”

진광은 엉겁결에 기병을 받아 들었는데, 그것은 두 자루의 검이었다. 기이하게도 두 자루의 검은 자로 잰 듯이 서로 모양이 똑같아서 마치 한 자루의 검을 하나 더 만들어놓은 것 같은 느낌이 들 정도였다.

계속해서 임윤은 진광이 말할 틈도 주지 않고서 도검을 집어서 그에게 던졌다.

“받으시오.”

“이, 이보시오?”

어느새 진광이 임윤에게서 받은 도검은 다섯 자루나 되었다. 도검들은 제각기 모양새가 달랐는데, 어떤 것은 작은 단도처럼 생겼는가 하면, 어떤 것은 그 길이가 진광의 신장과 비교될 만큼이나 길었고, 어떤 것은 세 개의 검날이 뱀처럼 좌우로 기이하게 꺾인 모양새가 꼭 만(卍) 자를 연상케 했다.

임윤은 기병을 모두 골랐는지 진광에게 걸어왔다.

“고맙소.”

그리고는 진광에게서 도검들을 다시 건네받는 것이었다.

멀리서 있던 진문이 그 광경을 보고 황급히 뛰어왔다.

“이보시오! 이게 대체 무슨 짓이오?”

“뭘 말이오?”

“방장님께서는 당신들이 쓸 수 있는 만큼의 기병만 내어주라고 명하셨소. 그런데 도검을 다섯 자루나 고르다니, 당신들이 각자 한 자루씩 쓸 것이오?"

"아니오. 나 혼자 쓸 거요."

"뭣이?"

진문은 분을 억지로 참느라 얼굴이 시뻘겋게 달아올랐다.

"혼자서 무슨 도검을 다섯 자루나 쓴단 소리요? 하나만 고르고 다른 도검은 다시 제자리에 갖다 놓으시오!"

그러자 임윤이 씨익 웃으며 말했다.

"이 도검을 모두 쓸 수 있다면 가져가도 좋소?"

"무슨 소리요?"

그 말에 임윤은 대답하지 않고서 손을 들어 올리는가 싶더니, 품에 안고 있는 도검 중의 하나를 검집에서 뺐다.

진문은 그가 검을 휘두르려는 줄 알고 깜짝 놀라며 뒤로 한 걸음 물러서며 자세를 취했다. 그런데 임윤은 뽑은 검을 그대로 공중으로 던지는 것이 아닌가?

동시에 그는 품에서 다른 검을 뽑아 들었다. 그리고 그 검을 재차 공중으로 던졌다.

그 모습을 지켜보던 진광은 문득 스치는 생각이 있었다.

'임윤 저자의 별호는 바로 탈명비검이다!'

계속해서 임윤은 나머지 검 세 자루를 뽑아서 공중으로 던졌다.

진광과 진문은 임윤이 순식간에 검 다섯 자루를 뽑아서 던지는 솜씨를 보고서 입을 딱 벌렸다. 그러나 다음에 펼쳐진 임윤의 손놀림이 정말로 그를 경악케 했다.

임윤은 공중에 떠올랐다가 다시 떨어지는 검을 시선이나 고개를 조금도 돌리지 않은 채로 손만 움직여서 다시 받아 검집에 넣었다.

처처처처척!

만약 한 치의 오차라도 생긴다면 떨어지는 검에 그대로 자신의 몸통이 꿰일 수 있는 위험한 순간. 그러나 임윤은 어린 애가 장난감을 갖고 놀 듯이 시선을 진문에게 고정하고서 가볍게 검을 받아 드는 것이었다. 그리고 검을 던질 때와 마찬가지로 다섯 자루의 도검을 받아 검집에 넣는 것을 하나의 동작처럼 해치웠다.

임윤이 말했다.

"이제 됐소?"

"……."

잠시 멍하니 있던 진문은 곧 정신을 차리고 고개를 끄덕였다.

임윤이 도검을 들고 밖으로 나가며 말했다.

"난 다 골랐소."

진광은 방금 임윤이 보인 신묘하면서도 괴이한 검 놀림을 뇌리에 그리며 생각했다.

'송현이 저자를 두고서 사대병기(四大兵器)인 검, 도, 곤, 창

에 능통하다고 하는 말을 믿지 않았는데, 이제 보니 그 말이 사실일 수도 있겠구나.'

진광이 임윤의 뒷모습을 보며 혀를 내두르고 있을 때, 송현이 와서 무언가를 건넸다.

"받으시오."

진광이 보자 그것은 한 자루의 선장(禪杖)이었다.

"이게 무엇이오?"

"그 선장을 가지고 가시오."

진광은 자신마저 금강고의 기병을 가져가는 것이 탐탁지 않아서 거절하려다가 그 생각을 접었다.

'아니다. 나한테는 금강고를 지키는 것보다 더 중대한 임무가 있다.'

어차피 송현 일행과 함께 흑랑성에 들어가야 한다면 가능한 한 완벽하게 준비를 하는 것이 자신의 의무라는 생각이 들었던 것이다.

진광이 다시 보자, 선장은 길이가 육 척 가까이 되어서 자신의 신장과 거의 비슷할 정도였다. 게다가 전체가 강철로 되어서 그 무게가 상당했다. 촉한의 명장인 관우 운장이 썼다는, 무게가 팔십이 근이 나간다는 청룡언월도보다 무거우면 무거웠지 가벼울 것 같지 않았다.

하지만 무림인이라 할지라도 두 손으로 쉽게 들 수 없을 만큼 무거운 선장을 진광은 가볍게 들어 올렸다. 그리고 허공에

다 대고 한 번 빙그레 휘둘렀다. 그러자 무거운 선장이 바람을 가르며 강맹한 파공음을 냈다.

송현이 물었다.

"마음에 드시오?"

"손에 맞춤하니 딱 좋군. 고맙소."

"그 기병은 본래 서장 구륜사의 것이었소. 여의선장이라 불리는 것이오."

"여의선장(如意禪杖)?"

진광은 의아한 얼굴로 손에 든 선장을 내려다봤으나, 송현은 그에 대한 답은 하지 않고서 몸을 돌리며 말했다.

"그럼 나갑시다."

"송 국주는 기병을 고르지 않소?"

그러자 송현은 언제 어디에서 구했는지 쇠가죽으로 만든 것처럼 보이는 큼지막한 혁낭(革囊)을 들어 보이며 말하는 것이었다.

"이번 일에 필요한 다른 물건들은 모두 찾아놨소."

진광은 의아했다.

'저 큰 혁낭이 가득 찬 것으로 보아 꽤 많은 물건을 챙긴 듯하구나. 한데 아무리 그래도 혁낭 안에 도검 같은 기병은 들어가지 않을 터인데, 대체 어떤 물건을 넣어놓은 것일까?'

송현은 그런 진광의 의문을 아는지 모르는지 그대로 몸을 돌리며 진문에게 말했다.

“기병을 모두 골랐으니 방장님께 말씀드려 주시오.”

기병을 챙기고 다시 소림사 산문 앞으로 돌아온 송현 일행을 기다리고 있는 것은 여섯 필의 준마였다. 소림 방장 무혜는 송현 일행이 기병을 고르는 사이에 이미 만반의 준비를 끝마쳐 놓은 것이다.

각각의 준마에는 물과 음식은 물론 벽곡단 같은 비상식량과, 잠행에 필요한 화섭자나 밧줄 등의 물품도 빠짐없이 준비되어 있었다. 무혜가 일을 처리하는 데 있어 한 치의 빈틈도 없다는 것을 알 수 있는 장면이었다.

무혜가 송현을 보며 말했다.

“출발 준비는 끝나셨는지요?”

“예.”

그러자 무혜는 품에서 서찰 하나를 꺼내어 송현에게 건넸다.

“이 서찰은 도착한 뒤에 읽으십시오.”

“알겠습니다.”

“그곳의 입구에는 무림맹이 파견해 놓은 수문장이 있을 것입니다. 그자에게 이 서찰을 보여주면 들어가는 것을 막지 않을 것입니다.”

흑랑성이 패망한 뒤에 그곳에 있을지 모르는 기진이보를 노리고 강호의 수많은 무사와 도적의 잠행이 끊이지 않았기 때문에, 무림맹은 처음에는 수십 명에 달하는 무사들을 파견하여 흑랑성의 입구를 지켰었다. 그러나 살아 나온 사람이 한 명도 없다는 소문이 몇 달째 지속되어 흑랑성을 노리는 자들이 나타나지 않자 무림맹은 단 한 명의 수문장만을 파견해 놓게 된 것이었다.

그런데 서찰을 건넨 무혜가 잠시 침음하더니 얼굴에서 미소를 지우고 정색을 하며 말했다.

"여러분이 이번 무림맹의 일을 맡은 것은 빈승과 무림맹의 명숙 분들 외에는 아무도 아는 이가 없습니다. 이번 잠행 일은 중원의 어떤 문파나 세가에도 알려져서는 안 됩니다. 그러니 가는 동안에 그 어떤 무리와도 맞부딪치지 않게 신중을 기해주시기 바랍니다."

"알겠습니다."

송현이 담담하게 대답했다. 그런데 뒤에 있는 임윤이 피식 웃으며 중얼거렸다.

"흥, 쥐새끼처럼 숨어서 가라는 소리군."

그 말을 들은 진광의 낯빛이 크게 변했다.

'이자가 감히 방장님 앞에서!'

그러나 무혜는 임윤의 말을 못 들은 것처럼 이내 평소와 같이 부드러운 미소를 띤 얼굴로 돌아와서는 말했다.

"그럼 여러분이 일을 마치고 무사히 귀환하시기를 빌겠습니다. 아미타불."

무혜는 반장을 하고는 진광을 지그시 한 번 바라보더니 곧 몸을 돌려 소림의 산문 안으로 사라져 버렸다.

송현 일행은 잠시 침음한 채로 산문 앞에 서 있었다.

침묵을 깬 것은 초류영이었다.

"처음 얘기를 들을 때는 소림사와 무림맹이 부탁한 일이라고 하더니, 이건 꼭 구륜사 결전 때 칼받이들 전송하는 것과 하나도 다를 게 없잖아?"

진광은 그 말에 화가 치밀었으나 뭐라 반박할 수가 없었다. 그나마 소림 방장만이 예를 갖추어 상대했을 뿐, 다른 무림맹의 명숙들은 대놓고 송현 일행을 무시한데다가 출발하는 와중에도 모습을 보이지 않아서 진광 역시 속으로 불만이 가득했기 때문이다.

평소 소림사를 흠모하던 유소운마저 얼굴이 상기된 채 아무 말이 없을 정도이니 일행의 마음속에 처우에 대한 불만이 가득한 것은 누가 봐도 알 수 있었다.

그러나 송현은 평소와 마찬가지로 무심한 얼굴이었다. 그가 말했다.

"짐을 말에 실으시오. 출발합시다."

진광은 그의 담담한 목소리를 들으며 다시 한 번 속으로 혀를 내둘렀다.

'이자는 정말이지 희로애락의 감정을 모두 잃어버린 사람 같구나.'

일행이 각자 말에 기병을 싣고 산문을 떠나려 할 때였다.

임윤이 툭 말을 내뱉었다.

"존귀하신 방장님이 우리의 존재가 중원무림에 알려지면 안 된다고 했으니 우리는 무명대(無名隊)라 하면 되겠군."

임윤은 말을 마치고서 제일 먼저 말을 몰아 산 아래로 내려갔다. 다른 일행도 하나씩 줄을 이어 그 뒤를 따라갔다.

하지만 진광은 제자리에서 멍하니 움직이지 않고서 방금 임윤이 한 말을 곰곰이 되짚었다.

'무명대, 이름없는 무사들이라……'

진광은 그 말이 임윤이 별생각 없이 내뱉은 것이라는 걸 알고 있었으나, 지금의 송현 일행의 처지에 잘 들어맞는다는 느낌을 좀처럼 지울 수가 없었던 것이다.

잠시 생각에 빠져 있던 진광은 혼자만 뒤떨어진 것을 깨닫고서 황급히 말을 몰아 산을 내려갔다. 그러다가 문득 고개를 돌려 뒤를 바라봤다.

그의 뒤에서 소림사의 산문이 자욱한 안개에 휩싸이며 시야에서 점점 사라지고 있었다.

*　　　*　　　*

소림사에서 내려온 송현 일행은 서쪽을 향해 길을 떠났다.

소림사의 서쪽에는 송현과 진광이 다녀왔던 대도시 낙양

이 있었다. 하지만 송현은 낙양을 들르지 않고 오히려 빙 돌아서 갈 생각이었다. 낙양에는 이씨세가나 웅원표국 같은 명문정파가 자리하고 있는데, 소림 방장이 이번 일을 중원무림에 알리지 않게 하라는 명을 내렸기 때문에 일부러 그들의 시선을 피하려 한 것이었다.

본격적으로 여정이 시작되자 유소운이 송현을 보며 조심스럽게 물었다.

"그런데 이번 일의 행선지가 어디인가요?"

그 말을 들은 진광은 생각했다.

'그렇구나. 송 국주는 초류영을 뺀 다른 자들에게는 아직 흑랑성 얘기를 꺼낸 적이 없다.'

진광은 송현을 보면서 눈빛을 보냈다.

'행선지를 밝혔는데 저자들이 혹 일을 맡지 않겠다고 한다면 어찌할 것이오?'

진광은 송현이 무슨 말을 꺼낼지 궁금했다. 어이없게도 송현은 평소의 그답게 무심한 얼굴로 말하는 것이었다.

"흑랑성이오."

"……!"

유소운은 물론 다른 일행 모두의 안색이 대번에 바뀌었다.

송현이 말을 이었다.

"행선지를 미리 밝히지 않은 이유는 따로 없소. 그곳이 흑랑성이든 또는 다른 곳이든 잠행을 하는 곳이라면 목숨을 걸어야 하는 것은 다를 바가 없기 때문이오. 혹 흑랑성이 두려운 자가 있다면 지금 말하고 이번 일에서 빠지시오.”

“……”

송현의 말에 선뜻 대답하는 이는 아무도 없었다.

유소운이 잠시 침음하다가 무언가 결심한 얼굴로 말했다.

“저는 송 국주를 따라가겠습니다. 전에도 말씀드렸지만 소림사의 일이라면 목숨을 걸어볼 만하다고 생각합니다.”

그 말에 임윤이 피식 웃으며 말했다.

“목숨 귀한 것을 아직 모르는 모양이군.”

그러고 나서 말에 박차를 가해 앞으로 달려갔다.

“나는 이미 알고 있었으니 끝까지 가볼 것이오.”

초류영도 어깨를 한 번 으쓱하고는 말을 달려 임윤의 뒤를 따라갔다.

유소운, 임윤, 초류영이 반대하지 않자 남은 것은 편복선생 하나였다.

송현이 그에게 물었다.

“어떻게 하겠소, 선생?”

진광은 그가 무슨 말을 할지 궁금해서 조용히 귀를 기울였다.

편복선생은 품에서 점치는 통을 꺼내어 몇 번 흔들다가 막대 하나를 집어 들더니 유심히 살폈다. 그리고는 푹 한숨을 쉬며 말하는 것이었다.

“또 대흉이 나왔군.”

송현이 고개를 끄덕였다.

“분명 길한 일은 아니오.”

편복선생은 잠시 침음하더니 뜻밖에도 날카로운 눈빛을 하며 말했다.

“옛말에 진인사대천명(盡人事待天命)이라고 했으니 한낱 점괘에 정신이 팔려서야 큰일을 도모할 수 없는 법이겠지. 나도 따라가겠네.”

“좋소.”

그 말을 들은 진광은 편복선생을 다시 보며 생각했다.

‘저자는 정말이지, 진정한 정체를 알 수가 없구나.’

그런데 편복선생이 송현을 스쳐 지나가며 말했다.

“보수 두 배, 잊지 말게.”

진광은 고개를 푹 떨구며 생각했다.

‘내 그럴 줄 알았다.’

송현 일행은 낙양을 돌아 서쪽에 있는 공의, 맹진, 의마를 거쳐서 삼문협에 이르렀다. 계속해서 화산파와 종남파가 있는 섬서 지방을 동서로 가로질러 횡단했다.

하루하루가 지날수록 그들은 중원과는 점점 멀어져 갔다. 중간에 마을에 들를 때면 일행은 소림사에서 준비해 놓은 필마로 바꿔 타고 길을 갔다. 일행이 지나갈 마을마다 소림 방장이 미리 전서구로 연락하여 말을 준비해 놓도록 한 것이었다.

그들은 마을에 들러도 객잔에서 잠깐 눈을 붙인 다음 밤낮의 구별없이 쉬지 않고 길을 갔다. 그런데 온종일 길을 가면서도 그들은 누구 하나 이렇다 할 얘기를 꺼내지 않았다.

성정이 급한 진광은 자연히 답답해서 미칠 지경이 되었다.

'꿀 먹은 벙어리들만 죄다 모아놓은 것이냐? 왜 아무도 말이 없냐?'

송현이야 원래 말이 없는 것을 익히 잘 알고 있고, 임윤 또한 항상 싸늘한 표정으로 침음하고 있는 것은 그러려니 했다.

그렇다고 꼴 보기도 싫은 파락호 초류영에게 말을 걸자니 자존심이 허락하지 않았으며, 사기꾼 편복선생과는 대화를 해봤자 울화통만 터질 것 같았다.

진광은 아예 대화를 하는 것을 포기했다.

'차라리 참회동에서 면벽수련을 한다고 생각하자.'

그런데 진광에게 먼저 말을 걸어오는 자가 있었으니, 바로 약관의 궁수 유소운이었다.

유소운은 말을 진광 옆으로 몰면서 끊임없이 무언가를 물어왔다. 진광이 그를 떨어뜨려 놓기 위해 마지못해 대꾸를 하면 유소운은 별것 아닌 일에도 크게 감탄하며 연신 고개를 끄덕였다. 그리고 계속해서 소림사와 소림 무공에 대해 묻는 것이었다.

　진광은 송현이 철혈궁왕 이세정의 삼남 이숭민 대신 유소운을 데려온 것이 못내 불만이었기 때문에 처음에는 그가 영 마음에 들지 않았으나, 유소운이 계속해서 얘기를 걸어오자 조금씩 말문을 트게 되었다.

　"…그래서 여덟 명을 혼자서 상대하셨단 말입니까?"

　"그렇소."

　"와아, 믿기지가 않네요. 사람이 팔과 다리를 합해야 고작 넷밖에 안 되는데 어떻게 그 많은 수를 대적할 수 있습니까?"

　"소림 무공은 권각은 물론이고 머리나 어깨, 팔꿈치, 무릎을 조화롭게 결합하여 공격하오. 때문에 소림 무공의 공부에 충실했느냐가 중요할 뿐, 상대하는 자들의 수는 아무 상관 없소."

　"과연 소림 무공은 무림의 태산북두라 칭하는 데 손색이 없군요."

　웃는 낯에 침 못 뱉는다는 얘기대로, 어느새 진광과 유소운은 말동무가 되어 있었던 것이다.

　소림사를 떠나 말을 타고 밤낮을 가리지 않고 달린 지 오일째 되는 날, 송현 일행은 감숙 지방에 도착했다.

　감숙은 명문정파의 하나인 공동파가 있으며, 임윤이 파문당했던 북악검문이 있는 곳이었다. 임윤이 북악검문 제자의 신분으로 공동파 제자 추동과 비무를 겨루다 불상사가 났으니 그에게는 악연이 깊은 지방이기도 했다.

또한 감숙은 지세가 험하고 중원과 멀리 떨어져서 관의 힘이 약하게 미치기 때문에 여행객을 노리는 녹림(綠林)의 무리가 즐비한 곳이었다.

감숙에 들어서자 송현이 일행에게 말했다.

"지금부터는 일렬로 순서를 정해서 갈 것이오."

진광이 물었다.

"왜 그래야 하오?"

"이곳은 어디에서 녹림의 무리와 맞부딪칠지 모르기 때문에 그렇소. 본인이 선두에 설 테니 편복선생과 유소운이 뒤를 따라오시오. 그 뒤로 초류영과 진광이 오고, 마지막으로 임윤은 후위를 맡으시오."

진광은 송현의 처사를 이해했다.

'혹 도적놈들을 만날 경우 편복선생과 유소운이 도주하기 쉽게 하려는 것이로군.'

송현이 앞장서서 나가자 유소운이 편복선생에게 길을 비키며 말했다.

"선생님, 먼저 가시지요."

"알았네."

편복선생은 유소운이 깍듯이 예의를 차리자 흡족한 얼굴이 되어 말을 몰았다.

그런데 초류영이 길을 비키면서 비아냥거렸다.

"편복이라, 별 괴상한 이름도 다 있네."

편복선생이 초류영을 지그시 노려보며 말했다.

"선생 붙이게."

"뭐라굽쇼?"

"그냥 말하지 말고 편복선생이라 부르게."

편복선생이 엄숙한 얼굴로 말하자 초류영은 어깨를 한 번 으쓱하고는 고개를 돌려 그를 외면했다.

편복선생이 고고한 몸짓으로 다시 말을 몰려 할 때 옆에서 누군가가 말했다.

"얼른 앞으로 나가시오, 편복."

그는 양미간을 찌푸리며 고개를 돌렸다.

"방금 선생 붙이라는 말 못 들었는가?"

그러다가 그는 잠깐 멈칫하더니 더는 뭐라 하지 못하고 말을 몰아 앞으로 가버렸다. 말을 꺼낸 이가 다름 아닌 진광이었기 때문이다.

진광은 생각했다.

'도박판에서 사기나 치는 말코도사인 주제에 말끝마다 선생 타령이니, 당최 저자의 속은 어떻게 생겨먹은 것이냐?

일행이 일렬로 서자 송현이 말했다.

"앞으로 별다른 일이 생기지 않는 한 삼 일 후에 흑랑성에 도착할 것이오."

그리고는 말을 몰아서 달려나갔다. 일행도 그 뒤를 따랐다.

그러나 송현 일행은 바로 다음날 녹림의 무리와 맞닥뜨리게 되었다.

다음날, 송현 일행이 감숙과 청해 지방의 경계선 부근을 막 지나치려 할 때였다.

처음 녹림의 무리를 발견한 자는 유소운이었다. 일행이 산등성이를 오르고 있을 때 유소운이 산 아래를 내려다보더니 고개를 갸웃하며 말했다.

"이상하군요. 분명 서로 안면이 없는 자들 같은데……."

진광이 물었다.

"무슨 일이오?"

"저기 아래 말입니다. 마치 사람들이 남녀 둘을 포위한 것처럼 보이지 않습니까?"

진광이 산 아래를 내려다보자 유소운의 말대로 일련의 무리가 젊은 남녀 한 쌍을 둥글게 포위한 장면이 눈에 들어왔다.

그때 무리들이 움직이는가 싶더니 무언가가 햇빛을 받아 반짝였다. 순간 진광은 상황을 알아차렸다.

'녹림의 무리로군.'

반짝인 것은 다름 아니라 녹림의 무리가 일제히 칼을 빼어 들어 햇빛이 반사된 것이었다.

진광이 송현에게 말했다.

“여행객으로 보이는 남녀가 도적들에게 사로잡힌 모양이오.”

그런데 송현은 고개를 돌려 산 아래를 내려다보는가 싶더니 곧 다시 말을 몰아 길을 계속 가는 게 아닌가?

진광이 소리쳤다.

“송 국주! 그냥 가면 어떻게 하오?”

그 말에 송현이 고개를 돌렸는데, 그의 얼굴은 평소처럼 무심한 표정만이 가득했다.

“그럼 어떻게 하란 말이오?”

“몰라서 묻소? 도적놈들이 젊은 남녀를 핍박하고 있는데 그냥 지나치자는 거요?”

그러자 송현이 싸늘하게 가라앉은 목소리로 말했다.

“소림 방장의 명을 잊으셨소?”

“무슨 소리요?”

“방장께서 이번 잠행 일은 중원무림이 알면 안 된다고 하셨소. 흑랑성에 도착할 때까지 어떤 문파나 무리와도 관계하지 말라고 명했는데, 설마 기억나지 않는다는 것이오?”

“……”

진광은 그 말에 잠깐 말문이 막혔으나, 이내 정신을 차리고 다시 입을 열었다.

“그것과 지금은 상황이 다르지 않소?”

그러나 송현은 고개를 저었다.

"본인이 보기에는 지금과 같은 일을 피하라고 하신 걸로 생각되오."

"으음……."

진광은 생각했다.

'뭐, 이런 자가 다 있지? 이자는 강호의 정리라는 것도 모르나?'

그러다가 그는 아차 싶었다.

'그렇다. 이자는 강호의 정리를 믿지 않는다고 스스로 말하지 않았나?'

진광은 생각이 거기에 미치자 곧 얼굴이 붉게 상기되더니 크게 소리쳤다.

"좋다! 나는 저 남녀를 도와야겠으니 이번 일에서 빼라!"

그리고 말을 마치기가 무섭게 말을 돌려서 산 아래로 달려갔다.

진광이 송현의 말에 반대하고 무리에서 이탈하자 다른 자들은 조용히 송현의 반응을 기다렸다. 초류영, 임윤, 편복선생은 별다른 동요가 없는 듯했으나, 소림승 진광을 흠모하는 유소운은 혹 송현이 정말로 그냥 길을 떠나 버릴지 몰라 전전긍긍한 심정으로 그를 바라봤다.

유소운이 조심스럽게 물었다.

"저어, 진광 스님을 저대로 놔두실 건 아니죠?"

그러다가 유소운은 말을 멈추며 흠칫했다. 송현의 싸늘한 시선과 눈이 마주쳐서였다.

송현이 말했다.

"이번 일에 항명자는 필요없소."

"하지만……."

송현은 유소운의 간절한 눈빛을 외면하며 말을 돌렸다.

그리고서 생각했다.

'항명하는 자를 그냥 놔둘 수는 없다. 하지만 진광이 없다면 그곳을 돌파하는 데 문제가 심각해질지 모른다. 그렇다면…….'

송현은 말을 몰아서 달려가지 않고 그 자리에서 잠시 침음하며 있다가 곧 고개를 돌리지 않은 채로 임윤에게 말했다.

"임윤."

"뭐요?"

"금강고에서 가져온 기병을 시험해 보시오."

그 말에 방금까지만 해도 무료한 듯이 하품을 하고 있던 임윤이 안광을 번뜩이며 말했다.

"그거 좋지."

유소운이 안도의 한숨을 쉬고서는 진광 스님을 버리지 않아 고맙다고 말하려 할 때였다.

송현이 임윤에게 나직하게 말했다.

"한 명도 살려두지 마시오."

얼음같이 차가운 목소리에 유소운은 침을 꿀꺽 삼키며 말을 꺼내지 못했다.

두 젊은 남녀를 핍박하고 있는 자들은 모두 다섯이었다. 그들은 수호전에 나오는 백팔영웅의 본거지 이름을 따서 스스로를 '감숙 양산박'이라고 불렀다. 수호전의 영웅들이 탐관오리를 멸하고 강호의 정리를 지키는 의적인 반면, 감숙 양산박은 이름만 거창할 뿐, 실상은 여행객을 죽이고 약탈하는 전형적인 녹림의 무리에 지나지 않았다.

그들에게 사로잡혀 있는 남녀는 나이가 막 약관을 지난 듯했으며, 황색 두건을 쓰고 황포를 걸친 모습이 사뭇 정갈한 것으로 보아 중원의 무림인인 것 같았다.

감숙 양산박은 이미 남녀의 검을 빼앗고 그들의 목에 칼을 들이대고 있었다. 무림인인 남녀가 검 한 번 뽑지 못하고 당한 것은 감숙 양산박이 나무 위에 잠복해 있다가 그물을 던져서 사로잡았기 때문이다.

또한 남자는 전신에 몇 군데 검상을 입고 있으며 여자는 황포를 벗고서 속옷 차림으로 있으니, 감숙 양산박이 남자의 목숨을 위협하며 여자를 희롱하고 있음은 불 보듯 뻔했다.

감숙 양산박의 두목으로 보이는 자가 여자의 턱밑에 칼을 대며 말했다.

"뭐 하고 있냐? 몽땅 벗어라. 안 그러면 저놈은 금일 목이 달아나게 될 줄 알아."

"사, 사매!"

남자가 노기 띤 목소리로 소리치자 무리 중 하나가 그의 입에 헝겊 조각을 틀어넣어 말을 못하게 했다.

여자는 어쩔 줄 몰라 하다가 이내 마음을 굳혔는지 두목을 보며 말했다.

"옷만 벗으면 사형을 풀어준다는 말, 믿어도 되나요?"

두목은 씨익 웃으며 고개를 끄덕였다.

"그럼, 그럼."

그러자 여자는 떨리는 손으로 천천히 속옷을 하나씩 벗기 시작했다.

"꿀꺽."

감숙 양산박 무리는 동시에 침을 삼켰다. 정인으로 보이는 남자를 위협하여 여자가 스스로 옷을 벗게 했으니 이제 남은 것은 여자를 겁간하는 것뿐이었다. 그런 뒤에 남녀를 죽여서 입을 봉하는 것이 감숙 양산박, 아니, 녹림의 무리가 행하는 뻔한 수순이었다.

남자는 그 사실을 익히 알고 있었으나 입에 헝겊이 박혀 있고 두 명이 양팔과 어깨를 누르고 있는지라 방법이 없었다.

"읍읍읍!"

남자가 핏발이 선 눈으로 요동치자 여자는 불안한 눈으로 두목을 쳐다봤다. 두목은 여자를 안심시키려고 말했다.

"어허, 손이 너무 느리군. 약조만 지키면 저 녀석을 놓아준다니까? 내 말 믿어. 암, 믿어도 돼.”

여자는 한줄기 눈물을 흘리고는 천천히 마지막 남은 젖 가리개에 손을 가져갔다.

그때였다.

“그 말 믿지 마라!”

동시에 숲 속에서 한 인영이 노호와 같은 음성을 내지르며 날아왔다.

두목은 양미간을 구기며 인영을 향해 칼을 휘둘렀다.

“어떤 놈이 훼방이냐?”

오랜만에 여체를 감상하다가 방해를 받은 두목은 있는 힘을 다해 칼을 내질렀다.

그런데 칼이 인영의 정수리를 두 쪽으로 갈랐다고 생각한 순간, 인영의 양권에서 엄청난 기운이 폭사되는 것이 아닌가? 비록 수하가 넷밖에 안 되는 무리를 거느리고 있으나, 숱한 도적질로 잔뼈가 굵은 그는 상대를 잘못 만났다는 생각이 들었다.

그는 얼른 칼을 회수하며 인영의 양권을 방어했다. 그러나 인영의 양권이 뿜어내는 권풍에 휘말리자 칼은 공중 높이 날아가 버리고 말았다.

인영의 양권이 두목의 가슴에 적중했다.

퍼펑!

“컥!”

두목은 외마디 비명을 한 번 지르고서 핏발이 선 눈으로 옴 짝달싹하지 못했다. 단 일 초식의 공격을 받고서 그는 이미 선 채로 절명한 것이었다.

감숙 양산박 무리의 두목을 일 권에 끝장낸 인영은 다름 아 닌 진광이었다.

두목이 죽자 무리 중의 다른 두 명이 칼을 꼬나들고 진광에 게 달려들었다.

"네놈이 감히 두목을… 죽어라!"

그러나 숲 속에 잠복하여 그물이나 함정을 써서 여행객을 사로잡는 녹림의 무리가 무림의 태산북두인 소림사의 십팔나 한 진광을 당해낼 수는 없었다.

진광은 칼을 피하지 않으며 그대로 그들을 향해 뛰어들었 다. 그리고 양권을 좌우로 동시에 내질렀다.

"아악!"

둘은 동시에 비명을 지르며 뒤로 날아가 땅에 쓰러졌다.

어디선가 나타난 승려 하나가 단 두 번의 주먹질로 두목과 동료 두 명을 처치하자 남자를 붙잡고 있던 나머지 둘은 서로 의 얼굴을 보더니 슬그머니 몸을 일으켰다. 그리고는 부상당 해서 땅을 뒹굴고 있는 다른 둘을 부축하고서 뒤도 돌아보지 않고 숲 속으로 달아났다.

하지만 진광은 그들을 쫓지 않았다. 실은 그는 손속이 지나 쳐서 두목을 절명시킨 것을 후회하고 있었다.

그는 반장을 하며 속으로 되뇌었다.

'아미타불… 젠장.'

녹림의 무리가 여자를 희롱하는 수작이 괘씸해서 한번 크게 혼을 내려는 생각이었는데, 두목이라는 자가 생각보다 무공이 형편없던 것이 문제였던 것이다. 불문의 제자인 그는 뜻하지 않게 살생을 하자 영 마음이 불편했다.

두목이 목숨을 잃고 다른 두 명도 부상을 입었으니, 진광은 더는 그들을 추적할 필요가 없다고 생각했다.

그때, 기이한 파공음과 함께 무언가가 그의 등 뒤에서 앞으로 날아갔다.

피이이잉.

진광은 숨어 있던 녹림의 무리가 기습한 것으로 생각하고서 재빨리 몸을 낮추며 대항하려 했다.

그런데 정체 모를 물체는 먼저 숲 속으로 도망갔던 도적 네 명의 뒤로 날아가더니 크게 공중에 원을 그리면서 다시 뒤로 돌아오는 것이었다.

진광은 그제야 물체가 무엇인지 알아차렸다.

'금강고에서 임윤이 골랐던 기형도(奇形刀)다!'

동시에 바쁘게 도망가던 감숙 양산박 네 명의 목이 땅으로 떨어졌다. 그리고 목을 잃은 네 몸뚱이는 그대로 달려가다가 하나둘 비틀거리며 쓰러지는 것이었다.

진광이 고개를 돌리자 뒤에서 임윤이 다시 돌아온 기형도를 가볍게 받아 회수하는 모습이 시야에 들어왔다.

임윤은 기형도를 한 번 휘둘러서 날에 묻은 피를 바닥에 뿌리고는 다시 등 뒤의 혁낭에 갈무리하면서 중얼거렸다.

"정교한 맛은 덜하지만 제법 쓸 만하군."

십여 장이나 떨어져 있는 거리에서 단 한 번 기형도를 날려서 네 명의 목을 반듯하게 잘라낸 자가 한 말이라고는 너무나 태연한 것이었다.

진광 역시 눈앞에서 펼쳐진 임윤의 비검술에 속으로 감탄했다. 하지만 마음은 말할 수 없이 착잡했다.

진광은 무거운 얼굴로 잠시 침음하다가 임윤에게 걸어갔다. 그리고 말했다.

"방금 저자들을 도륙한 것이 당신의 결정이오?"

임윤은 잠깐 진광을 쳐다보다가 고개를 저으며 말했다.

"난 시키는 대로 했을 뿐이오."

그 말을 들은 진광은 임윤은 놔두고서 뒤로 걸어갔다. 그곳에는 송현이 예의 무심한 얼굴로 조용히 서 있었다.

진광이 잔뜩 노기를 억누른 목소리로 말했다.

"송 국주, 당신이 저들을 무참히 도륙하라고 명했소?"

"그렇소."

"죽일 필요까지는 없었잖소?"

그러자 송현은 차가운 눈빛으로 진광을 지그시 응시하며 말했다.

"본인은 소림 방장의 명을 따랐을 뿐이오."

"무엇이?"

진광이 두 눈에서 안광을 뿜어내기 시작했다. 그가 전신에서 진기를 끌어올리자 장삼과 가사가 강풍을 맞은 것처럼 펄럭였다.

일촉즉발의 상황에 뜻밖에도 송현이 평소처럼 담담한 얼굴로 되돌아오며 말하는 것이었다.

"소림 방장은 그 어떤 무리와도 관계하지 말라고 하셨소. 당신은 녹림의 무리에게 죽을 뻔한 남녀의 목숨을 구했고, 본인은 소림 방장의 명에 따라 후환을 없앴소. 본인은 지금 청위표국 국주의 신분으로 흑랑성 잠행 일을 맡고 있소. 당신은 소림 방장의 명은 물론 내 명에 따라야 하오. 잠행에 나선 무사라면 상명하복은 두말할 필요가 없소. 그것을 받아들이지 못하겠다면 소림으로 돌아가시오."

"……"

진광은 아무 대답도 할 수 없었다.

그도 송현의 말을 이해하지 못하는 것은 아니었다. 하지만 제아무리 녹림의 무리라고 해도 죽여서 입을 막는 것에 주저함이 없는 송현과 그의 말에 따라 비검술로 단번에 그들의 목을 떨어뜨린 임윤의 처사에는 도무지 찬성할 수 없었던 것이다.

진광이 아무 말 없이 조용히 있자 송현이 말했다.

"그럼 다시 길을 떠납시다."

송현이 몸을 돌리자 임윤이 그 뒤를 따랐다.

진광은 생각했다.

'그래, 소사보다 대의를 생각하자. 방장님의 기대에 부응하지 못하면 안 된다.'

그는 푹 한 번 한숨을 쉬고서 몸을 돌렸다.

그런데 녹림의 무리에게 사로잡혀 있던 남자가 정신을 차렸는지 진광의 뒤에 대고 소리쳤다.

"저기, 기다리십시오! 은인의 존성대명이라도 알려주십시오. 비록 오늘 못난 모습을 보였으나 중원의 무림인으로서 훗날 반드시 은혜를 갚을 것입니다!"

그 말에 진광은 천천히 몸을 돌려서 반장을 하려 했다.

그때 송현의 전음이 들려왔다.

"아무 말도 하지 마시오."

"또 무엇이오? 저들은 녹림의 무리가 아니지 않소?"

"녹림뿐만 아니라 어떤 문파와도 관계하지 마시오."

'……'

진광은 송현의 말을 듣고 잠시 주저하다가 영문을 몰라서 멍하니 있는 두 남녀를 뒤로하고 자리를 떠났다.

그러면서 방금 들은 송현의 목소리를 다시 떠올렸다. 그의 음성에는 어딘가 모르게 차가운 살기가 묻어 있었다.

진광은 생각했다.

'그렇다. 만에 하나 내가 저 남녀에게 신분을 밝혔다면 송국주는 그들을 죽여서 입막음을 했을지도 모른다.'

진광은 앞에 가고 있는 송현의 등을 보면서 문득 한 자루의 잘 벼려진 검을 머리에 떠올렸다. 제대로 쓰면 적을 상대하는 데 두려움이 없을 명검이나, 자칫 잘못하면 자신의 몸에 상처를 입힐 수 있는 양날의 검이었다.

송현 일행이 떠나자 두 남녀는 몸을 추스렸다. 그들은 서로 마음을 나눈 정인인 듯 한참 동안 포옹을 한 채로 있었다.

먼저 입을 연 것은 여자였다.

"사형, 무서웠어요."

"괜찮아. 이제 다 끝난 일이야."

"강호는 다 이런가요?"

"……."

둘의 대화에서 그들이 중원 명문정파의 제자이나 강호에 처음 출행하여 경험이 일천한 것을 쉽게 알 수 있었다.

여자가 말했다.

"그런데 우리를 구해준 자들이 왜 아무 말도 없이 가버린 거죠? 무공은 대단하지만 그렇게 예의가 없다니, 필경 명문정파의 사람은 아닐 거예요."

위기를 벗어나자 여자는 본심을 되찾았는지 오히려 송현 일행의 흉을 봤다.

그런데 남자가 무슨 생각이 들었는지 잠시 침음하다가 말했다.

"나, 그중에 한 명이 누군지 알 것 같아."

"예? 그 예의없는 자들이 대체 누구에요?"

"그렇게 젊은 나이에 경이로운 비검술을 쓸 수 있는 자는 내가 알기로 한 명밖에 없어. 그는 바로……."

*　　*　　*

송현 일행은 말을 타고 끝없이 서쪽으로 향했다. 가면 갈수록 지세가 더욱 험난해졌다.

송현은 감숙에 들어서자 조금씩 진로를 남쪽으로 틀어서 감숙과 청해(靑海)의 경계로 향했다. 때문에 다른 이들은 이제 자신이 있는 곳이 감숙인지 청해인지 아니면 이름 모를 어떤 오지인지 전혀 알 수 없었다.

그들의 앞에는 끝을 모르는 바위산이 늘어서 있었으며 어쩌다 보이는 생명체라고는 전갈이나 지네같이 물이 없는 곳에서도 살 수 있는 독충이 전부였다. 주위가 암벽이라는 것만 다를 뿐, 모래로 뒤덮인 사막과 하등 다를 게 없는 사지(死地)였다.

그들은 결국 더 이상 말을 타고 갈 수 없는 곳에 다다랐다. 험준한 바위산의 옆에 아슬아슬하게 붙어 있는 협도(狹道)가 모습을 드러냈던 것이다. 게다가 협도의 오른편은 안개에 휩싸여 밑이 보이지 않는 낭떠러지였다.

일행은 말을 버리고서 혁낭과 기병을 짊어진 뒤 도보로 길을 떠났다.

진광이 넌덜머리를 내며 말했다.

"흑랑성을 세운 놈들은 대체 어떻게 생겨먹었기에 사람이 오갈 수도 없는 이런 오지에 본거지를 만들었지?"

옆에서 초류영이 비꼬듯이 답했다.

"그럼 비밀 본거지를 이런 곳에 만들지 중원 한복판에 만들겠소?"

진광이 그 말을 듣고 잔뜩 쏘아보자 초류영은 고개를 돌려 그의 눈초리를 피했다.

송현이 말했다.

"지금 가는 길은 몇몇 표국만 알고 있는 지름길이오. 앞으로 삼 일 후면 흑랑성에 도착할 것이오."

그 말에 진광은 속으로 불평했다.

'어쩐지 쓸데없이 길이 험하다 했지.'

하지만 한시가 급하다는 것을 알고 있으니 쉬운 길로 가지 그랬냐는 말은 꺼낼 수 없었다.

그렇게 꼬박 삼 일간을 절벽에 붙은 협도를 올라간 뒤에 송현 일행은 드디어 흑랑성에 도착했다.

묘시가 막 지나서 산등성이에 해가 걸리고 있을 때였다. 송현이 협도의 모퉁이를 돌면서 말했다.

"다 왔소."

일행이 모퉁이를 돌자 험준한 바위산의 중간에 넓은 계단이 자리하고 있었다. 돌을 쌓아서 만든 계단은 끝없이 위로 이어져서 마치 그 끝이 하늘에 닿을 듯이 보였다. 그리고 계단의 끝에 흑랑성의 입구인 거대한 누각이 보였다.

일행은 잠시 제자리에 서서 하늘이 닿아 있는 듯한 흑랑성을 바라봤다.

침묵을 깬 것은 임윤이었다.

"흑랑성(黑狼城)이라, 누가 지었는지 이름 한번 그럴듯하군."

진광은 자기도 모르게 고개를 끄덕였다.

흑랑성의 정문은 바위산에 붙어 있는 거대한 누각이었다. 겉에서 보면 평범한 이층짜리 누각이나, 그 안으로 들어가면 지하로 연결되는 동혈(洞穴)이 있는 구조였다.

그런데 누각의 뒤에는 집채만 한 바위가 자리하고 있었다. 바위는 계단 밑에서 보면 꼭 늑대의 머리와 흡사했기 때문에 흑랑성의 정문은 마치 늑대가 크게 아가리를 벌리고 있는 모습을 연상케 했던 것이다.

진광은 생각했다.

'흑랑성이란 방파명에 딱 들어맞는 기암괴성이로군.'

일행은 겉으로는 평범한 누각에 불과하나 주위의 험한 지

형과 어우러져서 괴이한 위용을 뿜어내는 흑랑성에 압도되어 잠시 멍하니 있었다. 그러다가 송현이 먼저 계단을 오르자 이내 정신을 차리고 그 뒤를 따랐다.

협도에서 흑랑성까지 이어지는 계단은 전부 오백십이 개였다. 천천히 계단을 오른 송현 일행은 일다경이 지나자 흑랑성의 정문에 도착했다.

하지만 그들이 일부러 쉬엄쉬엄 올랐음에도 불구하고 편복선생은 아직 계단의 삼분지 이밖에 못 올라와 있었다.

진광은 고개를 흔들었다.

'저런 애물단지를 대체 왜 데리고 온 것이냐?'

그런데 송현이 다짜고짜 흑랑성 앞으로 걸어가더니 허공에 대고 포권을 하며 인사를 하는 것이 아닌가?

"본인은 청위표국의 국주 송현이라 하오. 소림사의 일을 청탁받아 이곳에 왔소."

그러자 아무 인기척도 없던 누각의 꼭대기에서 인영 하나가 밑으로 떨어졌다. 누각은 층간이 멀어서 이층이라고 해도 만만한 높이가 아니었는데, 인영이 착지한 바닥에는 조금도 흙먼지가 일지 않았다. 인영이 절정의 경신법을 갖춘 무림인이라는 것을 알 수 있는 장면이었다.

진광은 흑랑성에 대한 소문을 떠올렸다.

'최근 흑랑성을 지키고 있는 수문장이 강호의 기인이사라고 하더니, 바로 이자인 모양이군.'

　그런데 진광이 다시 보자 인영은 등이 굽어서 신장이 삼 척도 채 안 되는 꼽추였다. 또한 머리는 봉두난발을 했고 얼굴에는 주름살이 가득한 것이 도무지 나이를 알 수 없는 외모였다.

　진광은 어이가 없었다.

　'뭐 저런 자가 흑랑성의 수문장을 맡고 있는 것이냐?'

　그때 임윤이 툭 말을 내뱉었다.

　"검둥개의 모가지를 틀어쥐고 있는 개장수로군."

　진광은 깜짝 놀랐다.

　'저자가 기어이 사고를 치는구나!'

　검둥개는 흑랑성을 말하며, 개장수가 수문장을 말하는 것임은 누가 들어도 분명하지 않은가.

　진광은 임윤의 무례한 언행에 수문장이란 자가 어떤 반응을 보일이 궁금한 동시에, 임윤의 말이 제법 그럴싸하다고 생각했다.

　뜻밖에도 수문장은 잠시 침음하더니 곧 크게 광소하는 것이었다.

　"크하하하! 개장수라니, 이 육지신타(六指神駝) 천무개가 평생 처음으로 들어보는 칭송이로구나!"

　그 말에 이번에는 초류영이 깜짝 놀라며 말했다.

　"그대가 육지신타 천무개라고? 믿을 수 없군. 육지신타가 왜 이런 곳에 있지?"

천무개가 초류영에게 고개를 돌리며 말했다.

"보아하니 네놈도 신법을 익힌 군자 놈인가 보군. 선배를 봤으면 인사를 해야 되는 법인데, 네놈도 군자치고 예의범절이라고는 털끝만큼도 없구나."

"그대가 육지신타란 걸 어찌 믿는단 말이오?"

"허어, 나 같은 병신 곱추가 강호에 또 어디 있다고 육지신타를 사칭하겠느냐, 이놈아!"

천무개가 호통을 치자 초류영은 잠시 침음하더니 억지로 포권을 했다.

"후학 초류영이 선배님께 인사드립니다."

"근본까지 썩은 놈은 아니군."

"그런데 선배님이 이런 곳에 왜 계신 겁니까?"

그러자 천무개는 갑자기 양미간을 구기더니 조용히 왼발을 앞으로 내밀었다. 그의 발목에는 쇠로 만든 커다란 수갑이 차여 있었으며, 수갑은 다시 사슬로 연결되어 흑랑성 누각의 기둥에 칭칭 감겨 있는 것이었다.

"보고도 모르겠느냐? 개집 지키라고 붙잡혀 있다."

사슬은 굵기가 어른 손가락만 해서 무게를 가늠할 수 없을 정도였는데, 그런 수갑과 사슬을 차고서도 아무 소리도 내지 않고 누각 이층에서 뛰어내린 천무개의 신법이 새삼 감탄을 자아내는 모습이었다.

초류영이 말했다.

“선배님을 잡아… 묶어둔 자들은 누구입니까?”

천무개가 버럭 화를 냈다.

“무림맹 놈들이 아니면 누구겠느냐? 쓸데없이 혓바닥 놀리지 마라.”

“……”

진광은 파락호 초류영이 도적 선배를 만나서 꼼짝도 못하는 모습이 일견 통쾌하면서도 한편으로는 어이가 없었다.

송편이 품에서 서찰을 꺼내 천무개에게 건넸다.

“소림 방장의 친서요.”

천무개는 아무 말 없이 서찰을 받아서 읽었다. 그러다가 그는 갑자기 다시 한 번 광소를 터뜨리는 것이었다.

“크하하하! 이런 등신들을 봤나!”

진광은 천무개가 방장의 서찰을 보고 웃자 격노하여 말했다.

“말조심해라! 고작 강호에서 도적질을 하던 자가 감히 소림 방장님을 조롱하는 것이냐?”

천무개는 진광을 잠깐 쳐다보더니 뜻밖에도 서찰을 그에게 건네며 말했다.

“오호라, 네놈 꼴을 보니 소림 놈이로군. 직접 읽어봐라. 네놈들이 등신인지 아닌지.”

“……?”

궁금한 마음에 서찰을 받아 든 진광은 글을 읽어 내려가다가 마지막에 가서 그만 입을 딱 벌리고 말았다.

다른 일행도 진광의 표정을 보고 무언가 일이 심상치 않다는 것을 깨닫고서 그의 대답을 기다렸다. 그러나 진광은 차마 말을 할 수가 없었다.

"…송 국주가 읽어주시오."

진광은 송현에게 다시 서찰을 건넸다. 송현은 담담한 어조로 서찰을 읽었다.

"일. 창천육조의 생사를 확인하고 생존자가 있다면 구조해 오시오. 이. 지하 뇌옥 십삼호실에 있는 죄수를 호송해 오시오. 삼……."

송현이 잠깐 말을 멈추자 다른 일행은 동시에 소림사 산문에서의 일을 기억했다. 산문에서 소림 방장이 그들에게 주문한 명령 중에서 송현이 지금 말한 두 가지 외에 다른 세 번째는 없지 않았는가?

잠시 침음하던 송현이 입을 열었다.

"삼. 흑랑성에 들어간 뒤 정확히 십이 시진이 지나면 입구를 폭파하여 영구히 폐쇄할 것이오."

"……!"

그 말에 일행은 모두 얼음장처럼 굳어버리고 말았다.

언제 계단을 올라왔는지 편복선생도 송현의 말을 듣고는 수염을 부르르 떨며 노여움을 참는 얼굴이었다.

천무개가 실실 웃으며 말했다.

"네놈들이 들어간 지 십이 시진이 지나면 나보고 입구를 폭파하라는 것이다. 단 일각이라도 늦을 경우 네놈들은 영원히 햇빛을 보지 못한다는 소리지. 그런데 사형선고와 같은 이 서찰을 내용도 모르고서 직접 가지고 와서 내게 전했으니 네놈들이 병신 중의 상병신이 아니면 또 무엇이냐? 크하하하!"

천무개는 말을 마치고서 연신 광소를 터뜨렸는데, 일행은 누구 하나 그의 말에 반박할 수가 없었다.

송현이 그의 앞으로 가서 말했다.

"시간이 없으니 흑랑성의 문을 여시오."

"기다려라, 이놈아! 빨리 죽으러 가서 좋은 게 뭐 있다고 호들갑이냐?"

그러자 송현은 싸늘하게 식은 눈으로 정색을 하며 말했다.

"문을 여시오. 아니면 검을 쓰겠소."

천무개가 눈살을 찌푸렸다.

"이놈이 내가 사슬에 묶여 있다고 아주 개 취급을 하는구나. 어디 검을 쓰든지 말든지 마음대로……."

그때 천무개는 송현을 위아래로 훑어보다가 무엇을 봤는지 말을 삼켰다. 그리고 곧 그의 얼굴이 핏기가 사라지며 백짓장처럼 새하얗게 변했다.

"네놈은 바로……."

"문을 여시오."

천무개는 잠시 송현의 얼굴을 뚫어지게 노려보는가 싶더

니, 시선을 내리고서 떨리는 목소리로 말하는 것이었다.

"아, 알았네."

둘의 대화를 듣고 있던 진광은 영문을 알 수가 없었다.

'저자가 뭘 봤기에 갑자기 꼬리를 내리는 거지?

진광 자신도 몇 번이나 송현의 싸늘한 시선을 대하며 불편한 적이 있었다. 하지만 송현의 시선이 제아무리 차갑다고 해도 마음을 조종하는 최면술은 아닐지언대 초류영이 깍듯이 선배 대접을 하는 육지신타 천무개가 겁을 먹고 꼬리를 내린 것이 도무지 믿기지 않았던 것이다.

진광은 생각했다.

'저자는 분명 송 국주의 어떤 비밀을 눈치 챘다. 그런데 그게 무엇일까?

천무개는 이제 보통의 수문장이 된 것처럼 조용히 누각의 문으로 앞장서서 걸어갔다. 송현 일행은 그 뒤를 따랐다.

누각의 문은 거대한 철판으로 되어 있어서 공성병기로 부순다면 모를까, 사람의 힘으로는 제아무리 절정고수가 손을 쓴다고 해도 파괴할 수 없어 보였다.

그런데 철문의 한복판에 작은 구멍 여섯 개가 나 있는 것이 보였다.

천무개가 오른손을 들어 보이며 말했다.

"내가 아니면 이 문은 아무도 열 수 없지."

육지신타라는 별명에 걸맞게 그의 오른손에는 새끼손가락

옆에 손가락 하나가 더 붙어 있었다. 그가 여섯 개의 손가락을 구멍에 끼웠다. 구멍은 그의 손가락에 맞추어서 만들어졌는지 한 치의 빈틈도 없이 메워졌다. 일부러 가느다란 쇠꼬챙이 여섯 개를 준비하여 오지 않는다면, 천무개의 도움없이는 열리지 않도록 공을 들여 만든 것이 분명한 철문이었다.

천무개가 손목을 반 바퀴 돌리자 녹슨 철문이 기분 나쁜 소리를 내며 살짝 움직였다.

끼기기긱.

천무개가 고개를 돌려 송현 일행을 보며 말했다.

"누각 이층에는 일천 근의 벽력탄이 쌓여 있어. 거기 장치도 이 육지손으로 돌리면 일각 안에 폭파되지. 지금부터 십이 시진이 지나면 폭파시킬 것이니 날 원망하지 말게. 나야 한낱 개집 지키는 수문장이지 무슨 힘이 있겠나? 다 무림맹의 높으신 분들이 결정한 일이니 혹 귀신이 되거들랑 나한테 오지 말고 딴 곳으로 가게나. 킬킬킬."

그는 다시 기운을 차렸는지 일행을 비웃는 얼굴이었다.

송현이 진광에게 말했다.

"문을 여시오."

너비와 폭이 각각 일 장을 넘는 거대한 철문.

진광은 그 앞으로 가서 두 손을 갖다 댔다. 그리고 진기를 끌어올리며 두 손으로 철문을 밀었다.

"끄으으으!"

그러자 철문이 조금씩 움직이는가 싶더니 어느 순간 활짝 제쳐졌다. 서장 구륜사 결전 이후로 수많은 무림인을 집어삼킨 흑랑성의 입구가 다시 열린 것이었다.

송현이 일행을 한 명씩 천천히 바라보며 말했다.

"지금이라도 좋으니 내키지 않는 자는 빠지시오. 그러나 일단 저 안으로 들어가면 본인의 명에 절대 복종해야 하오. 만약 명에 복종하지 않는 자가 있다면……."

그는 잠깐 말을 멈췄다가 계속했다.

"그자의 목을 벨 것이오."

"……."

송현의 말에 아무도 답하는 이는 없었다.

먼저 침음을 깬 것은 임윤이었다.

"쓸데없이 말이 많군."

그는 그 말을 던지고는 성큼성큼 철문 안의 어둠 속으로 들어갔다.

다음으로 유소운이 상기된 얼굴로 말했다.

"저는 송 국주님과 진광 스님과 끝까지 함께할 것입니다."

유소운이 들어가자 초류영이 뒤를 이었다.

"여기까지 왔는데 뭘 또 물어보시오? 스스로 말한 것을 지키지 않으면 군자라고 할 수 없지."

아직도 가쁘게 숨을 쉬고 있던 편복은 품에서 점통을 꺼내 점을 치는가 싶더니 중얼거렸다.

"계속해서 대흉이군. 이렇게 대흉이 거듭될 때 갑자기 대박 운이 터지는 것이 바로 우주 삼라만상의 이치라네."

그리고는 허리를 펴고 뒷짐을 져서 사뭇 의연한 걸음걸이로 철문 안으로 들어가는 것이었다.

송현이 마지막 남은 진광을 쳐다봤다.

송현과 진광은 서로 눈빛을 교환하다가 아무 말 없이 어둠 속으로 발길을 옮겼다.

여섯 명의 일행이 모두 철문 안으로 사라지자 천무개는 어이가 없다는 얼굴로 실소하며 말했다.

"목숨 아까운 줄 모르는 놈들이 다섯이나 있군."

그리고는 송현 일행이 사라진 어둠 속을 향해 두 손을 입에 갖다 대고 소리쳤다.

"기억해라! 십이 시진이다! 정확히 하루 동안에 그 속에 기어들어 갔다가 다시 나와야 한다. 만약 한 발짝이라도 늦었다가는 네놈들은 영원히 그 속에서 살아야 될 것이다! 킬킬킬!"

흑랑성 잠행 시작.
입구 폭파까지 남은 시간 십이(十二) 시진.

第六章
망자(亡者)의 도시

潛行武士
잠행무사

두 개의 강철 문 사이를 비집고 흑랑성 안으로 들어서자 끝이 보이지 않는 복도가 송현 일행을 기다리고 있었다.

그런데 송현은 마치 산보라도 나온 사람처럼 거침없이 복도를 걸어가는 것이었다.

진광이 물었다.

"송 국주, 이렇게 무작정 들어가도 되는 것이오?"

"이곳은 흑랑성의 입구일 뿐이오. 동혈에 연결되어 있는 지하의 바닥에 도착하기 전에는 흑랑성이라 할 수 없소."

송현의 말에 일행은 안심하고서 그의 뒤를 따라갔다. 그러나 이유 모를 긴장감이 조금씩 심장을 옥죄어오는 것은 막을 수 없었다.

복도는 횃불 하나 걸려 있지 않아 어두웠다. 그나마 뒤에 열려져 있는 철문 틈으로 새어 들어오던 빛줄기도 어느새 희미해진 지 오래였다.

이윽고 앞을 분간할 수 없을 만큼 캄캄해지자 송현이 등에 멘 혁낭에서 무언가를 꺼냈다. 동시에 칠흑같이 어둡던 복도가 대낮처럼 환해졌다.

초류영이 송현이 꺼낸 물건을 보더니 기가 차다는 얼굴로 말했다.

"서장 구륜사의 육안룡(六眼龍)이 어디로 사라졌나 했더니, 그것 역시 소림사가 가지고 있었군."

진광은 초류영이 육안룡이라고 부른 물건을 살펴봤다. 그것은 사람 눈동자만큼 커다란 야광주 여섯 개였다. 진광도 야광주를 많이 보아왔으나 지금 송현이 꺼낸 것처럼 크고 밝은 빛을 내는 것은 처음 보는 것이었다.

그는 생각했다.

'송 국주가 금강고에서 무슨 기병을 챙기는지 궁금했는데 알고 보니 병장기가 아니라 이런 물건을 준비했던 것이로군.'

그는 송현의 일거수일투족이 용의주도함을 새삼 느꼈다.

송현이 일행에게 육안룡 야광주를 하나씩 건네며 말했다.

"머리에 두르시오."

“……?”

진광은 육안룡을 받아 들고 나서야 송현이 무슨 얘기를 한 건지 이해할 수 있었다. 둥근 육안룡은 기다란 천의 한가운데에 떨어지지 않게 붙어 있는 것이었다.

송현이 시범을 보이듯이 천을 머리에 둘러서 묶자 그의 이마에 육안룡이 위치한 모습이 마치 이마에 작은 등불을 걸어 놓은 듯한 모양새가 되었다.

진광은 다시 한 번 감탄했다.

'야광주를 이런 식으로 사용하면 일부러 손에 들고 있을 필요도 없고 고개를 돌리는 곳은 저절로 시야가 밝아질 테니 그야말로 일석이조로구나.'

일행은 송현을 따라서 육안룡이 박힌 천을 머리에 둘렀다.

여섯 개의 야광주, 육안룡이 공중에 떠오르자 어두웠던 복도가 대낮처럼 밝아졌다. 육안룡의 빛은 보통 야광주보다 훨씬 밝아서 십여 장 밖에 있는 사물을 분간하는 데도 어려움이 없었다.

“갑시다.”

송현이 앞장서자 일행은 계속해서 복도 속으로 들어갔다.

일다경이 지났을 때, 복도가 끝나고 좁은 공터가 나타났다.

그곳에는 커다란 활차(滑車) 두 대가 선로 위에 자리해 있었다. 선로는 어두운 동혈 속으로 이어져 있었는데, 육안룡의 빛이 닿지 않는 것으로 보아 동혈의 끝이 지하 깊숙한 곳으로 연결되어 있음을 알 수 있었다.

활차는 책상 서랍 밑에 바퀴 네 개를 달아놓은 모양이었는데, 폭과 너비가 상당하여 십여 명의 사람이 타기에 충분해 보였다.

초류영이 활차와 선로를 유심히 살피다가 말했다.

"자동 활차로군."

진광은 그의 말이 무슨 뜻인지 궁금했으나 초류영이 마음에 들지 않았기 때문에 묻지 않고 꾹 참았다. 다행히(?) 초류영은 누가 묻지 않았는데도 활차에 대해 설명했다.

"내려갈 때는 보통 활차이나 올라올 때는 선로에 달린 톱니가 서로 맞물려서 저절로 올라오는 활차로군. 어디 보자. 아하, 이거였군."

그는 활차 앞에 붙어 있는 기계장치를 보며 말했는데, 그 장치를 당기면 아마도 활차가 선로 위로 올라온다는 얘기 같았다.

송현이 말했다.

"모두 활차에 타시오."

일행이 두 대의 활차 중 하나에 오르자 송현은 활차 뒤에 묶여 있는 밧줄을 풀었다. 그러자 활차가 살짝 기우뚱거리더니 천천히 동혈 속으로 미끄러지기 시작했다.

유소운이 긴장되는지 무언가 글귀를 외우려 했다.

"포호빙하(暴虎馮河)……."

송현이 그를 제지했다.

"지금은 말하지 마시오."

"예?"

"속도가 빨라질 때 입을 열면 혀를 깨물어서 잘릴 수 있소."

"예……."

유소운은 침을 꿀꺽 삼키며 입을 다물었다.

진광은 생각했다.

'꼭 괴물이 벌리고 있는 입속으로 들어가는 것 같구나.'

선로가 점점 아래를 향해 기울어지자 활차는 조금씩 속도가 빨라졌다. 그리고 어느 순간 활차는 미친 듯이 요동을 치며 끝없는 암흑 속으로 질주해 들어갔다.

카랑카랑카랑!

활차의 바퀴가 선로와 마찰하며 불꽃을 튀겼다. 선로를 타고 내려간다기보다 아예 밑으로 떨어지는 것 같았다.

진광은 미칠 듯한 속도에 피가 머리로 역류하는 느낌을 받았다. 만약 무림인이 아니라면 진작에 뱃속이 뒤집혀서 아침에 먹은 것을 몽땅 게워냈으리라.

진광은 문득 편복선생이 걱정되어 바라봤는데, 아니나 다를까, 그는 활차 옆을 꼭 붙들고 이를 악물어서 멀미를 참는 얼굴이었다.

'무림인도 참기 힘들 텐데, 강단은 있는 자군.'

　그런데 무심코 고개를 돌리다가 임윤이 시야에 들어왔는데, 황당하게도 그는 팔짱을 낀 채로 눈을 감고 잠들어 있는 것이 아닌가? 게다가 그것도 모자라 살짝 코까지 골고 있었다.
　진광은 어이가 없었다.
　'저걸 강심장이라고 해야 되나, 아니면 무신경하다고 해야 되나?'
　그러다가 송현과 시선이 마주쳤다. 한데 송현 역시 무심한 얼굴로 눈을 감는 것이었다.
　진광은 고개를 절레절레 흔들었다.
　'돌부처가 둘이나 있군.'

　활차는 한 식경 가까이 지하 밑으로 내려갔다. 그러다가 조금씩 선로의 기울기가 완만해지면서 활차의 속도가 눈에 띄게 느려졌다. 송현이 활차 뒤에 있는 기계장치를 잡아당기자 굴러가던 바퀴가 멈추면서 강한 마찰음을 냈다.
　끼기기긱.
　바퀴가 돌아가지 않아도 활차는 꽤 먼 거리를 간 뒤에야 자리에 멈춰 섰다. 드디어 흑랑성의 지하에 도착한 것이었다.
　활차가 내려온 시간은 한 식경 정도였으나, 엄청난 속도로 내려왔기 때문에 지금 있는 곳이 지상에서 얼마나 멀리 떨어져 있는지는 가늠할 수 없었다.

초류영이 말했다.

"위에 활차 한 대가 더 있었는데 이렇게 깊은 곳까지 선로를 놓은 걸 보면 옮길 짐이 많았던 것 같군. 송 국주는 흑랑성에 와봤다고 하지 않았소? 대체 흑랑성 놈들이 옮기던 짐이 무엇이오?"

초류영은 눈빛을 반짝이며 물었는데, 그의 말투에서 그가 흑랑성이 기진이보를 옮기던 것이 아닐까라 기대하고 있는 것을 엿볼 수 있었다.

그러나 송현은 그의 기대를 무산시켰다.

"추후에 알려주겠소."

"……."

선로는 끝났으나 동혈은 계속되고 있었다. 송현이 앞장서자 일행은 뒤를 따라 동혈 속으로 들어갔다. 송현과 초류영이 맨 앞에 서서 첨병 역할을 했으며, 유소운과 편복선생이 그 뒤를 따르고, 후미는 임윤과 진광이 맡았다.

육안룡에서 나오는 여섯 개의 빛줄기가 동혈 속을 가로질렀다.

동혈은 들어가면 갈수록 점점 넓어져서 십여 명의 사람이 동시에 지나드는 데 문제가 없을 만한 폭이 되었다. 지하 깊숙한 곳에 인공적으로 만들어놓은 동혈이라고는 믿기 힘든 크기였다.

그렇게 다시 일다경 가까이 발을 옮겼을 때, 동혈이 끝나고 다리 하나가 모습을 드러냈다. 다리 밑으로는 바닥이 보이지 않는 낭떠러지였다. 때문에 돌로 만들어진 다리는 마치 어두운 허공에 떠 있는 듯한 모습을 하고 있었다.

초류영이 금강고에서 가져온 수투를 손에 끼고서 앞으로 나갔다.

"이제 내 차례로군."

그는 길이 끝나고 외길, 그것도 좁은 다리가 나오자 함정 장치가 없는지 조사하려고 했다. 그런데 초류영이 다리를 조사하기도 전에 송현이 불쑥 발을 뻗어 다리를 건너 버리는 것이었다.

초류영은 어이가 없다는 얼굴로 말했다.

"지금 뭐 하는 거요?"

"이곳에 함정 같은 건 없소."

초류영은 인상을 찌푸리며 불평했다.

"쳇, 그럼 그렇다고 미리 말할 것이지."

일행은 송현의 뒤를 따라 다리를 건넜다.

다리는 암흑 속에 솟아난 사각형의 거대한 기둥에 연결되어 있었다. 기둥의 위는 반듯하게 깎여져 있었으며, 너비가 삼 장 가까이 되어서 작은 공터라고 해도 무방할 정도였다.

문제는 기둥의 다른 삼면에 방금 건너온 것과 같은 다리가 각각 하나씩 연결되어 있다는 것이었다.

초류영이 세 방면으로 뻗어 있는 다리를 가리키며 말했다.

"혹시 지금부터 미로가 시작되는 것이오?"

"그렇소."

진광은 둘의 대화가 무슨 뜻인지 이해하기 힘들었다. 물론 기둥의 삼면에 연결된 다리의 반대편은 짙은 안개와 어둠에 가려서 보이지 않았으나 그래봤자 세 갈래의 길이 나온 것과 다를 바 없다고 생각되었다.

송현이 다리를 가리키며 말했다.

"기억해 두시오."

고개를 내리자 세 개의 다리에는 각각 '동(東)', '북(北)', '서(西)' 라고 새겨져 있었다. 방금 건너온 다리에 '남(南)'이 있으니 합쳐서 '동서남북(東西南北)'이 되었다.

송현은 정면에 있는 '북(北)'이 새겨진 다리로 발을 옮겼다. 일행을 따라 다리를 건넌 진광은 그제야 송현과 초류영이 나눈 대화가 무슨 뜻인지 알 수 있었다. 그곳에는 다시 기둥의 삼면에 세 개의 다리가 놓여 있었던 것이다.

이번 다리에 새겨진 글자는 각각 '춘하추동(春夏秋冬)'이었다.

그것을 본 초류영이 크게 웃으며 말했다.

"하하하! 고작 이런 것을 미로랍시고 만들어놓았다니 흑랑성 놈들의 수준이 어느 정도인지 알 만하군!"

진광은 그의 지나친 언사에 눈살을 찌푸렸는데, 송현은 여전히 무심한 얼굴인 채였다.

송현이 말했다.

"외우고 있소?"

"물론이오. 동서남북, 춘하추동, 세 살배기도 알 수 있는 것을 왜 물으시오?"

"그럼 됐소. 계속해서 기억하시오."

송현은 이번에는 오른쪽에 놓인 '추(秋)' 다리를 건너갔다. 다리 건너의 기둥에는 다시 세 개의 다리가 있었고, 각각 '일(一), 이(二), 삼(三), 사(四)'가 새겨져 있었다.

일행은 송현이 이끄는 방향으로 계속해서 다리와 기둥을 건너기를 반복했다. '천지현황(天地玄黃)', '매난국죽(梅蘭菊竹)', '언재호야(焉哉乎也)', '화수은화(火樹銀花)' 등등의 다리가 계속해서 꼬리에 꼬리를 물고 이어졌다.

처음에는 희희낙락하던 초류영의 얼굴이 조금씩 굳어졌다. 그가 조심스레 물었다.

"도대체 이 다리는 언제 끝나오?"

"모두 백팔 개요."

"……!"

송현의 말에 초류영은 물론 일행 모두가 입을 딱 벌렸다.

다리에 새겨진 글귀는 글을 아는 이라면 틀릴 리 없는 쉬운 것이었다. 하지만 백팔 개의 글귀를 차례로 하나도 틀리지 않고 외우는 것은 쉬운 일이 아님이 분명하지 않은가.

이윽고 백팔 개의 다리를 모두 건너자 다시 어두운 복도가 나왔다. 일행은 홀가분한 마음으로 마지막 다리를 건너서 반대편으로 올라갔다.

송현이 초류영에게 물었다.

"순서는 모두 외웠소?"

초류영은 별것 아니라는 듯 어깨를 한 번 으쓱하고서 답했다.

"물론이오. 동서남북(東西南北)의 북(北), 춘하추동(春夏秋冬)의 추(秋)……."

"외웠으면 됐소. 지금 말할 필요는 없소."

"백팔 개가 좀 많기는 하나 학문을 갈고닦은 군자에게 그리 많은 수는 아니오."

초류영이 거드름을 피우며 말하자 송현이 지금까지와는 달리 정색을 하며 물었다.

"흑랑성의 첫 기관진식을 통과한 감상은 어떻소?"

"뭐요? 단순한 미로만 있었지 기관진식은 없었지 않소?"

"지금 건너온 곳이 흑랑성의 기관진식 중 하나인 백팔윤회교(百八輪回橋)요."

"다리의 순서는 모두 외웠다고 하지 않았소? 나갈 때는 순서를 거꾸로 바꾸어 가면 되는 것 아니오?"

그런데 송현은 초류영의 말에 답하지 않고 엉뚱하게 유소운을 보며 묻는 것이었다.

"소운, 다리를 건너온 지 얼마나 되었소?"

"일다경은 이미 지났고, 아마도 한 식경쯤이 되지 않았나 싶습니다."

유소운의 답변이 정확했는지 송현은 고개를 끄덕이며 일행에게 말했다.

"이제 백팔윤회교가 작동할 것이오."

일행이 그의 말이 무슨 뜻인지 몰라 의아해하고 있을 때였다. 어둠 속에서 귀를 찢는 듯한 굉음이 들렸다.

쿠구구구!

동시에 방금 일행이 건너온 다리가 왼쪽으로 빙그르 돌아가기 시작했다. 그리고는 오른쪽에서 다른 다리가 나오더니 방금 다리가 있던 자리를 대신하는 것이었다.

초류영이 물었다.

"설마 기둥이 회전하는 것이오?"

"그렇소. 백팔윤회교는 한 시진에 네 번씩 왼쪽으로 회전하여 다리를 바꾸는 기관이오."

"그렇다면 먼저 북(北), 추(秋), 사(四)의 순서로 다리를 건넜으니, 지금은 동(東), 하(夏), 삼(三)의 순서가 되었다는 소리요?"

"맞소. 백팔윤회교는 묘시(卯時)부터 작동을 시작하오. 때문에 정확하게 시간을 계산하지 않으면 어느 다리로 건너야 할지 알 수 없소."

진광은 둘의 대화를 듣고서야 백팔윤회교라는 것이 어떤 기관진식인지 이해가 됐다.

'기둥 하나에 다리가 네 개 붙어 있으니, 바람개비처럼 돌아가며 다리가 바뀐다는 소리가 아닌가? 그래서 네 개의 다리에 각각 다른 글자가 새겨져 있었던 것이로군.'

초류영이 잠깐 침음하더니 다시 물었다.

"그럼 다리를 잘못 건너면 어떻게 되는 거요?"

"본인도 모르오."

"뭐요?"

"잘못된 다리를 건넜다면 지금쯤 황천에 가 있지 않겠소?"

"……."

평소의 송현답지 않게 농이 섞인 말이었으나 일행 중 누구도 미소를 지을 수는 없었다.

초류영이 짐짓 태연한 척하며 말했다.

"그래봤자 네 가지의 수순만 외우면 되는군. 다 외웠으니 걱정 마시오."

하지만 송현은 고개를 저었다.

"그게 전부가 아니오."

"또 무엇이오?"

"방금은 기둥들이 동시에 왼쪽으로 돌았을 것이오. 하지만 기둥들이 제각기 다른 방향으로 돈다면 어찌할 것이오?"

"뭐, 뭐요?"

초류영이 입을 딱 벌리며 경악했다.

"기둥이 아무렇게나 돌면 안전한 다리를 어떻게 찾는단 말이오?"

"물론 기둥이 회전하는 데에는 규칙이 있소. 후에 이곳을 나갈 때 기둥의 움직임을 계산하여 무사히 백팔윤회교를 통과하는 것이 당신에게 본인이 명하는 첫번째 임무요."

초류영은 송현에게 압도되어 자기도 모르게 고개를 끄덕였다. 송현의 말은 일견 무심한 듯하면서도 어딘가 모르게 거역할 수 없는 위엄이 서려 있기 때문이었다.

일행이 잠시 멍하니 어둠 속에 놓여진 다리를 바라보고 있을 때였다. 유소운이 무엇을 봤는지 작게 비명을 질렀다.

"히익!"

일행이 고개를 돌리자 복도의 어둠 속에서 작고 동그란 두 개의 빛이 반짝이고 있는 것이 아닌가?

여섯 개의 육안룡이 어둠을 밝히자 빛의 정체가 드러났다. 그것은 전신이 시커먼 털로 뒤덮인 개였다.

진광은 생각했다.

'백팔윤회교라는 기관진식에 정신을 빼앗겼다고는 하나 내가 고작 개 한 마리가 다가오는 기척을 느끼지 못했을 리가 없는데, 대체 저 개는 어디서 나왔단 말이냐?

그런데 개는 정체 모를 물건을 입에 물고 있었다. 다시 보자 그것은 잘려진 사람의 손목이었다.

진광은 깜짝 놀랐다.

'사람 손목을 물고 있다니, 설마 인육을 먹는 개인가?

시커먼 개가 피가 빠져서 새하얗게 탈색된 사람의 손목을 물고 있는 것은 강호에서 숱한 기사(奇事)를 겪은 진광조차 모골이 송연해지는 장면이었다.

송현이 말했다.

"임윤, 저 개의 목을 베시오."

임윤은 한마디 대답도 없이 허리에 차고 있는 기병을 들어 올렸다. 먼저 감숙의 산속에서 녹림 무리를 도륙했던 만(卍)자 모양의 기형도였다.

임윤이 손을 뿌리자 기형도가 공중에 비스듬히 원을 그리며 개에게로 날아갔다가 한 바퀴를 돌아 다시 그의 손으로 돌아왔다.

피이이잉!

그러자 꼼짝도 않고서 송현 일행을 쳐다보던 개의 목이 조금씩 아래로 내려가는가 싶더니 어느 순간 바닥에 떨어져 버렸다.

진광은 임윤의 비검술에 감탄하면서도 동시에 화가 났다. 그러나 진광이 분노를 터뜨린 대상은 임윤이 아니라 송현이었다.

"송 국주! 아무리 미물이라고는 하나 함부로 생명을 빼앗아도 되는 것이오?"

송현은 잠깐 진광을 조용히 쳐다보다가 말했다.

"잠행에 방해가 되는 것을 제거했을 뿐이오."

"개가 대체 무엇을 방해했단 말이오?"

그러자 송현이 바닥에 떨어진 개의 목을 가리켰다. 개의 목은 몸통에서 떨어졌는데도 아직까지 사람의 손목을 물고 있었다.

"그 말은 저 손목의 주인에게 말하시오."

"……."

송현이 개가 사람 손목을 물고 있었다는 것을 지적하자 진광은 할 말이 없어졌다.

하지만 진광은 속으로는 승복할 수 없었다. 그는 강호를 횡행하면서 주인을 잃고 굶주린 개가 들개가 되어 시체를 뜯어먹는 장면을 수없이 목격했지만, 그것을 단지 개의 잘못이라고 말할 수는 없었기 때문이다.

진광은 착잡한 마음으로 개를 향해 반배를 했다.

'아미타불.'

그리고는 한마디 말도 없이 복도의 어둠 속으로 들어가 버렸다.

화가 난 진광이 먼저 복도로 들어가자 유소운이 어쩔 줄 몰라 하며 송현을 바라봤다. 송현이 고개를 끄덕이며 말했다.

"가시오."

일행은 하나씩 차례로 복도로 들어갔다.

송현은 일행이 모두 지나간 다음에 맨 뒤에서 따라갔다. 진광이 무작정 맨 앞으로 나갔으니 그가 있던 후미를 대신 맡기 위해서였다.

송현은 앞에 가고 있는 일행을 바라보며 생각했다.

'개인의 능력은 출중하다. 하지만 호흡을 맞춰서 잠행을 하기에는 오합지졸일 뿐이다.'

그러고 나서 고개를 돌려 개의 시체를 바라보며 중얼거렸다.

"드디어 시작이군."

진광은 치밀어 오르는 화를 삭이지 못하고 복도를 걸어갔다. 먼저 녹림 무리와의 일도 그렇고, 무작정 생명을 해하는 송현의 방식이 영 불쾌했다. 더군다나 송현이 명하면 한마디 말도 없이 검부터 날리는 임윤은 더욱 마음에 안 들었다.

그는 생각했다.

'생명의 존귀함을 생각하지 않고 다짜고짜 검을 뽑아 일을 해결한다면 명문정파와 흑도 사파가 다를 게 무엇이란 말이냐?'

그런데 다시 생각해 보니 자신을 제외한 일행 모두가 명문정파라고는 할 수 없는 인물이었다.

금전을 훔치고 색을 밝히는 초류영과 북악검문에서 파문당하여 비천한 하오문에 몸을 담은 임윤은 말할 것도 없었다. 활도 제대로 못 쏘는 백면서생 유소운과 정체를 알 수 없는 사기꾼 편복선생도 별반 다를 게 없어 보였다.

그나마 남은 것은 송현인데, 그 역시 표국의 국주라는 신분에는 어울리지 않게 처사가 지나치게 냉혹했다.

억지로 참고 있던 불만이 조금씩 진광의 마음에 되살아났다.

'대체 방장님은 왜 저런 자들에게 일을 맡긴 거지?'

그때, 복도가 갑자기 끝이 나고 넓은 공터가 나왔다.

화가 나서 무작정 앞장을 서던 진광도 그대로 계속 걸어갈 수는 없었다.

송현이 앞으로 나오며 말했다.

"여기서부터 진짜 흑랑성이라고 할 수 있소."

"……."

진광은 그 말에 자기도 모르게 침을 삼켰다.

송현이 오른손을 들어 올리며 말했다.

"지금부터 간단한 명은 수화로 대신하겠소."

그러면서 주먹을 쥐었다.

"정지하란 뜻이오."

다음으로 손바닥을 펴서 바닥을 아래로 향한 뒤 앞으로 살짝 내밀었다.

"이상 없으니 계속 가라는 뜻이오. 표사들이 잠행할 때 쓰는 수화는 수백 개가 넘으나 일단 이 두 가지만 쓰겠소."

송현은 말을 마치고는 먼저 앞으로 걸어나갔다. 그가 앞장서자 일행은 자연히 먼저와 같은 대형이 되었다.

일행이 고개를 돌리며 육안룡으로 사방을 비추었지만, 빛은 천장에도, 벽에도 닿지 않고 어둠 속으로 나아가다가 흐려졌다. 그만큼 공터는 어디가 천장이고 벽인지 알 수 없을 정도로 드넓었다.

진광은 생각했다.

'지하 깊은 곳에 이런 곳이 있다니, 그동안 내가 강호를 횡행했으나 이렇게 괴이한 곳은 본 적이 없구나.'

그때 송현이 주먹을 들어 올렸다.

진광은 멈칫하며 제자리에 섰는데, 딴생각을 하고 있었던지라 하마터면 앞에 가던 편복선생에게 부딪칠 뻔했다.

진광은 갑자기 주먹을 쥔 송현에게 화가 났으나 그렇다고 뭐라 불평할 수도 없었다. 송현은 미리 말한 수화를 했을 뿐이고, 정신을 팔고 있던 것은 자신이 아닌가?

'잘 가다가 왜 멈추라고 했냐?'

진광은 잔뜩 인상을 찌푸리고 고개를 돌리다가 그만 깜짝 놀라고 말았다. 멀리 공터의 한가운데에 정체 모를 두 인영이 보이는 것이었다.

진광은 송현에게 전음을 보냈다.

"어떻게 흑랑성에 아직도 생존자가 있는 것이오?"

흑랑성이 패망하고 무림맹이 금역으로 선포한 지 이미 일 년이 지났으니 진광의 의문은 당연한 것이었다.

그런데 송현은 전음이 아니라 그냥 말로 대답을 했다.

"저들은 생존자가 아니오."

"그게 무슨 소리요? 잠깐만, 지금 말해도 괜찮소? 혹 저들이 듣기라도 하면……."

"저들은 사람이 아니니 상관없소."

"뭐라? 사람이 아니라니?"

진광이 자기도 모르게 목소리를 높이자 일행도 의아해하는 얼굴로 송현을 쳐다봤다.

송현이 말했다.

"저들은 사람이 아니라 망자요."

"망자(亡者)?"

"그렇소. 이미 한 번 죽은 사람이 다시 되살아난 것을 망자라 하오."

"……."

일행은 입을 다물지 못했다. 그러다가 이내 정신을 차리고서 두 인영을 살폈다.

일행은 두 인영과 스무 장 정도 떨어져 있어서 그들의 면면을 자세히 알아볼 수는 없었으나, 인영이 흰 도포를 걸치고 허리에 검을 차고 있는 것으로 보아 생전(?)에 무림인이었던 것을 알 수 있었다.

초류영이 말했다.

"보아하니 무림인으로 보이는데, 그럼 저들이 죽은 다음 강시라도 되었단 거요?"

"강시가 아니라 망자요."

"죽은 자가 되살아났다면 그게 그거지 않소?"

"다르오. 망자는 흑랑성에만 있소."

송현은 일행을 한 번 천천히 둘러본 다음 설명을 시작했다.

"강시는 술사(術師)가 죽은 시체를 조종하는 것이오. 하지만 망자는 죽은 육신에 혼백이 떠나지 않고 남아 있소. 때문에 그들은 생각을 하고 스스로의 의지에 따라 행동하오. 또한 자신이 죽었다는 사실을 알지 못하오. 다른 이가 깨우쳐 주기 전까지는 말이오. 저기 보이는 두 인영은 아마도 생전에 저곳을 지키는 자들이었을 것이오. 흑랑성의 패망은 바로 사람들이 모두 망자가 되었기 때문이오."

"……."

일행은 한동안 침음하며 말을 꺼내지 못했다.

잠시 후 진광이 침묵을 깨며 말했다.

"왜 저들이 망자가 된 것이오?"

"혈선충이 죽은 자의 몸속으로 들어가면 망자가 되어서 되살아나오."

"혈선충? 그게 뭐요?"

"본인도 무엇인지는 모르오. 단지 말할 수 있는 것은, 혈선충은 사람의 몸속에 파고들어 가 뇌 밑에 기생한다는 것이오. 혈선충에 당한 자는 육신이 살아 있는 줄 알고 혼백이 떠나지는 않으나 실제로는 혈선충에게 정신을 지배당하는 것에 불과하오."

진광은 송현의 말에 반신반의했다.

만약 다른 이가 그런 말을 꺼냈더라면 일언반구도 듣지 않고 광소를 터뜨리며 무시했으리라. 하지만 송현의 말에는 허언이 없다는 것을 익히 잘 알고 있지 않은가?

임윤이 둘의 대화에 끼어들었다.

"일이 단순해지니까 머리는 아프지 않아 좋군."

믿기 힘든 송현의 말에 잔뜩 신경이 날카로워진 진광은 임윤을 노려보며 말했다.

"무슨 소리요?"

"망자인지 혈선충인지 다 상관없지 않소? 어차피 이미 죽은 시체라면 다시 죽이고 나서 우리 할 일을 하면 되는 것 아니오?"

"……."

진광은 그 말에 선뜻 반문할 수 없었다. 임윤의 말대로 이미 죽은 자가 괴이한 술수로 되살아난 것이라면, 차라리 그자를 죽여서 잘못된 업을 끊어주는 것이 불문의 제자로서 행해야 될 도리라는 생각이 들었던 것이다.

"그럼 저들을 처리하겠소."

임윤이 허리에서 기형도를 집어 들려 하자 송현이 그를 제지했다.

"기다리시오. 지금 저들을 죽인다면 다른 모든 망자들이 우리의 존재를 알아차릴 것이오."

"흐음."

임윤은 기형도에서 손을 떼며 한 발 물러섰다.

송현이 일행을 보며 말했다.

"망자는 자신이 살아 있다고 생각하오. 때문에 세 가지만 주의한다면 그들은 곁에 가도 산 자의 기척을 느끼지 못하오."

임윤이 팔짱을 끼며 물었다.

"그게 무엇이오?"

"첫째, 망자는 살아 있는 생물의 피 냄새를 맡소."

"피 냄새?"

"그렇소. 대다수의 망자는 이미 육신이 죽었기 때문에 시야가 좁소. 지금 저곳에 있는 두 망자가 우리를 보지 못하는 것도 그 때문이오. 물론 소리도 잘 못 듣소. 크게 소리치지 않는 한은 옆에서 말을 해도 듣지 못할 것이오."

"그랬던 것이군."

"하지만 피 냄새를 맡으면 망자는 돌변하여 피를 흘린 자를 공격할 것이오."

"자신은 죽었으니 산 자를 질투하는 건가?"

임윤이 빈정거렸지만 송현은 정색을 하며 답했다.

"먹기 위해서요."

"먹는다고? 사람을?"

임윤은 살짝 놀라며 말했는데, 평소 사람 목을 눈도 깜짝 안 하고 떨어뜨리는 그로서는 의외의 모습이었다. 물론 임윤이 그럴 정도이니 다른 일행이 경악한 것은 당연했다.

"망자는 사람을 산 채로 뜯어 먹소. 살은 물론 피까지 마시오. 그들은 이미 죽은 몸인데 배가 고플 리는 없을 것이오. 단지 짐작 가는 이유가 하나 있소."

"……."

이제 임윤도 더는 말대꾸를 하지 않고 송현의 얘기를 들었다.

"망자가 산 사람을 물어뜯을 때 입에서 혈선충이 나와 상처를 통해 사람 몸속에 들어가오. 혈선충은 상처의 혈관을 통해서 머리로 올라가고, 그러면 그자는 새로운 망자가 되는 것이오. 흑랑성이 패망한 것은 그 때문이오."

"아아……."

유소운이 자기도 모르게 신음을 흘렸다.

일행의 머릿속에 흑랑성이 패망하던 날의 광경이 그려졌다. 망자에게 물린 자가 새로운 망자가 되어 다시 다른 자를 무는 아비규환이…….

조용히 얘기를 듣던 편복선생도 한마디 했다.

"내가 우주 삼라만상의 이치를 공부하여 현생에 모르는 것이 없다고 자부하고 있었는데, 이런 괴이한 얘기는 처음 듣는군."

송현이 말을 계속했다.

"둘째, 당연한 얘기지만 망자는 숨을 쉬지 않소. 때문에 그

들은 산 사람이 호흡할 때 나오는 숨결에 민감하오. 망자들에
게 숨결이 닿는 순간, 그들은 숨결의 주인을 공격할 것이오.
반대로 숨을 참는다면 아무리 가까이 가더라도 그들은 산 자
를 알아차리지 못하오."

이번에는 초류영이 고개를 끄덕였다.

"숨을 쉬지 않으니 자신들과 같은 망자라고 느낀다는 것이
오?"

"그렇소."

그 말에 진광은 문득 떠오르는 생각이 있었다.

'송 국주가 유소운을 뽑을 때 호흡을 그리도 강조하더니
그런 연유에서였군.'

하지만 진광은 송현의 처사에 찬성할 생각은 들지 않았다.

'유소운이야 그렇다고 치더라도 편복선생이란 자는 무공
을 모르는 생짜 보통 사람인데 호흡을 참아봤자 얼마나 참는
다고 데려온 것이냐?

그는 송현의 행동이 앞뒤가 맞지 않는다고 생각했다.

송현이 망자에 대한 설명을 계속했다.

"셋째, 망자는 희로애락의 감정이 없소."

"이미 죽었으니 당연하지 않소? 뭘 그런 것까지 따로 말하
지?"

초류영이 어깨를 으쓱하며 말하자 송현은 차가운 시선으
로 그를 응시하며 답했다.

"망자는 희로애락의 감정을 얼굴에 드러내지 않소. 때문에 얼굴 표정이 변하는 자를 본다면 자신과 같지 않다는 것을 알아차리고 공격할 것이오."

그제야 초류영은 송현의 말뜻을 이해하며 되물었다.

"그럼 무표정하게 있어야 된다는 거요?"

"그렇소. 피를 흘리지 말 것, 숨을 들키지 말 것, 얼굴에서 감정을 지울 것. 이 세 가지만 지킨다면 망자는 우리를 알아차리지 못할 것이오."

일행은 머리가 복잡해졌다.

중원무림에는 흑랑성에 대한 갖은 소문들이 떠돌았으나, 지금 송현이 말한 것처럼 기괴하고 충격적인 것은 없었다.

반면에 망자에게 들키지 않기 위해 지켜야 할 금기 사항이 무림인인 그들에게는 그다지 어려운 것은 아니지 않은가?

모두의 생각을 대변하듯 초류영이 말했다.

"알고 보니 흑랑성도 별것 아니었군."

그는 송현의 눈치를 보며 말을 이었다.

"그러니까 아무것도 모르는 놈들이 무작정 들어왔다가 나가지 못한 거였군. 송 국주가 모든 사실을 알고 있어서 다행이오."

송현은 초류영의 아첨에는 대꾸하지 않고 유소운을 보며 말했다.

"활을 준비하시오."

"예?"

유소운은 영문을 모르겠다는 얼굴로 등에 메고 있던 활을 꺼내 들었다. 먼저 낙양의 무관 시험에서 썼던 활이었다.

진광도 송현의 의도가 궁금했다.

"아까는 저 망자들을 해치면 안 된다고 하지 않았소?"

"단지 저들의 시선을 끄는 데 쓸 것이오."

송현은 혁낭에서 천 조각을 꺼낸 다음, 유소운이 들고 있는 화살의 촉에 묶었다. 그리고 화섭자로 불을 당겨서 천에 붙였다.

주위가 밝아지자 멀리 있는 두 망자가 일행을 향해 고개를 돌렸다. 송현이 반대편을 가리키며 말했다.

"저곳으로 화살을 보내시오."

유소운은 화살을 시위에 매기며 무언가 글귀를 읊었다.

"만리비추상작객(萬里悲秋常作客) 백년다병독등대(百年多病獨登臺)……."

진광은 어이가 없었다.

'망자를 쏘는 것도 아니고 시선을 돌리자는 것이니 아무 데나 쏘면 될 터인데 무슨 놈의 글귀를 중얼거리냐?'

그러면서 자기도 모르게 속으로 수를 셌다.

'하나, 둘, 셋, 넷……'

진광이 다섯을 세는 순간 유소운이 시위를 놓았다. 화살은 지하의 공터를 가로질러서 반대편 멀리 날아가서 떨어졌다.

그러자 일행에게 다가오려던 망자들이 화살 쪽으로 시선을 돌리더니 그쪽을 향해 걸어갔다.

송현과 일행은 망자들이 있던 곳으로 이동했다. 그곳에는 지하로 향하는 계단이 있었다.

그런데 일행이 채 계단을 내려가기 전에 천에 붙인 불이 꺼져 버렸다. 그러자 망자들은 주위를 한 번 두리번거리더니 몸을 돌려 제자리로 돌아왔다.

망자들이 몸을 돌리는 것을 본 진광은 얼른 계단을 향해 몸을 날리려 했다. 그런데 송현이 진광을 막았다.

"경거망동하지 마시오. 본인이 말한 세 가지만 지키면 저들은 우리를 알아보지 못하오. 흥분해서 무작정 움직이는 것이 더욱 위험하오."

"……."

진광은 송현의 지적을 받고 천천히 발을 옮겼으나 마음속으로 불만이 가득했다.

'진작 말할 것이지.'

결국 일행이 하나씩 계단을 내려가자 마지막으로 남은 자는 후미를 맡는 진광이 되었다. 진광은 일이 그렇게 되자 부쩍 호기심이 일었다.

'숨을 멈추고 무표정으로 있으면 괜찮다고 했겠다?'

망자들이 점점 가까이 다가오자 그들의 이목구비가 육안룡의 빛에 드러나기 시작했다.

순간, 진광은 하마터면 놀란 얼굴을 할 뻔했다.

'……!'

진광은 눈을 부릅뜨고서 표정이 일그러지는 것을 억지로 참았다.

두 망자의 목에는 길게 검흔이 나 있었는데, 떨어진 목을 다시 이어 붙였는지 검흔의 둘레에 꿰맨 흔적이 빼곡하게 나 있는 것이었다.

진광은 딱딱하게 굳은 얼굴로 천천히 몸을 돌렸다. 그리고 황급히 계단을 내려갔다.

계단을 내려온 진광은 일행이 자리에 멈춰 서 있는 것을 발견했다. 진광은 무슨 일인지 궁금해서 어깨너머로 일행의 건너편을 바라보다가 깜짝 놀라고 말았다.

방금 내려왔던 곳을 흑랑성의 지하 일층이라고 하고 지금 일행이 있는 곳을 이층이라 한다면, 이층은 일층과는 비교도 안 되게 넓어서 하늘에 해만 떠 있다면 지상과 다를 바가 없었기 때문이다.

초류영이 중얼거렸다.

"흑랑성이 이런 곳이었군."

일행의 눈앞에 보이는 것은 대도시의 거리였다. 수많은 건물이 지하 일층에 빼곡히 자리하고 있었으며, 일층을 세로로 양분하는 대로(大路)는 물론이고, 건물 사이의 좁은 골목마다 인파가 들끓고 있었다. 대도시 낙양의 뒷골목과 비교해도 손색이 없을 만큼 복잡한 거리였다.

물론 거리에 있는 사람은 모두 망자였다. 그들은 각자 바쁘게 자신의 일을 하고 있었는데, 송현의 설명대로 생전에 하던 일을 반복하고 있다는 것을 알 수 있었다.

송현은 눈앞의 광경과 마주하자 잊으려 했던 기억이 생생하게 되살아나는 것을 느꼈다. 그는 기억을 지우기 위해 고개를 저었다. 그리고 초류영에게 말했다.

"흑랑성의 패망이 시작된 날을 아시오?"

"작년 십일월 십삼일이 아니오?"

송현은 거리의 망자를 가리키며 말했다.

"저들은 그때부터 지금까지 매일 저렇게 움직이고 있소. 자신들이 죽었다는 사실을 깨닫지 못하기 때문에 죽기 전날 하던 일을 매일같이 반복하는 것이오."

"그럼 일 년 넘게 저렇게 돌아다니고 있었다는 소리요?"

"그렇소."

일행은 잠시 침음하며 지하의 거리를 바라봤다.

흑랑성에 들어간 사람 중에 다시 강호에 나온 이는 없다는 소문을 들었을 때는 단지 그들이 모두 죽었으리라 생각했었다. 하지만 죽은 뒤에도 망자로 되살아나서 흑랑성의 지하에 영원히 떠돌고 있을 줄은 꿈에도 생각하지 못했던 것이다.

임윤이 툭, 말을 뱉었다.

"무간지옥이 따로 없군."

일행은 그 말에 자기도 모르게 고개를 끄덕였다.

초류영이 넌덜머리난다는 얼굴로 물었다.

"지하 뇌옥은 대체 얼만큼 가야 나오는 것이오?"

"여기서 한 층 더 내려가면 있소."

"또? 여기가 끝이 아니고?"

"이곳을 흑랑성의 지하 이층이라고 한다면, 아직 삼층이
바로 지하 뇌옥이오."

송현이 대로를 가리키며 말했다.

"계단은 저 대로의 끝에 있소."

그 말에 유소운이 놀라며 말했다.

"그럼 저 망자들 속으로 들어가야 된다는 말입니까?"

"그렇소."

일행은 무거운 눈빛으로 대로를 바라봤다. 초류영이 어깨
를 으쓱하며 말했다.

"뭐, 숨을 안 쉬고 웃거나 하지 않으면 저놈들이 못 알아본
다고 했으니 별문제는 아니군. 그냥 낙양 거리를 지나가는 거
나 다를 게 없겠지."

"그 말은 맞소."

송현은 초류영의 말에 동의했는데, 그의 얼굴이 평소와 달
리 정색을 하고 있어서 정말 동의한 것인지 아니면 속으로 다
른 생각을 하며 말한 것인지 알 수 없었다.

초류영이 앞으로 나가며 말했다.

"그럼 얼른 갑시다. 저 희멀건 시체들의 꼴을 더는 보기 싫군."

그런데 임윤이 그를 가로막는 것이었다.

"기다리시오."

초류영은 양미간을 구기며 임윤을 쏘아봤다. 그는 송현과 진광에게는 한 수 접고 들어갔지만, 정체를 알 수 없는 임윤에게는 자존심을 굽히지 않으려 했다.

그러나 임윤은 초류영은 신경 쓰지도 않는 듯 고개를 돌려 송현에게 말했다.

"저자는 어찌할 거요?"

그는 고갯짓으로 편복선생을 가리켰다.

진광은 임윤의 말뜻을 알 수 있었다.

'망자들이 즐비한 대로를 지나가려면 오래 숨을 멈춰야 될 텐데, 편복선생은 어찌해야 좋은지 묻는 것이로군. 편복선생이 무림인이 아니라는 걸 그도 눈치 채고 있었군.'

편복선생이 임윤에게 말했다.

"자네는 내게 무슨 불만이라도 있는가?"

그의 말투와 태도는 마치 무림의 절정고수가 후기지수를 대하는 듯했다. 그런데 편복선생의 외모가 청수한 반면 임윤은 낡아빠진 옷을 걸친 차림새였기 때문에 편복선생의 언행이 제법 그럴싸하게 보이는 것이었다.

임윤이 씨익 한 번 웃더니 말했다.

"당신이 저 대로를 통과할 때까지 숨을 참지 못하는 것에 금 한 냥을 걸겠소."

"젊은 사람이 용기는 가상하나 그게 만용인 줄은 모르는군. 좋네. 하나 남아일언중천금이니 나중에 두말하지 말게."

"당연하지, 편복."

"선생 붙이게."

편복선생은 즉석에서 임윤과 내기를 하고서 송현을 돌아봤다.

"송 국주, 내 몸은 누가 부축할 것이오?"

그러자 송현은 일행을 한 번 훑어보더니 진광에게 시선을 고정하며 말했다.

"진광이 할 것이오."

진광은 편복선생과 송현의 대화가 무슨 뜻인지 몰라서 물었다.

"내가 뭘 해야 된단 말이오?"

"당신이 편복선생을 맡으시오."

"아니, 그게 대체 무슨 소리……."

"다른 사람은 기병을 써야 하는데 당신은 굳이 선장을 쓰지 않아도 소림 무공만으로 충분하지 않소?"

"……."

송현이 소림 무공을 언급하자 진광은 더는 뭐라 말할 수 없었다. 안 그래도 자신은 기병 따위가 없어도 상관없다고 생각했었는데, 지금 송현의 말에 반박한다면 자존심을 꺾어야 되는 판이 아닌가?

진광이 말했다.

"좋소. 편복은 내가 맡겠소."

편복선생이 진광의 말을 지적했다.

"선생 붙이라는 말 못 들었는가?"

그러나 진광이 인상을 구기며 노려보자 편복선생은 슬쩍 고개를 돌려서 그의 시선을 피했다.

송현이 말했다.

"시작하시오."

편복선생은 고개를 끄덕이고는 품에서 무언가를 꺼냈다. 그리고 물건을 두 손에 들고서 무언가 뜻 모를 말을 중얼거렸다.

"훔치훔치태을천……."

그의 전신이 바람 만난 사시나무처럼 벌벌 떨기 시작하더니 갑자기 그는 두 손에 든 물건을 얼굴에 갖다 댔다. 진광은 그제야 물건이 무엇인지 알아차렸다.

'부적?'

편복선생이 들고 있는 것은 시뻘건 글씨로 크게 '귀(龜)' 자가 쓰여 있는 부적이었던 것이다.

그가 부르르 떠는 손으로 양미간에 부적을 갖다 붙였다.

철썩.

곧이어 그의 양팔이 힘없이 아래로 축 처졌다. 게다가 굳은 얼굴로 꼼짝 않고서 숨을 쉬지 않는 것이 마치 숨이 끊어진 사람인 것 같았다.

진광이 기가 막혀서 편복선생을 멍하니 쳐다보고 있을 때 송현이 말했다.

"진광."

"…뭐요?"

"그를 업으시오."

"뭐라고?"

진광은 황당한 얼굴로 송현과 편복선생을 번갈아보다가 편복선생의 이마에 붙은 부적을 보고서야 상황을 깨달았다.

'거북 귀(龜)?'

무림에는 숨을 멈추고 심장의 박동을 정지시켜서 가사상 태에 빠지는 수법 중에 귀식대법(龜息大法)이란 것이 있다. 편복선생의 부적에 거북 귀 자가 써져 있으니 그는 술법을 써서 가사상태에 빠진 것이었다.

진광은 생각했다.

'사기도박을 일삼는 말코도사인 줄 알았더니 곰이 뒹구는 재주는 있었군.'

송현이 앞장을 서며 말했다.

"그럼 모두 숨을 멈추시오."

일행은 크게 한 번 심호흡을 하고서 숨을 멈추고는 그의 뒤를 따라갔다.

진광은 어찌해야 될지 몰라 주저하고 있다가 일행과의 거리가 점점 멀어지자 할 수 없이 편복선생을 등에 업었다. 편복선생은 이마에 부적을 붙이고 빳빳이 서 있어서 마치 강시 같았는데, 진광이 등에 업자 머리와 팔다리가 축 늘어져서 그의 등에 살포시 업히는 것이었다.

때 아니게 중년 남자를 업게 된 진광은 한마디 내뱉고는 일행을 따라갔다.

"빌어먹을."

일행은 흑랑성 도시의 대로를 걸어갔다. 대로 양옆에는 등불이 늘어서 있어서 어두운 지하 도시를 밝히고 있었다.

대로는 수많은 인파가 들끓고 있었다.

물론 그들은 모두 망자였다. 허리춤에 검을 찬 무림인도 있었고, 짐을 옮기고 있는 표사와 쟁자수도 있었다. 간혹 가다 얼굴에 복면을 뒤집어쓴 자도 보였는데, 흑랑성이 패망한 뒤에 기진이보를 훔치려고 잠입했던 도적이 그대로 망자가 되어버렸다는 것을 추측할 수 있었다.

대로가 망자들로 북새통을 이루었기 때문에 일행이 바쁘게 발을 놀려도 거리를 빠져나가는 것은 쉽지 않았다.

내공심법을 익힌 진광이나 송현, 임윤은 숨을 참는 것에 큰

무리를 느끼지 않았다. 경신법을 주로 익혔을 것 같은 초류영도 의외로 숨을 참는 데 힘든 기색이 없었으며, 궁술만 익혔을 뿐 무림인이라고 보기는 힘든 유소운 또한 입을 꾹 다물고 버텨내고 있었다.

하지만 대로에 들어선지 일각에 가까워지자 유소운부터 시작하여 일행의 얼굴이 조금씩 일그러지기 시작했다.

진광은 열불이 터졌다. 다른 사람들은 숨을 참느라 고생하는데, 정작 무림인이 아닌 편복선생은 괴이한 술법을 써서 혼자 편하게 자신의 등에 업혀 있으니 미치고 환장할 노릇이었다.

다행히 송현은 사람이 없는 골목을 찾아냈다. 일행은 골목에 들어서자마자 참았던 숨을 몰아쉬었다.

그러나 그것도 잠시, 송현이 말했다.

"다시 숨을 멈추시오."

송현의 말이 끝남과 동시에 망자들이 천천히 골목 안으로 들어오기 시작했다. 일행은 숨을 멈추고 다시 대로로 나가야 했다.

계속해서 송현은 일행이 숨을 참기 힘든 한계가 되었을 때 망자가 없는 곳을 찾아내어 숨을 돌리게 했다. 일행은 그제야 송현이 흑랑성 도시의 구석구석을 훤히 꿰고 있으며, 망자들이 어떤 시각에 어디로 이동하는지 머릿속에 기억하고 있다는 것을 알 수 있었다.

진광은 생각했다.

'설사 귀신이라 해도 송 국주보다 용의주도할 수는 없을 것 같구나.'

하지만 일행을 괴롭히는 것은 숨을 참는 것만이 아니었다.

대로를 지나가면서 얼굴에 아무 표정을 짓지 않는 것 또한 숨을 참는 것만큼 힘들었던 것이다.

망자들은 멀쩡한 몰골을 하고 있지 않았다. 팔다리 네 개가 제대로 붙어 있는 망자는 그래도 양반이었다.

눈알이 빠져 살점에 붙어 덜렁거리는 망자가 있는가 하면, 심지어 머리 반쪽이 둔기에 맞아 날아가 버린 망자도 있었다.

흑랑성에서 망자가 된 사람이 반듯이 누워서 죽었을 리가 없으니 당연한 일이었다. 그러나 끔찍한 몰골을 한 시체들이 살아서 눈앞을 지나치고 있는 판에 무표정을 유지하고 있다 보니 일행은 얼굴 근육에 쥐가 날 정도였던 것이다.

시간이 지날수록 일행은 이마에서 식은땀을 흘렸다.

무표정을 유지하기 힘든 이유가 하나 더 있었다.

처음 지인(知人)을 발견한 것은 초류영이었다. 그는 대로를 걷다가 길옆을 유심히 바라보더니 자기도 모르게 말을 꺼냈다.

"아니, 저건 설마……."

순간, 송현이 검집째로 그의 입을 막았다. 그 때문에 초류영은 침을 꿀꺽 삼키며 무표정을 지킬 수 있었다.

진광은 초류영이 알아본 망자를 쳐다봤다.

그 망자는 얼굴의 하관이 좁아서 잔머리가 비상할 것 같았으며, 붉은 비단으로 만든 화려한 도포를 걸치고 있는 것으로 보아 초류영과 같은 파락호 무리인 듯싶었다.

진광은 생각했다.

'동료라도 만난 모양이군. 아니, 저런 파락호에게 동료 같은 게 있을까?'

진광의 생각대로 그 망자는 생전에 초류영과 군자 일로 자웅을 겨루던 도적이었다.

그 망자가 끝이 아니었다. 눈에 익은 복장을 한 망자들이 속속 일행의 시야에 들어왔다. 그중에 개인적으로 아는 자는 없었으나 일행은 그들의 출현에 속으로 경악했다.

망자들 중에는 무당파나 화산파 같은 중원의 명문정파의 제자들이 적지 않았던 것이다. 그들은 서장 구륜사 결전에서 희생된 자들로 추측됐다.

처음에는 무표정을 지키는 데 힘들어하던 일행은 어느 순간부터 오히려 차가운 표정을 쉽게 유지할 수 있게 되었다. 흑랑성이 어떤 곳인지 깨닫자 긴장 때문에 얼굴 근육이 마비되어 버렸던 것이다.

일행은 반 시진 가까이 걸려서야 대로를 벗어날 수 있었다.

그냥 달려왔다면 일각도 걸리지 않을 거리였으나 대로를 가득 메우고 있는 망자들을 피해야 됐고, 또 그들이 없는 곳을 찾아 숨 고르기를 몇 번 했기 때문이다.

대로에서 나오자 멀찍이 떨어진 곳에 지하로 내려가는 계단이 보였다.

일행이 계단 앞에 도착하자 송현이 진광에게 말했다.

"편복선생의 부적을 떼시오."

진광은 그의 말이 끝나기도 전에 편복선생을 등에서 내린 다음 부적을 떼서 바닥에 팽개쳤다.

편복선생은 갑자기 크게 한 번 숨을 들이켰다.

"흐읍!"

그러더니 눈알을 좌우로 두리번거리면서 말하는 것이었다.

"흠, 낮잠 한번 잘 잤다. 다들 무사한 것 같군."

진광은 그가 뻔뻔한 얼굴로 말하자 열불이 터져서 안광을 뿜어내며 그를 노려봤다. 편복선생이 영문을 모르겠다는 얼굴로 말했다.

"왜 그러는가?"

"몰라서 묻냐? 아니, 모르겠군. 네놈을 내가 여기까지 업고 왔단 말이다!"

그 말을 들은 편복선생이 정색을 하며 포권을 했다.

"사정이 그리 되었군. 이 부족한 몸을 지켜줘서 고맙네."

편복선생이 그렇게 인사를 하자 진광은 웃지도 울지도 못하는 얼굴이 되었다.

그런데 편복선생은 진광의 눈치를 살피더니 몸을 돌려 임윤에게 말하는 것이었다.

"내가 이겼으니 금 한 냥은 내 것이네."

임윤은 피식 실소하면서 답했다.

"일이 끝나면 송 국주에게 내 몫에서 떼어주라고 하겠소."

"그 말 믿도록 하지."

진광은 어이가 없었다.

'뭐, 이런 놈들이 다 있나?'

유소운이 안도의 한숨을 쉬며 말했다.

"정말 다행입니다. 저는 혹시라도 선생님이 깨어나지 않을까 걱정을 했습니다."

"젊은이가 생각이 기특하군. 하나 괜한 기우는 하지 않아도 좋네."

"예."

진광은 고개를 설레설레 흔들었다.

'말코도사가 제자 하나 생겼군.'

그때였다.

갑자기 밑에서 망자 하나가 불쑥 나타났다.

그는 무림인의 복장을 하고 있으며, 다른 망자와는 달리 전신에 상처 하나 없어서 얼굴이 희멀건 것만 빼면 보통 사람과 다를 게 없어 보였다.

그러나 망자가 유소운을 보는 순간, 그의 얼굴이 일그러졌다.

"크르르."

망자의 입에서 개가 짖는 듯한 소리가 흘러나왔다.

유소운이 편복선생과 얘기하면서 미소를 지은 것이 실수였던 것이다.

"꾸웨엑!"

망자가 괴음을 내지르며 유소운에게 뛰어들어 두 손으로 그의 목을 졸랐다. 그 동작이 너무도 갑작스럽고 빨라서 유소운은 멍하니 망자가 하는 대로 당하고 말았다.

망자가 입을 벌렸다.

덜컥!

턱뼈가 빠지는 소리가 들리면서 망자의 입이 활짝 벌려졌다. 그러나 망자는 고통을 느끼지 못하는지 그대로 입을 벌려 유소운의 어깻죽지를 물어뜯으려 했다.

순간 번쩍하고 검광이 일었다.

"으아악!"

유소운은 비명을 지르며 망자의 손을 뿌리치고 뒤로 물러섰다. 그러자 망자의 머리가 입을 활짝 벌린 채로 천천히 아래로 미끄러지다가 바닥에 떨어져 뒹굴었다.

위기의 순간, 송현이 청연검으로 망자의 목을 벤 것이었다.

유소운은 떨리는 손으로 포권을 했다.

"송 국주님, 감사합니다."

그러나 송현은 그는 신경 쓰지 않고 고개를 돌려 거리를 바라봤다. 일행도 그제야 송현의 생각을 깨닫고서 거리를 쳐다봤다. 다행히 거리에 있는 망자들은 지금 일을 알아차리지 못한 듯 그대로 자리를 떠돌고 있었다.

송현이 말했다.

"다른 망자에게 들키지는 않은 것 같소."

그 말에 일행은 자기도 모르게 작게 한숨을 내쉬었다.

그때 유소운이 바닥을 가리키며 말했다.

"저, 저기……."

고개를 돌리던 일행은 경악했다.

방금 송현이 벤 망자의 목이 꿈틀거리며 움직이고 있는 것이었다.

갑자기 망자의 목 밑에서 거머리처럼 생긴 굵고 기다란 촉수 여섯 개가 뻗어 나왔다.

쭈우우욱.

여섯 개의 촉수는 스멀스멀 움직이더니 머리를 들고 일어섰다. 잘려진 망자의 목은 여섯 개의 발을 가진 거미와 같은 모습이 되었다.

그리고 망자의 목은 쓰러져 있는 몸통을 향해 기어가기 시작했다.

일행은 놀라기도 했으나 그보다 너무나 상식에 벗어나는 황당한 광경을 보고 머리가 텅 비어 버렸다. 평소 냉철함을 잃지 않던 임윤마저 기형도를 집어 들던 손을 멈추고서 멍하니 망자의 목을 쳐다봤다.

망자의 목은 몸통에 도착하자 베어진 면으로 기어올라 갔다. 그리고 촉수가 꿈틀대며 베어진 면으로 파고들었다. 망자의 목이 전후좌우로 우스꽝스럽게 요동을 쳤다.

망자의 목이 얼추 베어진 면에 다시 붙었다고 생각됐을 때, 갑자기 망자가 눈알을 돌려 일행을 쳐다봤다. 그리고 입을 벌려 침을 뚝뚝 흘리며 신음을 질렀다.

"크르르."

송현이 말했다.

"저게 바로 혈선충이오."

일행은 송현을 바라봤다. 순간, 송현의 신형이 시야에서 사라졌다.

"……?"

일행이 깜짝 놀라 송현을 찾을 때, 그는 이미 망자를 향해 날아가고 있었다.

촤악!

청연검이 망자의 목을 가로질렀다. 겨우 제자리에 붙은 망자의 목은 다시 베어져서 공중 높이 떠올랐다.

그때 송현이 멈추지 않고 공중에 검망(劍網)을 그렸다.

파파팟!

일행은 송현의 검이 만들어내는 검망에 눈을 의심했다. 검망이 얼마나 촘촘했는지 마치 은사(銀絲)로 짠 그물을 공중에 던진 것처럼 착각되었기 때문이다.

임윤이 중얼거렸다.

"검무(劍霧)로군."

그것이 바로 청위표국 전대 국주 정추산에게 송현이 전수받은 비전 검법인 벽운검법이었다.

벽운검법의 검무가 망자의 목을 산산조각 내었다.

검무에서 튀어나온 살점과 핏물이 사방으로 퍼져서 계단을 붉게 물들였다.

하지만 송현은 그대로 계속 검을 찌르고 베는 것을 멈추지 않았다.

그제야 일행은 무언가 잘못됐다는 것을 깨달았다.

진광이 진기를 실은 목소리로 송현에게 말했다.

"송 국주, 그만 하시오!

진광의 목소리를 듣고서야 송현은 몸을 한 번 움찔하더니 검을 멈췄다.

진광은 이해할 수가 없었다.

그가 지금까지 보아온 송현은 어떤 일이 닥쳐도 얼음 같은 냉정함을 잃지 않았는데, 지금 이성을 잃은 모습은 평소의 송현이라고는 도무지 상상할 수 없었다.

진광은 생각했다.

'저것은 송 국주가 아니다. 대체 갑자기 왜 저런 행동을 보이는 것일까?

그는 송현에 대한 어떤 의문점이 생각날 듯 말 듯했다. 하지만 그게 무엇인지 끝내 기억하지 못했다.

한참 뒤에야 송현은 뒤로 돌아섰다. 다행히 그는 평소처럼 차가운 얼굴로 되돌아와 있었다.

송현이 검을 회수하며 말했다.

"갑시다."

그리고 아무 일도 없었던 것처럼 먼저 계단을 내려가 버리는 것이었다.

일행은 잠시 침음하며 서로를 바라봤다.

먼저 침묵을 깬 것은 초류영이었다.

"이미 죽은 시체인데 칼질 좀 몇 번 한 걸 갖고 신경 쓰지 맙시다."

초류영은 자기 딴에는 분위기를 살리려고 한 말이나 그의 경박한 말투는 일행의 마음을 더욱 가라앉게 했다.

초류영은 머쓱해지자 먼저 계단으로 발을 옮겼다. 다른 이들도 차례로 계단을 내려갔다.

그때였다.

누군가의 목소리가 계단 밑의 어둠 속에서 들려왔다.

일행은 자기도 모르게 발을 멈췄다.

어둠 속에서 들려오는 진기가 실린 목소리. 어디에서 들려오는지 모르지만 그것은 바로 옆에서 귓속에 속삭이는 것처럼 똑똑히 들려왔다.

초류영이 딱딱하게 굳은 얼굴로 일행을 보며 물었다.

"송 국주요?"

하지만 아무도 대답하지 않았다. 목소리를 듣자마자 송현이 아니라는 것을 알 수 있었기 때문이다.

그것은 일행의 귀에 익은 글귀였다.

"만리비추상작객(萬里悲秋常作客) 백년다병독등대(百年多病獨登臺)."

지하의 암흑 속에서 누군가가 유소운이 외웠던 시를 나직하게 읊조리고 있었다.

흑랑성 입구 폭파까지 남은 시간, 구(九) 시진.

『잠행무사』 2권에 계속…

Golden Key

박이수 소설

황금열쇠

「달의 아이」,「붉은 소금성」의 작가 박이수.
그가 또 하나의 기대작「황금열쇠」로 나타났다.

우연한 만남이란 단어는 그들에겐 존재하지 않았다.
얽혀 있는 사람들… 그리고 피할 수 없는 운명의 굴레!

뒤틀려 버린 운명의 주인공 세이엔 가이스카 리베 폰 라시에…
한순간 인생이 뒤바뀐 불운의 주인공 듀이 델킈
그리고… 유일하게 그녀를 기억하는 단 한 사람 이샤무딘!

이제 운명의 주사위는 던져졌다.
엇갈린 운명 속에 모든 사건은 하나로 연결된다!
황금열쇠를 차지하기 위한 그들의 위험한 모험이 지금 시작된다.

Book Publishing CHUNGEORAM

武士 郭優　참마도 新무협 판타지 소설

무사 곽우

『무정지로』, 『십삼월무』, 『화산진도』의
작가 참마도, 그가 돌아왔다!!

새롭게 시작되는 그의 네 번째 강호 이야기!!

"힘이 있는 자가 없는 자를 돕는 것입니다.
또한 힘이 없다면 돕기 위해 노력이라도 하는 것입니다.
그것이 진정한 협 아니겠습니까?"
"호오……."
송완은 다시 봤다는 듯 곽우를 바라보았고 담고위는
무슨 케케묵은 보물단지 보는 듯한 얼굴을 만들었다.
송완은 살짝 킥킥거리며 웃다가 이내 곽우에게 말했다.
"틀렸다. 협이란 무공이 높은 자의 중얼거림일 뿐이야.
무공이 낮은 자는 그저 그 협을 바라만 보고 있어야 하는 것이지.
그래서 세상은 협사가 널렸고 그 협사의 주변엔 구더기들이 들끓고 있는 거야."

강호라는 세상 속에서 지금 한 사람이 그 눈을 뜨려 한다.
한 자루의 부러진 검과 함께 곽우라는 이름을 가지고……

운룡쟁천

조돈형 新무협 판타지 소설

雲龍爭天

팔룡전설을 아는가?

북녘 하늘을 밝히는 별의 정기를 받고 태어난 여덟 명의 기재가
한 시대에 나타나리니, 그들의 눈은 삼라만상(森羅萬象)을 살피고
지혜는 하늘에 닿고 웅심은 천하를 덮을 것이다.
그들이 화합을 한다면 더없이 평온한 세상을 이룰 것이나,
만약 그렇지 않다면 피의 광풍이 온 천하를 휩쓸 것이다.

혼란의 시대!! 모략과 음모가 극에 다다른 혼돈의 강호무림!!

이때 하늘이 안배해 놓은 이가 있었으니, 그의 이름 도극성이라……!!
도극성!! 그가 무림에 다시 모습을 드러내는 날,
팔룡전설은 그로 인해 깨질 것이고 새로운 전설이 탄생할 것이다!!

유행이 아닌 자유추구 ―
WWW.chungeoram.com
Book Publishing CHUNGEORAM

임희정 소설

죄와 하울레

그러던 어느 날, 그에게 그 '능력' 이 찾아왔다.
조금은, 아름답지 않은 모습으로.

신의 뜻, 그것 외엔 없었다.
신의 영역, 시대의 금기를 깨는 그들의 불꽃같은 삶!

막연히 의사가 되기 위한 삶을 살아왔던 세요 폰 어뷔니트.
인간을 살리기 위해 의사가 되어야만 했던 웨인 파예트.

잔혹한 과거, 어긋난 현재.
그리고 우연히 찾아온 신비로운 능력!
보통 사람들과 다른 존재가 아니라는 것에 대한 증명.